美食里的乡愁

——舌尖上的故乡——

川味人间 贰

曾颖 —— 著绘

文化发展出版社
Cultural Development Press
·北京·

图书在版编目（CIP）数据

川味人间．贰 / 曾颖著绘．— 北京 ：文化发展出版社，2023.1
ISBN 978-7-5142-3690-3

Ⅰ．①川… Ⅱ．①曾… Ⅲ．①随笔－作品集－中国－当代 Ⅳ．① I267.1

中国版本图书馆 CIP 数据核字（2022）第 033030 号

川味人间．贰

著 绘 者 曾 颖
图书策划 傅兴文

出 版 人：武 赫
责任编辑：谢心言 范 炜 责任校对：岳智勇
责任印制：杨 骏 封面设计：郭 阳
出版发行：文化发展出版社（北京市翠微路 2 号 邮编：100036）
发行电话：010-88275993 010-88275711
网 址：www.wenhuafazhan.com
经 销：全国新华书店
印 刷：北京印匠彩色印刷有限公司

开 本：880mm × 1230mm 1/32
字 数：184 千字
印 张：9.375
版 次：2023 年 1 月第 1 版
印 次：2023 年 1 月第 1 次印刷

定 价：49.00 元
I S B N：978-7-5142-3690-3

怀念炊烟（代序）

我们怀念炊烟，并不是因为它有多么好，而是因为那里有我们所珍爱的东西，她们都还在，而且永远鲜活年轻。

说起对炊烟的喜爱，我认识的人当中，很难有人超越得了导演彬歌，他是“川味”系列美食纪录片的总导演，他制作的节目里充满了对人间烟火气的迷恋，深受众多观众的喜爱。

我与彬歌相识于2011年的一次电影交流会上，之后，他为央6筹拍一部藏地情歌的电影找到我，我们从侃剧本开始，一拍即合。虽然后来项目因别的原因没有实施，但我们的友谊和相互认同由此开始，在之后的多年里，我们一起见证和实现了许多事情。我们有一个共同的爱好，便是拍大地上冉冉升起的炊烟，我们都觉得那是广袤大地的魂。

我们一起在四川各地寻找美食，拍摄《川味》的时候，每看到一处古雅的小山村或一片美丽的老房子时，彬导最爱说的一句话便是：“这阵要是有点炊烟就好了！”为此，我们在川北的曾家山、川南的高坎梯田、川西的望鱼古镇、川东嘉陵江畔的渔村，甚至渝湘交界的酉水河畔，都费尽九牛二虎之力，请当地村民帮忙，启用搁置已久的柴灶，点起一缕缕迷人的炊烟。天上无人机，地上“长枪短炮”，全剧组工作人员及当地配合拍摄的村民和义工一通奔忙，一幅又一幅美轮美奂的人间烟火画面，便成为屏幕上永恒的经典。只有我们知道，这些曾经随处可见的场景，变得越来越罕见，越来越得之不易，甚至可能是绝唱了。这固然是社会进步乡村生活方式转变带来的变化，但多多少少也令人有“得到了想要的却又失去了拥有的”那样的失落感。要知道，千百年以来，每一条炊烟下面，都有一个勤勉劳作的女人，她们是母亲，是外婆，是奶奶。她们用炊烟作绷带，疗治生活留给乡村和家庭的伤口，她们即使千疮百孔，仍然咬牙前行。

彬歌的炊烟情结，是和外婆的手联结在一起的。

彬歌的外婆家在内江东兴区华山乡，距他家所在的白合镇八九公里，去外婆家，要走一段漂亮的山路，那条路如同一条美丽的观景长廊，蜿蜒在四时都有美景的山野和田畴之间，春华秋实的果园，鱼跃鸭鸣的荷塘，夹带着花香和草木气息的风，迎面拂来。而他最喜欢的场景，就是在奔跑了半天，又渴又饿地爬到最后一道山梁的垭口，远远看到被山林环抱的那片小平原上，外婆那几间老房子，如泊在碧绿江岸边歇息的小船，从烟囱和屋檐下缓缓弥散出带着腊肉和柴火香气的炊烟。懂事的小狗，知道外婆最喜爱的客人们就要到了，一路欢快地叫着，奔出两里多地，在半山坡上迎接客人们，蝶儿一般舞出一片花叶和粉尘。

外婆家是一处三合院，门前的土坝下，是一片水塘。离着半里地远，就能分辨出外婆今天做的是腊肉卤汁面还是豆豉饭。

这两样主食，是足以让人把自己的舌头吞进肚子里去的。腊肉卤汁面，是把腊肉切成肉粒，炒熟加水勾芡，舀入从面厂换回的新麦面，既鲜香，又筋道。这碗面，锁定了彬导的胃口，他一生对面条如痴如醉地喜爱，源头就在此。而豆豉饭，是把刚刚从锅里舀出的蓬松精神的白米干饭，上面放上一撮刚刚出坛的豆豉，带着辣椒的豆豉，宛如一个福相庄重的仙子，在烟气缭绕的饭山上，袅袅娜娜，随时都准备羽化升天的架势。它身下的豉油，慢慢洇开并浸入饭缝之中，让一颗颗跃跃欲试的饭粒，变成一个个招人垂涎的小妖精，引诱筷子将它们捻起，送入口中，完成一粒米最高的理想——被一个饥饿的人吃下去，并发自内心地赞叹活着的美好！

不单是对面和炊烟，彬导对食物、食物背后的故事，以及故事背后摄人心魄的美感和道理的最初兴趣，都来自这里。

像所有能干的乡村主妇一样，外婆要照看田里四时的生息，还要照看锅边灶头的冷暖，把一家人的衣食，照看得井井有条。那座小小的院子，以及背后那几分小小菜园，便是她全部的世界，那些石磨、坛子、筛子、筐箩，是她与那个世界交流的工具，所有的小猪鸡鸭兔，是她的臣民和兵士，而四时的酱菜香肠和腊肉，则是她的喜悦与成就。她就那样默默地流汗劳累，把一道道儿孙们喜爱的美食，放到他们面前。大多数时候，孩子们的眼睛，都只落在令人垂涎的美食上，而忽视了外婆笑意背后被汗水浸湿的头发一天天变得更白，不愿与人提及疼痛的腰一天天变得更弯。直至某一天，小院渐渐变得空旷萧瑟，儿孙们在城里买了房，要兑现儿时稚嫩声许下的愿望——让老人们进城“享福”。这对于她们，既向往，又恐惧。

就像一棵在野地里长了几十年的大树被突然挪进城里，手边的一切都变得陌生。曾经那些闭着眼都能用的锅碗瓢盆，变成了光鲜亮丽会出声的各种煲和料理机。做酱的缸腌菜的坛子，早已随老屋一起拆迁了，炊烟已不再从厨房里升起，更别说熏制腊肉的烟火——在城里已是公害大敌。儿孙们以他们理解的方式无微不至地照顾着老人，而老人们却觉得自己像是被缴了械的老兵，百无一用，也不再被人需要。这是一种极其痛苦和伤人的感觉。

彬导说，直到多年后他拍《川味》，在山川大地上行走，看到那么多老人在做农活、准备饭菜时，手眼之间的幸福和满足，才隐隐理解了在城市洋房中时常眺望远方的外婆。她的思绪所至之处，想必是飘着炊烟的老厨房、煮着青菜与腊肉的铁锅、装着香味扑鼻的豆豉饭的蒸笼。在那里，小狗欢快地扑向远方，为她迎来满面笑意且饥肠辘辘的儿孙们，她的整个世界充满了满满的被需要的感觉，像阳光一样明亮，像炊烟一样温暖……

只可惜，这一切都像不告而别的小狗和渐渐远去的炊烟一样，消失得无影无踪。

随着生活方式的进步，炊烟注定会像很多我们曾经熟识的东西一样，逐渐远离我们的视线，但我们对生活的热爱与感恩，却不能片刻停止。我们怀念炊烟，并不是因为它有多么好，而是因为那里有我们所珍爱的东西，她们都还在，而且永远鲜活年轻。

每一条炊烟下，都有一个女人，她们用一生，纺织绷带，治疗她的村庄和亲人们。

目录

啊，水粉　1
杀年猪　5
妈妈的年，与食物有关　9
秋芳的民工饭馆　12
爸爸的发薪日　17
偷苕　21
九斗碗　26
把包子送给那个对你好的人　30
蛋糕　35
翡翠黄瓜　41
厨师不得抑郁症　49
凤凰舞　53
东坡肉　57
砸锅　63
外婆的花生秘密　67
锅巴稀饭　70
松鼠鱼是他点的　74
干锅炒白菜　79

别说咱四川没有面　87
酒醉英雄汉，饭胀哈老三　90
冬瓜汤泡白米饭　95
上海人的饭桌　100
膀汤　105
林汤圆　111
烧椒　121
孔干饭　126
饭菜凉了　132
世界上最难吃的鱼　138
臭黄荆凉粉　143
被一碗面改变的人生　149
极品名酒　153
口味的道理　156
到民工村做客　159
如果《西游记》没有九九八十一难　165
好男人不帮老婆做饭　169
厕所背后有个肖麻辣　173
闻菜识男人　179
回锅土豆　184

善恶豆腐　190
抹嘴肉事件　194
借家过年　198
苦腊八　202
三十九级台阶　208
小面馆里的奇迹　215
土火锅　221
吴亲婆的汤圆　229
厨师被骗去传销之后　233
双脆　238
酱油　244
尬酒　249
幺伯和李鬼　256
毛豆县长　260
面鱼儿　268
仇恨的饭桌　273
剁椒鱼头　280

啊，水粉

大厨林六六，以烤大排闻名，他把整扇的猪排架在铁架上烤得油花乱溅的画面，通过纪录片《川味》传播到四面八方，吊足了千千万万人的胃口。他做的另几道菜，也让我这个自认为吃过一些奇怪东西的吃货大开眼界。

他做的奇菜，第一道是不切掉腰骚的猪腰。他将整块猪腰切成手掌大小的薄片，炒出来又脆又嫩不腥不膻，味道奇异品感特别，让人一吃不忘，许多老厨师都表示惊奇。

第二道奇菜，是大圆子。拳头大的肉丸子，不加淀粉不加鸡蛋，捏成坨坨往冷水里一放，圆子不烂不散，熟后放几根新摘的小白菜，清香四溢，Q弹有质感，食者无不啧啧称奇。

第三道奇菜，是鸡汤里加嫩南瓜。土鸡汤炖得汤白油黄香味四溢时，将鲜嫩的未成年南瓜乱拳砸碎，放入鸡汤，用汤的余温将南瓜烫熟，鸡汤里因此就有了山林里独有的清鲜爽朗之气。鸡肉软，南瓜脆，汤鲜美，可称三绝。

最让我印象深刻的，是他给我讲的一段童年故事。

像所有生于二十世纪六七十年代的人一样，饿肚子和嘴馋的记忆，是融在血液里的。那时，他特别迷恋一种叫水粉的小吃，这种粉是筠连特产，吃起来口感爽滑，酸辣香鲜，是当地流传已久的早餐，城里人每天都可以吃。

但这对乡下孩子来说，却是奢侈的。因为无论是水粉那一毛二的身价还是从村子到县城的几里路程，都不是那么容易跨越的，让妈妈消耗半天时间再花上半天才能挣到的钱进城去吃一碗水粉，想想都败家。

世间上的事，奇就奇在你越得不到，越是想念。水粉那酸酸的醋香，像一条条游蛇般顺着他的每根神经，游串于眼耳口鼻之间，以至于整个空气中，都有一丝丝挥之不去的味道，小虫一般飞着、扰着、咬着他的每一寸感官，让他的心里，时不时有一种小蚂蚁轻轻爬过般的痒痒感觉。

这种感觉，令庭院、山林、草木和路边的石礅，都变得动荡了起来。

每当这个时候，他就会跑到妈妈身边晃悠。而匆忙奔走于农活与家务之间的妈妈，没有精力和时间去关注这个捣蛋鬼突然像没电了一般变得安静的反常行为。

但万事总有例外，这天，幸运突降，妈妈没那么忙，看着与平常画风完全不一样的儿子，摸了摸他的头，问："怎么了？病了？"

这一问，问得他的脑袋瓜里"铛"地响了一声。他连忙回答："肚……肚子痛！"

妈妈紧张起来，去抽屉里翻找了半天，没找到合适的药。

他看出了妈妈的紧张，开始加码，上表情，龇牙咧嘴地开始表演。

像是往火里倒了一碗油，妈妈的焦急顿时以爆炸的速度蹿烧开来。

脱下围裙推出自行车，连平时进城一定要梳头换衣的仪式都没搞，拖起娃娃，一路奔向城里。

风呼呼地在耳边欢唱。他欢喜地在后座上假装痛苦地哼哼。

直到车经过那家水粉店，空气中飞扬着的水粉香气瞬间揭破了他的谎言——毕竟是几岁的孩子，演技和定力有限，看到心心念念的水粉由远及近，马上原形毕露。

“妈妈妈妈，水粉水粉！”“肚子不痛了？”“吃了水粉就不痛了！”妈妈似乎明白了什么，又好气又好笑。

虽然小子撒谎可恶，但毕竟儿子没什么大碍，也算谢天谢地。于是，妈妈又好气又好笑地为他点了一碗水粉，一面擦汗，一面看他狼吞虎咽。

水粉爽快地倒入肚子。一股温暖的香气，让肚腹和鼻腔，都充满了暖暖的感觉。

他想，那恐怕就是传说中的幸福吧？

此后的半天，他在村子里四处转悠，每碰到小伙伴，就把舍不得擦的嘴和故意滴在衣服上的汤汁印凑上去，对着对方的鼻子猛哈一口气，就像以往小伙伴从城里回来时那样。

两个人不约而同地摇头闭眼，喊出一声：

“啊，水粉！”

事隔四十多年，老林都还清晰地记得，自己语气中的得意，还有小伙伴语气中羡慕嫉妒的气息……

小吃店
zy

杀年猪

这是听杨天其老先生讲的。杨老先生于多年前去世，生前最喜欢川戏，可以上堂当司鼓，外地戏班子来家乡演出，人员不够时，总会请他去“坐一方”，他对川戏和什邡旧事，都十分热爱，并将传承这些的希望——至少是希望之一——放在了我身上，总是尽其所能地将知道的东西转述给我，或有实物，无论得于多远，天气好孬，都会第一时间给我送过来。以下是他讲的一个关于杀年猪的故事，当年《南方周末》新年专刊登载过：

那是1960年的故事，那个时间段，民间称“粮食关”，史称“自然灾害”时期，物质供应匮乏，人和猪都饿得发昏……

腊月二十七，上面发下话来，任何单位和个人不得私自宰杀年猪，火柴厂的工人们一下子傻了眼，快到嘴的肉又飞了。这年是“自然灾害”最重的一年，大伙都“瓜菜代”了很久了，肠子都快锈成一块了，黄皮肿脸不成个人样，浑身上下只有一双眼睛有精神，看见什么都饿痨饿虾地寻思是不是可以啃一口，这眼见着到口的猪肉就飞了，谁不急？这年头，一把米可以救一条命的例子他们可见得太多了，何况猪肉？

陈二皮和刘讨口子吞下满嘴的唾沫说：“这半年，咱们全厂每人每月从定量中抠出半斤粮来养这头猪，少说人平也用了几斤了，十九斤的定量，抠半斤是啥阵仗？说不杀就不杀，这不是糊弄人吗？”

工会主席赶紧捂住他俩的嘴，说：“要死了？这是国家政策，你狗日的谨防脱不了手。”

这时，书记兼厂长叶大全走过来，冲陈二皮说：“二皮，你娃盯紧点，别有什么闪失，榨油厂的猪昨晚掉进消防池淹死了，咱们可要小心点！说罢冲他眨眨眼，二皮心领神会，点头说：你放心，它跑不了。”

刘讨口子随即跑出去喊了几个后生，发过毒誓之后，几个人开始商量杀猪计划，有人建议学《白毛女》，让猪喝卤，制造自杀假象。但那猪由于营养不良，长得像雷公一样，脑子贼精，不一定肯就范，即便就范了，大伙要是吃了也被放翻了如何是好？有人建议用棒子打，但马上有人反对，这样容易被识破，何况这年头人人都没劲，别三下五除二，分的肉还攒不够挥棒的劲，不值！最后有人提出一个万全之策，干脆用电烧，闸刀一推，省事。

说干就干。把电线往猪蹄上一缠，猪似乎从众人杀气腾腾的眼神中觉出点什么，拼命反抗着，却终因寡不敌众，被放翻在地上，随即推上闸刀，谁知一通电猪反倒来了精神，箭似的一蹿，险些拉翻配电盘，夺路而逃，众人紧追不舍，提的提板凳，抓的抓棍子，猪哪见过这等阵仗，左冲右逃，慌不择路，一下子蹿进消防池，人们赶紧围住池子，猪一靠岸，就被重重一击，尽管这家伙有“游四海”的本事，架不住众人你一板凳，我一棒子，在水中鼓着泡喘着粗气，不一会儿便肚皮朝天了。

人们一面烧开水，一面向叶厂长报告：“猪跳进消防池了！”叶厂长一路走一路骂：“这些龟儿子怎么这么不小心？”到了现场，悄声对陈二皮说：“你龟儿子也不长脑壳，榨油厂的猪跳消防池，全县的猪都捡样了？陈二皮说，纯属意外，纯属意外！”

猪很快烫出来，会计拿算盘一算，正好人均半斤，全场欢声雷动，工会主席悄声对厂长说：“工业局那头恐怕要送点，要不然追究起来没人担待。”厂长一拍脑门说：“那就送十斤去吧。”会计把算盘一拨，每个人头上就还剩三两。想着花二两肉买道护身符，众人也没说什么，就开始分肉：净肉三两，拿猪蹄的多二两。

这时，有细心人突然发现猪舌头不见了，这可是大问题！大伙你看看我，我看看你，决定关上厂门，从平日手脚不干净者身上搜起，全场人人过关。谁知刚搜了五个人，舌头却又鬼使神差地自己跑出来了。毕竟，一个舌头和一个贼名的价值不能相提并论，“低标准”时期也一样。

工人们单手托着三两肉风风火火往家里赶，快过年了，回家把肉剁成末，烧一大锅苕藤汤，老婆孩子一顿狠灌，该是多美的一顿年饭呀。

只有陈二皮一直郁郁寡欢，忙活了一夜，他抽签只抽了一块毛绒绒的肚皮肉，事隔几十年，在茶馆里，他还对刘讨口子说：“那晚黑灯瞎火，血旺子不晓得被谁弄去了？按规矩，杀猪的，应该接血旺子。”

刘讨口子大笑着说：“你娃是饿昏头了还是咋的？淹死的猪还有血旺？看把你美的！”

zy

妈妈的年，与食物有关

妈妈的年，与食物有关。这符合中国老百姓的心理特征，特别是她们那一代从温饱没有保障的困难时期走过来的人，食物就是一切。

妈妈讲得最多的故事，是困难时期她父亲在大年初一找不到能下锅的东西，搓着手东晃晃西看看，突然发现墙上有一小捆之前遗忘的干萝卜缨子，拿下来剁碎煮出的年饭，因此，她发誓，永远不过那样的日子，永远不让家人和孩子的过年记忆里，装进那令人心疼的年食。她说到也做到了。为此，当然也费了不少的力气和智慧。

每年深秋，树上的叶子变成黄蝴蝶四处乱飞的时候，妈妈伸手往风里蘸一下，像蘸一滴蜂蜜，放进嘴里，尝一尝，然后心满意足地说："该做腊肉香肠了！"

之后的几天里，家里的大盆小缸里，便装满了色彩鲜艳的猪肉和香肠，妈妈像一个手艺高超的调配师，将各种佐料、香粉以及配料，凭着感觉放到每个盆里，再经过不同手势的搅拌和调和，将它们变成了酱肉、板鸭、腊兔、香肠和味道不一的舌头、心脏、蝴蝶猪头，挂在厨房的墙上，将厨房装点得如同一个富足的原始人洞穴。

这只是第一步，接下来，就要准备过节的一些甜点和小吃了。早年，汤圆面是要自己推的，我很小就记得妈妈一个人挽着袖子把通常两个人推都慢慢悠悠的石磨推得风快。她一手将昨夜泡好的糯米，一勺一匀舀进磨眼里。饱满润泽的米，晃晃悠悠地滑入磨心，辗转缱绻，变成洁白的米浆，流入老木桶中，被一根布袋包了，挂在屋檐下，空气中便满满地有了一股甜丝丝的酸香气息。

汤圆心子也是自己做的，最早有玫瑰和冰橘等多种味道，但因为家人更喜欢红糖椒麻味，而最终简化到只做一种了。

红糖椒麻味的汤圆心，主要原料有红糖、花生、芝麻和菜油，还有最重要的主角花椒。就像所有的大牌那样，它的戏份最少，但作用却巨大。许多外地人永远都无法理解，红糖与花椒，是如何不生事端地和谐相处在一起的？答案很简单，红糖的甜糯，加上花生芝麻的香脆，再加上花椒的麻所制造的味型，是令人入口不忘的一种经典风味，它在我心中，等同于妈妈的味道。在我流浪异乡的许多年里，我无师自通，学会了用妈妈的方法，做过许多汤圆，妻儿和朋友都说好吃，但我始终觉得少了什么，就是妈妈的爱心和思念的味道。

近年来，随着年纪的增大以及供应的丰富，我们希望妈妈少做一点，别太累了，能到超市去买的，尽量去买。母亲总是答应得很爽快，但转过背就忘了，随着年味渐浓，今天一挂香肠，明天一挂腊肉，拍成小视频发来，看着她累并快乐的样子，也不忍心再说什么，只默默在心中感叹：“有妈妈的年，真好！”

ZY

秋芳的民工饭馆

秋芳最早来省城的时候是在菜市场上当菜贩子。每天凌晨三点从批发市场进些菜，用三轮驮到菜市场，根据当天的行情每斤加3角到1元不等的运费，再卖出去，一天能挣30元到50元的辛苦钱。如果运气好遇上刮风下雨，别的菜贩不出摊，收入还会高些。

有一次，一位来买菜的同乡对她说，她每天在这里摆摊，日晒雨淋的，也挣不了几个钱，何不去开个饭馆，这周围几个大工地都没有食堂，好多民工都在自己煮饭，她开个饭馆保证比卖菜赚得多。

秋芳特意观察了一下，由于拆迁，周围小街上原有的小饭馆都没了，而自从去年发生一起工地食堂食物中毒事件之后，有关部门就对工地食堂进行了严格规范，很多工地老总嫌执行起来麻烦，干脆就把食堂拆了，民工们吃饭，自然就有些麻烦。

秋芳初步估算，开个饭馆，最低得投入10万元钱，这其中，门面费用就占一大半。以她的经济状况，把所有积蓄加起来，还要借一些，全押在这上面，风险太大。

同乡又来撺掇说前面有个小院，本是要拆迁的，因为工程进度稍慢，一时半会拆不了，不如跟工地说说，暂时在那里试试。同乡对于自己做饭已有些厌烦，想她开饭馆的愿望比她自己开饭馆的愿望还要强烈。跑上蹿下，居然帮她把事办成了。工地方也觉得没有食堂太不方便，只是不想担太大的风险，现在有人要办，何乐而不为？

秋芳的民工食堂就在那座荒弃的小院里开张了。小院是典型的川西民居，据说修于民国时期，先前住过什么大人物，后来变成了杂院，但格局和形制倒还可以，特别是住户搬走之后，往日的拥挤和喧嚣都消失了，只剩下那些被主人抛弃的不值钱的花草在小院角落里落寞地开着。有些屋子已取掉了屋顶上的瓦，显得很敞亮。

经过仔细打扫和清理，架上蒸锅和笼屉，摆上各式各样切好洗好的肉和菜，再放上几张大小和成色参差不齐的桌椅板凳，小院一下子变成了一个正在摆九斗碗的农家，这样的场景，是让农民工们打心眼里感到愉悦和亲切的。这让他们想起家乡，想起值得办“九斗碗”的所有高兴事。

小饭馆最低消费3元钱（后涨成5元），民工们只需炒一份菜，即可敞开舀饭，还可以免费来一碗洗锅汤。如果打上2两2角钱1两的烧酒，再到天井里的竹椅上张嘴望天打个盹，那简直像半个神仙了。被拖欠的工资，让人急眼的娃娃学费以及父母的医药费等闹心事至少半个小时不来找他。

老乡说：“秋芳，你把价订得太低了，没什么赚头。”

秋芳说：“咱们刚开业，不能只想着赚，只要大家喜欢这里把这儿当了家，我自然就不会白忙活。”

秋芳不是没算过账，如果把价订得低一点，来的人多了，自然就有利润。大多数年轻民工在吃喝上是舍得花钱的，不会只停留在最低消费上，他们喝的是老民工们痛恨的又费钱又没劲的啤酒，抽的是三至五元一包的香烟，每到月底发工资或心情不爽时，也会让她特意备好菜，出来海吃一顿。

果如她所料，民工们把这里当成家了，这方圆二里地，适合他们去的消费场所还真没有。到她这里来，喝喝酒、打打麻将、聊聊天、看看电视，民工们一天的劳累，也就排解和疏散得差不多了。她这里还有别的地方没有的好处，即吃喝都可以记账。民工们如果钱用完了，记个账月底再付也成。绝大多数民工的账都能结清，少数几个想赖账的，也会被别的民工臭骂说：“把秋芳的饭馆拖垮了，你吃个球啊。”通常被骂者就会红着脸乖乖地跑到秋芳那里把账结了。

秋芳的小饭馆成为周围几家大工地数百个民工的吃饭和休息场所。民工们像在自己家里一样欢快地抽烟喝酒，有的小青年还会把吉他背出来在院里的芭蕉树下弹得泪流满面。

小饭店小有名气了，引起了一位记者的关注。这位记者平素也常在底层圈子里打转，发现些既可以曝光又不会惹事的题材，偷拍下来拿去报道。秋芳的小饭馆自然成了这样的题材，如此低价的饭菜，用的油和米是不是有问题？在拆迁房里办饭馆，有没有执照和安全隐患？

记者于是装扮成民工，到饭馆吃了几天饭。和别的民工不同，他手里随时攥着个包，包里装着偷拍机。

很快，电视上报道了这件事，在播音员义正词严的声音中，秋芳和她的小饭馆成为当天的重磅新闻。很多市民看了之后摇头，而另有些市民则叹息说：“电视台又开始欺负苍蝇了。”

有关部门第二天清早马上开始行动，把正在准备午饭的秋芳堵在厨房里，严令她交出各种证件执照。秋芳当然拿不出来，于是领头人一声令下，众人七手八脚将桌椅和杯盘碗盏往车上扔。秋芳见状，赶紧说：“别扔别扔，我自己搬行不行？”

众人停手，让她自己搬。她小心翼翼地把碗和盘装到纸箱里，然后轻手轻脚地将它们放到车上，像新买回来的一样小心爱惜。一位年轻执法人员嫌她太慢，催她说：“别磨蹭了，你以为这些东西还能再拿回去的吗？”

一位年长的执法人员赶紧制止了他，任秋芳慢慢搬下去。

这天中午很多民工都没有吃饭，他们对神色沮丧的秋芳说：“早知有今天，只不过来得太快了点。”

另有人说：“电视上说卫生条件太差，米和油的质量有问题，我觉得总比我们在老家时吃的东西要好啊！这下倒好，连质量有问题的饭菜也吃不成了。”

民工们的话，说得秋芳的心酸溜溜的。

一个月后，在距那座小院不远的小街上，又一家“秋芳饭馆”开业了，门脸很小，但很干净，卫生许可证和营业执照端正地挂在最显眼的墙面上，最低消费变成了8元，来吃饭的民工比先前少了很多，他们一半是因为价格问题，另一半则是因为小店地方太小，蹲在里面吃饭太憋屈……

这是2006年前后的事情，距今也有十四五年了，那时我在离此不远的《成都晚报》社会新闻部当新闻民工，和几个同事一起，去那里吃过敞开舀的饭和拌白肉，并且很真诚地和民工们一起，诅咒了曝光的电视台记者。

如今，工地的条件已有了本质的变化，建筑工人们的居住和饮食条件也进步了很多。每当我看到工地板房里的伙食团时，不知为什么，我就总会想起秋芳最初创业的那家开在拆迁小院里的民工饭店。

不知现在的她，可好？

zy

爸爸的发薪日

在我的人生最美记忆排行榜中，童年时代父亲领工资的那天，绝对排名靠前。每逢那一天，父亲就会蹬着他那辆宝贝加重“飞鸽”，从一百多里外的单位回家，车龙头上一定挂着一块两斤重的大肉，后座上则是一个大萝卜和一大捆蒜苗，这是他当时经济条件允许的最奢华上限了。

肉洗净，加水加姜和花椒上炉，不一会儿，便煮出满屋香气。父亲用筷子捅一下肉皮，如果能插进去，就捞出锅，放到菜板上。那个高度，正是我的眉眼和弟弟额头的高度，我的旁边站着弟弟，弟弟旁边站着邻家的狗，都盯着案板上的肉吞口水。

在很长一段时间里，我都觉得，切肉是世界上最爽最美好的事。粉嫩的肉皮，洁白的肥肉和淡红色的瘦肉，都闪着一层暖暖的油光。锋利的刀切下去，它们就颤颤悠悠倒成整齐的片，每片上面，都散发着丝丝缕缕的热气，仿佛随时都会有一个小仙人，摇摇晃晃地从里面钻出来一般。

这肉自然还是半生的，只有表皮熟了。那时的我们当然不明白，大半个月没吃到肉了，胃里恨不得伸出一只小爪子来。趁父亲不注意，我和弟弟伸手各抓了一片，囫囵含入口中，一股油爆爆的肉香，瞬时炸开在口鼻之中，还没等久不见荤腥的牙和舌头反应过来，便已滑入喉中，一路暖暖地冲下肚去。

如果父亲发现，一定会及时制止，并挤一挤菜板上的肉片，指着上面冒出的粉红血水说：“还没熟呢！”

我们瞬间就觉得后悔，但这并不妨碍我们再次伸手。从那时起，我就依稀知道，人在很多时候都是非理性的。理性告诉我们肉没熟不能吃，但欲望却总是怂恿我们试试。而我们往往更愿意听从欲望。

两斤肉切开，是很大一堆，再加上择好洗净的蒜苗，足以炒出一大盆回锅肉。大萝卜，自是在切肉之前，已变成了一堆小块，乒乒乓乓滚入锅中，不一会儿就变成乳白汤锅里漂着的一块块软玉，迎面一场葱花雨，便温婉可人，异香扑鼻。

香味是藏不住的，一家炒回锅肉，不说香半个城，至少大半条街——都闻得见香气。特别是在这条以贫民为主要居住者的小街上，绝大多数时间，空气都像是斋戒时的一样。肉汤煮萝卜，已是香得让人心痒痒的了，更何况是蒜苗和肉的那番颇具侵略性的香味，足以让左邻右舍挂上成分极为复杂的表情，那时我就无师自通知道什么叫羡慕嫉妒恨了。

用小碗给外婆和近处几家亲密的朋友邻居送去几份之后，盆里还有一半多油色红润香气扑鼻的回锅肉。这一天，我们不像平时那样各自一份地吃分餐，而是全家围在桌边，尽力气吃。这是我们难得的敞开肚子吃东西的记忆，我们全家四口，两斤肉两斤蒜苗一大锅萝卜汤和饭，基本能消灭干净。我和弟弟的肚子，会比平日里大两三倍，轻轻打个嗝，都有油汤漾出的感觉，仿佛已变成了两只装满了油水的坛子。

通常这个时候就是父亲给妈妈交家用的时候，也是最有仪式感的时候。父亲总是把不多的一叠钱拿出来，像过家家一样念叨着：这是给我妈的、这是给你妈的、这是给娃儿交学费的、这是在单位买饭票的。母亲则耐心地听着，并接过钱来点一点看一看，这些可爱的纸，在她那里只是一个匆匆过客，她必须在它们离开前，细细地看看它们，尽量把记忆留深一些，留待它们远去时好作念想。

这个场景，于我的一生都有意义——父亲作为一家之主把一个月辛勤劳动的收入交给妻子，既感到小有成就，又略带因数量不多而显露的歉意。母亲作为一家主妇，收到丈夫的血汗钱，既有一种主权宣示的得意，又有一种捉襟见肘的不满足感。这两种表情，足以促使父亲加倍努力地去工作，并在上班之余，带点家乡的土特产到单位去售卖，或趁着节假日去打鱼或做凳子卖，收到钱之后，风雨无阻地骑一百多里车回家。

妈妈说：“发工资那天，就是天上下刀子，爸爸也会回来。”

他知道我们都喜欢这个难得富足安乐的日子。

父亲的行为很大程度上影响了我，让我在之后的大半生里，每逢领工资那天，一定要买上许多平日舍不得买的好东西，一路哼着歌回家……

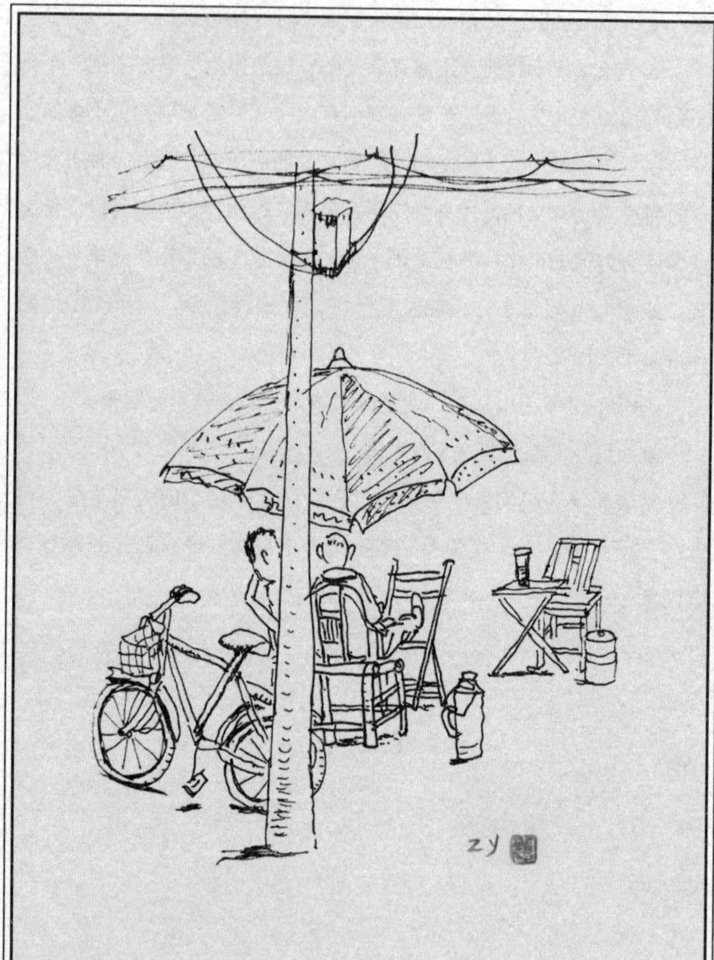
zy

偷茗

母亲生于1949年，在她10岁那年，她的生活迎来了一个坎。在那场至今还让人心有余悸的灾难中，她那个年龄段的人们患上了一种通病——近乎病态地爱惜甚至崇拜粮食，家中一定要堆很多粮食才觉得踏实，一看到有人倒剩菜剩饭，他们就会摇头叹息。

而每当这个时候，我们总是劝她往前看，不要老是用旧眼光看问题。也正是基于这个原因，我对她所讲的许多故事熟视无睹，即使在最缺题材的日子里，也没想过要把这些故事写出来。直至最近一次她来成都看我，又讲起那个已经讲了很多次，而且每次讲都会大哭一场的故事。

故事的主人公叫唐云福，四川省什邡县灵杰镇人，时年约20岁，是什邡铁器社的学徒，后铁器社并入县农机厂，他与我的铁匠外公便成了同事。我母亲那时10岁左右，常去厂子帮外公干活，与唐云福很熟悉。据母亲讲，那是一个干净整洁的阳光青年，即使在干完最脏最累的活之后，都不忘用厂子里不多人用的棉毛巾和肥皂把脸和脖子洗得干干净净，成为那群黑脸汉子中唯一的异类。这让那些把劳保毛巾和肥皂拿去换了吃物的师叔伯们很不以为然，甚至为他不把自己当劳动人民的行为担心起来。这为他后来的人生悲剧，埋下一个伏笔。

但唐云福却不以为然，他觉得自己喜欢白净毛巾从疲惫的皮肤上滑过的感觉没错；他觉得洗干净面孔走在阳光下，感受风和姑娘的眼神从发间飘过的感觉没错。于是继续我行我素，把一些人的劝告和另一些人的警告都没当回事。他没觉得自己把脸洗干净一点，跟“封、资、修”、跟“脱离群众”有什么关系。

之后，“困难时期”来了，食堂的馒头由大变小直至于无，饭由干变稀逐渐成为绿色的汤水。人们也渐渐变成了只关心肚腹和嘴巴的动物，整天饥肠辘辘地琢磨什么东西可以丢进嘴里骗骗肚子，好让它不再闹腾。

当时，各个单位领导也担着风险想办法搞食物，农机厂不知从哪里花大力气搞回来一些苕母子[1]，准备在厂子后面的荒地上种。但这批苕母子从运回来那天起，就受到了无数双饥饿眼睛的关注。那个时候，就连平时用来喂猪的苕藤叶都升格成了人食并且日渐稀缺起来，突然来了这么一堆滚圆壮实的家伙，引起的骚动与纠结，是可以想象的。人们明白，这些苕母子下地后，来年可以长出青青的苕藤，可以长出一大串甜甜的果实。但这诱人的未来，却不能解决饿得人急眼的现在。于是，一些人悄悄打起主意，趁月黑风高之时出来盗挖苕母子。

偷种子跟砸锅偷牛一样，在农耕社会是不可接受的大罪，因为这是断人生计的行为。厂领导及另一部分没有偷的人异常愤怒，于是决定加强防卫措施。一面加强巡视，一面在苕母子地上，浇上一层厚厚的粪便。

然而，这并没什么用。首先，饥肠辘辘的巡视人不敢保证有精力和脚力整夜巡视，更不敢保证他们不会在饥饿的怂恿下监守自盗。这

[1] 四川话里的红薯种子。

样的后果，便是失窃事件继续发生。领导怒了，半夜起来挨门搜查，结果，唐云福成为唯一一个被抓住的人，而他的被抓，皆因为那太爱干净的“坏”毛病。别人偷苕母子，把上面的粪便一搓一擦，用衣服把表皮狠劲一勒，老鼠般一圈圈啃掉外皮，然后囫囵着落肚为安。而他却还忙中偷闲地接水洗了一遍又一遍，还妄图用饭盒和油灯将它煮熟，自然被抓了个现行。

当晚连夜开现场批斗会。领导愤怒自不必说，没有偷苕母子的也群情激昂，而偷了苕的人们为了不被怀疑，更是加倍地群情激昂。于是，捆绑、抓扯、殴打等触及皮肉和灵魂的招数尽情用上。中途，有人提议，既然这小子那么喜欢干净，不如就直接让他吃一肚子大粪。

这个提议得到了平时早就看他不顺眼的人们的支持。有人从厕所里舀来一大勺大粪，有人将唐云福脸朝天地按躺在地上，一勺青黑如猪屎般的粪汤，从头浇下，他的嘴巴、鼻子和脸，顿时被一片污秽掩住，惨叫声撕心裂肺……

领导觉得杀一儆百的示众效果已达到，悻悻然走了。没偷苕的虽然饿着肚子，但观赏甚至参演了一场刺激的大戏，也心理平衡地睡觉去了。而偷过苕的人们，因为自己顺利脱险，而且还看了另一个倒霉蛋凄惨但还算有趣的表演，也放下心中一大块石头，安然地回去睡觉了。大院里只剩下唐云福一个人，前半夜昏躺在地上，后半夜独自清洗直至天明。

第二天，唐云福失踪了。他跑回离城十多公里的老家，静静地跟在母亲身后。他父亲去世早，母亲是他唯一的亲人。母亲并没觉出他有什么异常，只是把平常攒下的两根红苕塞到他怀里。但破天荒地，儿子没有狼吞虎咽地把红苕嚼下去，而是咬着嘴唇，把红苕揽进怀里，在母亲好好上班的叮嘱中，一步三回头地离开了家，跳进了汹涌湍急的人民渠。尸体在几天后被捞起来，已有些肿胀，衣兜中的红苕，已长出红绿的尖芽……

据当天参与捞尸的铁工厂工人讲，那尸体见天时，一直双目不闭，直至他母亲到来时，才七孔出血，闭上眼睛。

那一年，铁工厂的红苕最终连苕叶都没有收回一根。唐云福的经历，并没有吓到偷苕的人。倒是逮偷苕的人，再也没有当初的勇气和决心。他们常常对人说，半夜，会听到院里水声，像唐云福死之前那晚上疯狂的刷洗声……

zy

九斗碗

汪胖娃是我在成都庆云南街一家小饭馆里吃饭时认识的。那时我刚到报社打工，他也刚来成都开店，他的小饭馆菜味不错而且价格便宜，很符合我当时的消费水平，在他店里吃饭次数多了，一来二去也就认识了。客人少的时候，他会端碗啤酒在邻座坐下和我们聊天，问的都是各种与吃有关的问题。他说："我喜欢和爱读书的人聊，相当有营养。"

汪胖娃的爹也是厨师，早年在乡下给人办"九斗碗"很有名气，方圆几十里，婚丧嫁娶红白筵席都以请到他来做主厨为荣。老爷子为此非常得意，觉得有义务将身上的所有绝技教给他唯一的儿子，以保证他手上这套传了几百年的川西正宗"九斗碗"技艺能再为乡亲们服务几百年。

说起"九斗碗"，川西坝子的人们多少都有些记忆，这是酒席的另一种说法，有严格的程序和讲究，整个酒席共有九道大菜，分别是碗面子、酥肉、烧白、蒸排骨、墩子、蒸粉条、蒸青菜和凉拌菜。主要以蒸菜为主，上菜的次序也有讲究，而且也有不少禁忌和规矩。比如，不能上八道菜，因为旧时赏乞丐，每人一碗盖浇饭，在八仙桌坐满，一桌上正好八个碗。也不能上十道菜，因为"十碗"与川西方言"石碗"同音，喂猪儿的碗就是用石头做的。川西的规矩与川北和川东的不一样，那些地方的田席，就叫"十大碗"，没有这些忌讳。

汪胖娃打小跟父亲走乡串户做"九斗碗"，不出

20岁，便已吃成了二百多斤的胖子。如果在早年生活贫困时期，倒也是千里挑一的富态相，但问题是，他富态的时候，连乡下的猪儿都开始喊减肥了。

汪胖娃的富态相，使他的每一次相亲都以失败告终。在进行过10次失败的相亲之后，他决定减肥，每天被蜂子蛰了般满田乱窜，但窜完之后，肚子更饿，父亲锅里永远都有吃不完的九斗碗，他的减肥效果可想而知。

有人告诉他："你如果不离开你爸，依旧天天跟他到处做九斗碗，整死都减不了肥。"

但对父亲来说，离开就等于背叛。而以汪胖娃仅有的几年读书经历，所会的手艺，到哪都只能干那"饿死都有三百斤"的厨师营生，而且，帮别人打工，怎么可能像帮父亲这样，每月稳捡2000元钱，偷偷懒也没人跟他计较。这在2000年前后，诱惑性可想而知。那时，成都最热闹的春熙路的房子，也不过两千多一平方米。

谋生重要，而减肥娶妻也重要。二者之间的冲突，他从某夜在电视上看到的一条健康信息中寻找到了解决方案。那新闻说：未来人们的生活健康，以少油少盐为标准。而他发现，父亲的九斗碗，最大的特点就是肉肥、油多、味重。这极可能是他长胖的原因，也是乡亲们渐渐不太想办九斗碗的原因。

他决定改良"九斗碗"。这事事先和父亲商量，被父亲骂了个狗血喷头。父亲说："祖先老人们几百年都是这么做的，你娃想造反啊？"

汪胖娃明着没这么干，暗里却偷偷试验起来。他用冬瓜代替肥肉，用豆皮做碗面子，尽可能少放油盐，试蒸了几道菜，被人误端了出去，食客吃后，大喊味道不对，说老汪开始掺假，父亲一怒之下扇了他一耳光。

汪胖娃在庆云南街开的这家小餐饭，就是用了他改良的“九斗碗”做法。当然，经过更精心的学习研究，他做出的各种土豆泥圆子、锅巴酥肉、豆腐皮碗面子以及少糖少油型的冬瓜甜烧白等，味道已非常好，且符合城里人的健康饮食标准，生意火得一塌糊涂。而与他暗暗较着劲的父亲，在乡下的生意却越来越秋[1]，除了天天酒后叫骂世人的眼睛已瞎、肠胃已坏之外，便再没有别的办法。

后来，庆云南街扩街，汪胖娃的店搬到什么地方便不得而知了。几年后，也即是前几天，我和同事去郊外办事，被人带到一家据说生意很火的农家饭庄吃饭，饭庄主营九斗碗，庄主就是减肥成功的汪胖娃。十几亩地的庄园里，人来车往，好不气派。

他爹已彻底投降，正和漂亮的儿媳妇一起，忙活着新九斗碗呢。

[1] 方言，指越来越冷清。

zy

把包子送给那个对你好的人

好友小蕊多年来一直保持着一个颇有古风的传统——每月最后一个周末，一定会在家里请一位朋友吃饭。这天，所有的食物都是她亲自制作的，包括茶点、菜品和饭后的水果沙拉，桌上摆着新采的鲜花，连摆餐具的方巾，也是跟客人的喜好相关联的。所有的一切，都透着一种庄重与温柔揉和而成的形式感，让客人由内而外、由眼及心，都暖暖的。

小蕊将这一天，称为感恩日。所有被请者，都是她认为在自己人生道路上对她有过启示和帮助的朋友。为了不将这个日子与“应酬”混同，所有被请的人当中，没有一个是有现实利益交集的领导或合作伙伴。这使得小蕊的感恩日显得既纯粹简单，又神秘庄严。

我有幸成为小蕊感恩宴的客人，是因为一件早已忘掉的小事，似乎是某天我说的一句无心之语，意外地打破了困扰她许久的心结，她由此心存感激，并邀我做了当月感恩日的主角。

那天，喝过她酿的梅子酒，吃过她做的牛排和小蛋糕，沏下一杯小青柑，在软软的茶香中，我向她问起了好奇已久的话题——为什么会有感恩日这样的举动？

小蕊说：“感恩日来自青春期和妈妈的一次碰撞。”

那一年她14岁，正值大人说糖是甜的地球是圆的都要怼的年纪。由于是单亲家庭，对于生活的感受比同龄人艰难得多，因此，小蕊陷入一个长长的焦虑期，总觉得事事不顺心事事不如意，踢到一块石头都会往坏处去想，进而感叹人生的可怕无望，云彩背后总有一个与我不对付的神想要看我的笑话。心理陷入一个悠长的黑暗期，遇到任何事，先往坏处想；碰到任何人，先往恶处看。像找碴一样面对生活，没有不痛快，找不痛快；有小不痛快，一定要搞出大不痛快。戴着绝望的墨镜，看任何东西，都是一片预设的黑暗。像一只蛰人的小蝎子，不计后果地去伤害身边所有人，将人们的叫痛与反击，当作证据，证明人间原本的无情。由此，将自己严严地包裹起来，像林黛玉一样，天天在日记本上写冷黑的诗句，越写越觉得自己可怜；越写越觉得世界的可悲；越写越觉得人们的可怕与可憎。

而这一切，都是她想象出来的。她像独自夜行的人用自己想象出来的妖魔鬼怪，来吓唬自己，并且让自己一点点陷入自闭的境地。那段时间，她感觉世界充满了深深的恶意，连邻家的小狗看她，也不怀好意。

母亲看出了她身上的苗头，之前她一位同事的孩子就是因此陷入自闭，并且一发不可收拾地将整个世界关在了心灵之外。她可不希望小蕊像那样，牺牲了学业，甚至整个人生，她觉得自己必须做点什么。

小蕊记得，那是一个周末，母亲做好一笼包子，选了几个又大又靓的，用提笼装了，放到她面前，说："给你一个任务，把这几个包子，送出去。"

"送给谁？"

"送给一个对你好的人！"

"没有哪个对我好！"

"你再仔细想想！"

"那就送给你吧！"

“我是你的妈妈，对你好是天然应当的，我希望你把包子送给那个本没有义务对你好，但又对你表现出善意的人……”

“有这样的人吗？我怎么没感觉到呢？”

“是没有？还是没感觉到？”

母亲的表情很严峻，像在说一件非常严重的事情，仿佛那几个包子已不是包子，而是可以毁天灭地的大规模杀伤性武器。

小蕊顿时觉得她有些没事找事地大惊小怪。

母亲也觉出自己严厉的表情激起了小蕊的逆反心，而这并不是她做包子想得到的结果。于是赶紧刹车，急转弯地给了她一个苦笑，说：“就当是帮妈妈，来，好好回想一下，有没有对你好的人，哪怕是一丁点儿的。”

对自己好？

难道她听说了什么传闻？虽然班上有男女同学手拉手，但小蕊从来没有过。

“我没有早恋！”

小蕊几乎是喊出这么一句。

母亲惊愕了一下，说：“没说你早恋。你误会我的意思了。我所说的好，是那种会让人感激的好，你看我这一笼包子，就是打算送给同事徐阿姨，我每次有事，她都要帮我值班，从来没怨言，让我心里过意不去。我说的，是这样的好！”

母亲这么一说，小蕊没再激动，心里莫名地闪过一个身影——那是学校车棚里守车的魏爷爷，每一次看她打气吃力，魏爷爷都要帮她。

小蕊把这个打算说了，母亲很高兴，把提盒交给她，说：“看，也不是没有对你好的人，是吧？”

“这也算？”

“当然，善意不管大小，总是让人觉得暖暖的，多暖几次，心就不冷了！”小蕊回忆说，母亲说这几句话时，声音既安静，又空灵，像电影里的观音姐姐。

那天，她把包子送给魏爷爷，并说了送包子的原因。魏爷爷很高兴，后来对她和她的车更关心爱护，再后来竟发展到给更多的女生打气，乐呵呵的样子令人感动。

那以后，每隔一段时间，妈妈就会做包子，让小蕊回想“对你好”的人。让她回忆并检视这段时间里生活中的“好”，她也就努力去发现身边那些细微的善意和美好。小蕊先后把包子给了病假中帮她抄作业的邻桌、下雨天把伞分享给她的小玲，以及帮她解答难题的邻家哥哥，分别向他们表达了谢意。小蕊发现，自己的身边，其实有蛮多美好的东西，只是以前从没有在意而已，总把眼睛盯在冷漠丑陋的地方，忽略了而已。

母亲所做的，就是让她的眼光回归平和正常。让她通过回想那些被忽略的善意，重新认识被她片面化了的世界。

我们每天用来想恨我们伤害我们的人的时间，绝对多过想爱我们帮助我们的人，那样是不对的。母亲通过做包子这件事，让小蕊重新审视被忽略了的生活，重温那些被忽略了的善意和温暖，把她从阴暗心理的悬崖边，拉了回来。许多日子，她们在夕阳下一面揉面和馅，一面回忆生活中人们对她们的善意，像在寒冷的冬天里一件一件地捡拾取暖的柴和炭，发自内心地对他们抱以真诚的感激，并将这份感激擀进面、揉进馅、包到包子里，蒸出一屋子温暖芬芳的香气，那香气，将世界晕染得如同一个梦境。小蕊喜欢那种感觉，这就是她的感恩日的源头，她现在每一次邀请朋友来参加感恩日，做每一件食物时，眼里、手里、心里，都是那种感觉……

蛋糕

从菜市场回来，福嫂觉得浑身上下只有酸胀的腰是自己的了。

自从下岗以来，她便每天到菜市场上帮人杀鸡鸭，赚一些内脏和毛之类的杂物，分类卖给火锅店和废品收购站，一个月下来也能赚几百元钱。钱虽不多，帮补家用倒是能应应急，就是人太吃亏，太阳晒，水汽蒸，人声扰耳，一天下来，人就像要散架了一般。

屋里照例没人，女儿小兰正读高三，这岁数的孩子，日子比劳改犯也好不到哪儿去，课内温习、课外复习、早晨预习、晚上补习，整个儿一个读书机器。有时，看着女儿目光空洞的样子，她真有些于心不忍。但不这样又有什么办法呢？老一辈吃了没文化的亏，还能让她也接着吃亏？

小兰爸厂子的效益也不好，为了准备培养家族里第一位大学生，不惜一切代价，拼命地攒钱。白天在厂子里上班，下了班还去租别人的三轮上火车站拉客，一家人日里夜里很难有个照面。

放下菜篮子，感觉屋里的空气有些异样。

有什么异样呢？

沙发上，小兰的课本乱糟糟地仰躺着，桌上没来得及洗的脏碗筷几年如一日地在那里勾引苍蝇。

但她觉得的确有异样，并很快发现了它——一块生日大蛋糕，粉红的塑料外壳把阳光反射成满屋红晕。

她感到有些诧异：这种看来华而不实的奢侈品在家中已绝迹多年了，今天是怎么了？她本能地掐指算来：今天是小兰的生日吗？小兰是春天生的，早过了。那该是小兰爸的？不，也不对，他该是在冬天，那……

她于是跑到挂历前，努力地想确定今天是几月几号，但面对挂历上红红绿绿的数字，她确实有些茫然且笨拙。许久以来，日子是三月、五月或八月，是一号、十号、二十号，对她来说几乎是一样，她判定日子，都是以季节为单位，春天的鸭子嫩，扒毛不费力，夏天的鸭子老气，扯起来费劲。

小小日历今天却的确把她给难住了。

她判定时间，还有另一个经验：一般星期天她的生意很好，而星期一最差。她捶了捶腰，想判定今天的劳累程度。然而，她的努力又失败了，由于近来风湿病的发作，她杀一只鸭和过去杀十只鸭的劳累程度几乎一样。

就在她的努力濒于失败的时候，窗外的广播响了，新闻节目如福音一般将答案送进窗来：今天是八月十六日，农历七月十五。她一听，乐了，这东扑西扑整天忙活，怎么把自己的生日忘了，农历七月十五，关鬼门这天不是自己的生日吗？

夕阳在窗边，把微笑样的霞光抛进屋子。也抛在她的脸上，她忽然觉得屋里有一股暖洋洋的香味从某个角落里升起，这香味已阔别小屋许久了，她知道，那是幸福。

在酒一样的幸福感怂恿下，她决定好好地炒几个菜，为自己，为家庭，也为这一个蛋糕，她要置办一顿丰盛的晚宴。在她看来，这蛋糕早已不是一个蛋糕了。

从洗锅开始，她便开始猜测蛋糕的来历，她首先想到的便是他，她记得结婚前，每年的这天，他都会带着白糖、花生之类紧俏东西到厂子里来看她，对她说些比糖和花生更甜更香的话。一晃二十年转眼就过去了，这二十年里，回想起那些话，依旧是那么甜蜜而温馨。

只可惜，婚后的他逐渐变得粗枝大叶起来，很难再有当初那份兴致，送送小礼物或说说心里话之类的兴致逐渐被生活中琐碎的争端代替。有时，这会引起她的嗟怪，每当这个时候，他脸上都会闪过不可理喻的表情：要买什么，钱都在抽屉里，见着什么可心买什么，又没人拦你，还用我送？你们女人家，咋就喜欢在半空里过活？两口子过日子，要那么多好听的干什么？每当这种时候，她便不言语了，只长长地叹了一口气。特别是近两年，她下岗，他的单位效益不景气，两人的话就更少了。

今天，亏他还记着呢。

她开始洗菜，水唱着欢快的歌从水龙头里奔涌出来，在菜叶和她的指间绕濯着、舞蹈着，像一群调皮的精灵。她忍不住想抓住它们，它们却顽皮地从她指缝中溜脱了，空气中充满了孩子笑声般的水音，这使她想起她的小兰。买蛋糕肯定也有她的份，她分明记得小兰在很小很小的时候说过的那句话：“妈妈，你真好！每年生日都给我买蛋糕，等我长大了，一定给你买个好大好大的蛋糕……”

总之，不管他也好，小兰也好，有蛋糕就好，最好是他们两人都想到了，那样最好。她甚至幻想爷俩瞒着她密谋时神秘兮兮的场景，不觉笑出声来。

油在锅里唱了起来，引得她也想唱两嗓子，可唱来唱去只会两句：谢谢你，给我的爱。油烟一冲，满天满地香气汹涌，一下子把歌声呛回她的肚里。

她炒了丈夫最爱吃的鸭肠，女儿最爱吃的鱼香肉丝，还凉拌了全家最爱吃的萝卜丝，并且还把原本打算送到火锅店的一堆鸭爪用来炖了一锅花生鸭爪汤。在不到两小时的时间里，她置办了以往五天也置办不了的一桌菜。不知为什么，她觉得自己身上有使不完的劲冲击着、推搡着，支使她干每一件事，还怂恿她把柜里珍藏了很久的一瓶全兴大曲拿出来。

一切都办妥之后，她像一个刚画完巨作的画家一般疲惫而愉悦地审视着自己的作品，室内的温度很高，汗水落在嘴里咸咸的。

像风景画少了山和水一样，她总觉得桌上少了些什么。这才想起：忘了蛋糕。她讪笑着：唉，瞧这通忙，差点把主角给忘了。于是腾出位置，把蛋糕放到正中央，像祥林嫂端着祝福的牺牲，小心翼翼，害怕有什么闪失。

几只蝙蝠像抹布一样把窗外的天空抹得漆黑。从玻璃上，福嫂看到一个胖女人的影子，蓬乱的头发像政见不同的政客一般各自骄傲地分立着，彼此不相理会。这是自己吗？她举举手，玻璃里的胖女人也举举手，她知道，那是自己。这时，她才想起：自己不照镜子已经很久了。

她急急忙忙跑进女儿的卧室，从瓶里挤出些摩丝，使头发暂时和平相处了，又从抽屉中拿出唇膏，很笨拙地往自己嘴上抹。她很想涂得好一点，但手却老不听使唤，轻一笔，重一笔，使她看起来像个刚吃过人血的僵尸。她左看右看不满意，干脆用纸擦了。残留的红一下子变得自然了，这才放下镜子，换上一件久已不穿的蓝绸裙，以往很合身的裙子像紧箍咒一样勒得她难受，她努力屏住气，挺胸，收腹，感觉才稍有好转。

这时，门铃响了，她如同一颗石子从弹弓中飞出一般扑向门口，她要和他们一样，给对方一个惊喜。

门开了，不是小兰，也不是小兰爸，而是邻居郑大妈，郑大妈满头大汗，笑着说："福嫂，中午我钥匙锁家里了，寄放了一块蛋糕在你家，我来取。"

"蛋糕？"

"对对对！生日蛋糕，红皮。"

福嫂觉得空气中"咚"的一声闷响，随后有一只小虫从她的左耳一直穿到右耳，而后飞得无影无踪。

她的头一下子昏沉沉的：蛋糕，蛋糕，怎么会？怎么会？

她提起桌上的蛋糕问："是……是……这个吗？"

"对对对！"

郑大妈接了蛋糕道谢走了。福嫂觉得自己心里像有一窝马蜂，被郑大妈一捅，乱哄哄地炸了窝。

郑大妈走了几步，回头说："差点忘了，小兰让我告诉你，晚上她同学过生日，不回来吃饭了……"

福嫂点点头，轻轻地关上门，门在很远的地方重重地响了一声。

拿走蛋糕的桌上，留下很大很大一块空当。

这时，黑夜从四面八方漫入屋来，福嫂觉得，浑身上下，除了酸痛的腰之外，她一无所有了。

三环路边上，有座烂尾楼。守楼的民工，被拖欠了工资，为了自救，他们悄悄放些人进来临时住着，收点地租和水电费。

住户大多是相互介绍着来的，张三带来李四，李四带来王五。因为担心住的人太多了会引起有关方面的注意，造成大家都住不成的局面，大家在介绍人来时，都很谨慎小心，非特别知根知底的同乡或亲戚不会往这里带。

兔八哥是少有的几个不经熟人引荐就住进来的，他不是引荐者胡神仙的亲戚或熟人，他俩仅有一面之交。

胡神仙第一眼看到兔八哥时，他正在河滨公园的堤岸边冲着河里黑得冒泡的水发呆。胡神仙虽近视得像挂着两个破碎的酒瓶子底，但还是明白他不是在看风景。在他站的位置上，几天前曾有一个女人被冲下了河去，水不深，但还是没活过来，估摸着是被臭死的。

一想着那女人被河水腌得发黑的肌肤和酱得像咸菜的头发，胡神仙就心里发紧，他于是上前和他搭讪。依他多年练就的察颜观色、逢人说人话见鬼说鬼话的职业素养，居然很快撬开了对方的嘴，让他说出了自己的苦楚。对算命人来说，客户的苦楚，就是商机。

那人说自己是做生意的，倾尽所有资产开了一个煤矿，眼见快投产了，不想一场大雨引发山洪，把矿井冲得连渣都不剩，欠下亲戚朋友几十万元的债，不敢回去见人，思前想后，还是觉得一了百了的好！

其实，他向胡神仙讲的，只是故事的后半段，前半段是这样的：

他原本是一家银行的信贷科科长，从大学毕业到年薪12万的信贷科科长，他几乎是以狗尾巴着火的速度蹿过来的。他也因此找到了一个漂亮妻子，行长经常语重心长地对他说："好好干！"神色中带着一丝不同寻常的意味。

搞信贷，总是和各种有钱人打交道，和有钱人交道打多了，他开始不满足于自己的年薪。特别是他眼睁睁看着许多才智均不如自己的人，从自己手中贷出款去，不足一两年就变成百万千万富翁，开着他羡慕的宝马奔驰，他的心态不平衡了。他开始暗中观察和总结，发现许多人致富的法宝就是开矿，开矿是一条投入即终身受益，利润不低于贩毒而风险却小得多的财路，他决定去试试。

他伪造假资料，虚拟了一个贷款客户，将50万元钱贷给了自己，再许下高额回报，在亲戚中左拼右凑了些钱，在山里挖起矿来。他知道，只要开采手续一办妥，设备一到位，几个月之内，一个源源不断往外冒真金白银的财富之洞便会出现在他眼前。然后，只需将其中小小的一部分拿出来连本带利地还给银行，自己便可以神不知鬼不觉地成为那笔巨额财富的真正主人，而且还一举两得地为银行创造了一笔效益。许多人都是这么操作成为富人的。如果他再从这些财富中拿出些碎银子给上不起大学或医不起病的穷人，甚或再加大点手笔，到偏远山区去修所学校或造一座桥，经报纸电视一报道，几乎就成了天使样浑身闪着光彩的社会贤达了。这样的场面，在他梦中不知出现了多少次，让他笑醒了过来。

但梦毕竟是脆弱的，弱得经不起一场雨。

那场雨引发的山洪，像经过激光制导瞄准了一样击中他的矿洞，左右误差不出10米。山民们说，这个地方有50年没有发生过山洪了。

这次连神仙也觉得惊奇的山洪，击碎的不只是他的发财梦想，而且击碎了他的家庭、工作和亲戚朋友眼中还算不错的形象。在山洪暴发的第二天，也即是行长向他追问贷款的当天，他逃了出来，当地公安局很快向各地发出了协查通报。他像逃出猫爪的老鼠一样一路狂奔着，在邻省住宾馆时，因为服务员多看了他一眼而夺路狂奔，丢掉了钱包和身份证；而几天前住旅馆时，因为使用假身份证被老板娘敲诈不成，险些被报了警。遇到胡神仙时，他正茫然不知所措。而他的茫然，被胡神仙读懂了，主动来和他搭讪。胡神仙嘴里那些时也运也命也的话，让他听起来很舒服很受用，最重要的是胡神仙给他推荐的新住所，有一个非同寻常的好处——不用身份证。再没有比这更能吸引他的了，他于是决定在这里暂住下来，看看事态的发展再说。

烂尾楼里的孩子们见他两颗门牙外凸，甚是好玩，于是就叫他兔八哥。

和烂尾楼里的大多数住客不同，兔八哥是有知识有文化的人。知识与文化这种东西，看不见摸不着，却感觉得出来，而且非常直观。这就如同一条名贵的贵妇犬，即使浑身肮脏四处流浪，也与垃圾桶里上蹿下跳跟苍蝇抢食物的狗狗们不同，无论是气质、外形还是生活习性。

住进来的第二天，兔八哥就从二当家给他指的房间里搬了出来，自己选了平时很少人去的八楼。烂尾楼的其他住户们，平时为生计奔忙累得恨不得在街边都能睡着，哪还有多余的力气和心情再去爬高楼。大伙都本能地选择住在一楼，虽然挤点，但不用费力气爬楼，用水也方便。

兔八哥选择住八楼，与认可兔八哥这个名字一样，都暗暗反映了他的心理，他认为自己之所以落到今日这个地步，完全是由于自己时运不济，而他终有一天会发达的，要得发，不离八。住在八楼上，听着别人天天叫他八哥，他觉得心里更踏实些。

胡神仙成为他的好朋友，除了引荐的因素外，更大的原因，还是与他的职业有关。虽然胡神仙至今也没为自己算出一个不愁明天早餐在哪里的好命，但兔八哥却觉得，有一个知命理的人在旁边对自己指点指点，总是要安稳些。当初开矿时，有人叫他请风水先生来看看，他拒绝了，至今还在后悔，总觉得当初如果请人看看，兴许也就没有这么惨了。

住下之后，他也该考虑明天早餐之类的问题了。他想出去找事做，虽然拿不出文凭和身份证，但凭他所掌握的金融知识和从业经验，胡乱找个混口饭吃的职业先安顿下来还是没问题的。但关键是他这张上了协查通报的脸和他一见警车就打哆嗦的腿，使这个原本并不太成问题的问题成了问题。而像其他住客那样，乘着夜色出去卖卖烧烤或甘蔗，又是他不愿意干的。他觉得那样做跟让他从八楼上跳下来没有多大区别。

如果让他选，他宁愿选择后者，因为这样来得更快些。

在感觉风声最紧的那段日子，兔八哥躲在八楼上，望着周围办公大楼里来来往往奔忙着的人们，以及那些安着空调窗明几净的办公室，心情非常复杂。有时，他甚至在想，如果自己那件事没有穿帮，或者说自己压根儿没有干过那件事的话，那自己此刻也应该穿着干净的衬衣，坐在电脑前，喝着咖啡和天南海北的美眉们东拉西扯，等着来求自己办事的人绽放着相同笑容的脸，以及随后内容大致相同的款待。这些以往过得已有些腻味的生活场景，如今是那么亲切而令他渴望地闪现在远处的夜空中啊。

他想得更多的是他的妻子。那个朋友和亲戚都夸奖说他命真好摊上的美丽女子，标准的“上得厅堂，下得厨房”，一双会说话的眼睛总是暗含着笑意。她的身上，永远有一股淡淡的若有若无的香味，说不出来自哪种花或哪种品牌的香水。他问过很多次，想买来送她。但妻却总是笑而不答。

妻最擅长做菜，她做的菜与世界上任何一个厨师所做的都不同。她总是按自己的心情和喜好，将各种原本并不能入菜的花瓣、水果或别的有香味的东西当成佐料。她会用一种极小的金橘当醋，会用一种叫不出名的红色浆果做酱油，她会在烧牛肉的时候加一节甘蔗，会用柠檬汁泡出清爽可口的山黄瓜。

她说：“你上班交际应酬太多，肚子里各种油腻和毒素吸入太多，我是上天派来守护你健康的，我要把所有不好的东西清出你的肠胃。”

她这么说，也这么做了。像人体的免疫系统一样，无微不至地关心并监控着进入他身体的每一块食物、穿在他身上的每一件衣服，对他耐心而琐碎地关注着。

然而，这些曾经像空气和水一样平凡的生活细节，是他从来没有在意过的。他甚至还产生过见惯不惊之后的倦怠感。妻子的美丽外貌、如水柔情、清淡雅致的饮食和无微不至的关注与提示，都让他有一种莫名的麻木。像浸泡在山泉中的人不知道水的宝贵那样，甚至有了些审美疲劳。他像一个急于赶路的旅人，并不在意脚下漂亮的花朵和身边美丽的风景。要赶往的目的地究竟是一片荒原还是沙漠，他并不知道。而当他明白过来，再追悔时，已经来不及了。

坐在八楼的窗沿上就如同坐在沙漠的最中央，往日那些美好而平凡的生活，像遥远的水一样令他焦灼而痛苦。最让他难受的是八楼让他看得见周围世界里那些幸福着的人们——比身处沙漠正中央还残酷。在几十米之外，那些窗明几净的窗里，美女们在电脑前面含微笑地聊天，经理们坐在大办公桌前发号施令，而小情侣偎在餐厅里你喂我我喂你的一脸幸福表情。

这时，他的口中有一股很怪的味道冒了出来。这味道说苦不是苦，说酸不是酸，说辣不是辣，说甜不是甜，说腥膻又不是腥膻，是一股从来没有体会过的令人难受的味。

他想吐，吐不出。想咽，咽不下。他冲下楼到水龙头边漱口，到卖串串香的夜店里连吃10串最麻最辣最烫的牛肉片，又到水果店买了最甜的苹果最酸的柠檬最臭的榴梿，然后费了半管牙膏刷了六次牙每次至少五分钟直至牙龈脱皮溃烂……

但那味，依然在口中。

这是一种足以让人发疯的怪味，他实在想不出，世界上还有什么东西能压制住它，使它驯服，不再让自己难受痛苦。

他买了一大瓶白酒，仰脖灌下去，他指望着酒力发作热血上头几分钟后便昏昏然进入什么都想不起的状态。这是他最后的法宝，最近半个月以来，他用的次数非常多，以至于不喝掉半瓶白酒就入不了睡。

但不知是使用的次数太频繁还是别的什么原因，今天喝酒的量已远远大于往日足以让他昏迷的量了，但他的头脑依然清醒，那股可怕的味道依然令人痛恨地盘踞在他口中。

世界在他眼前胡乱地昏转着，八楼外的窗景，像旋转木马上的灯那样疯狂旋转着。这时，他脑海中依稀有一样东西由远及近由暗到明地显现出来，越来越近，越来越清晰。

那是一盘酸黄瓜，是妻子用柠檬和自贡老井盐外加甜椒和别的一些调料做成的。去了皮的黄瓜像刚出石壳的翠玉，伴着红色的甜椒，装在特意选配的青色保鲜盒里，每顿饭前两小时泡下，储存在冰箱里，压轴登场，是妻不肯传人的私家秘菜，那质地清脆，不咸不腻，酸中略带点回甜的黄瓜，一段时期几乎成了妻的代名词，他狂热喜欢过，也感觉平淡甚至熟视无睹过。但现在，却那样痛彻心扉地闪现在眼前，在他手指前一寸的地方若即若离，又始终触摸不到。像一只调皮蝴蝶在逗弄焦急而烦躁的猫。

他被逗得更加烦乱抓狂但又无能为力了。踉跄着起身上街，一夜间寻了二十几家卖鬼饮食的酒店饭馆，进门只要泡黄瓜，吃得满口冒酸水，但都不是那味，不是太酸，就是太咸，要么就是太软太黏热乎乎的像被人嚼过一般。

直到天色微明，他实在撑不住了，跑向街边的公用电话，拨响了至少一千次想拨而没敢拨的电话号码，电话那头传来妻焦急的声音："你在哪？"

他号啕着说："我……我在这个世界的边上，我想你，想翡翠黄瓜。"

妻焦急地说："我天天都在做翡翠黄瓜，你回来吧！"

但听筒里，回答她的除了哭泣还是哭泣。

几天后，几个外地警察来到烂尾楼，有一个漂亮女人与他们同行，她手里拎着青色保鲜盒，分外抢眼。

他们没费太多周折就到了八楼，找到兔八哥。兔八哥吃完女人盒中的黄瓜，平静地跟他们走了。

胡神仙看到，兔八哥的眼中第一次没有了焦灼和慌张。他据此推断出，公安局又发明出了最新的可以让犯人不跑的药，样子有点像黄瓜。

zy

厨师不得抑郁症

这两年拍美食纪录片，见过的厨师，多的不敢说，一二百肯定是有的。久去久来，有一个惊人的发现，这些厨师里，竟没有一个觉得自己得了抑郁症，甚至连疑似都没有。要知道，这可是当下最时尚的毛病，在朋友圈子里出现频率最高，今天听这个说睡不着，明天听那个叹生无可恋，还有的干脆就面黄肌瘦形同槁木，查身体器官什么毛病都没有，就是不想活了，有的甚至还真就干出了令人震惊和悲伤的事情。但我的厨师朋友，很少甚至没听说过有这样的事发生，从统计学的角度来说，这不科学！

针对这个问题，我问了老茶友赵伯伯，他当了大半辈子厨师，见的厨师比我多得多。听了我的疑惑，他也觉得有趣。他说："你还别说，这还真是那么回事。"

于是，顺着这个话题，我们就聊开了去。

为什么厨师不得抑郁症？

赵伯伯仔细想了想，以自己和身边朋友为例，给出以下几个理由：

第一，厨师的生活有保证。当厨子不一定能发财，但基本吃食不短缺。即使在困难时期，食物匮乏到烹饪学校的学生用报纸代替菜练习刀功，饭馆里只卖糖炒面和盐炒面两种吃食了，也不会饿到厨子。因为厨子总能在第一时间第一个关口碰到食物，并且想办法搞到最好的，弄进自己肚子里。人们开玩笑说厨子们“饿死都有三百斤”的身材，可不是喝水喝出来的。

第二，厨师的职业不压抑。虽然有人就有江湖，但厨房这个江湖，却是更简单直接的。这里所有的矛盾和恩怨，都不需要打肚皮官司或咬文嚼字。而且师父徒弟灶头墩子打杂的各司其职各有尊卑秩序，厨师往往是最不受压抑的，没有什么事不可以敲着锅叫骂出来，心中无须垫事，也不必心口不一地表什么态，桌上和气，桌下乱踢。争吵之后，很快就会忘记，没有什么争吵是一顿美食一杯酒解决不了的。实在不行，就找师父师兄弟评理去，这已是天大的事，但事过之后，照样屁事没有。

第三，厨师这活是体力活，每天在厨房，煎炸烹焖炖，所有活都很繁杂累人。但这些活却是累皮不累心，且有时间限制的，饭点一过，炉火风机一关，所有嘈杂戛然而止，晚上两杯小酒一下肚，昏迷般睡到大天亮，早晨一盏酽茶入喉，便觉得昨日烦累之我一洗而消，今天的日子又有了盼头。

第四，其实也是最重要的一条，就是精神层面的。虽然厨师们很难得专门提到这个高大上的词，但厨师这个职业，特性就是让人开心的。用自己的辛苦劳累，换得别人胃口大开，顾客由胃到心都快乐，吃得碗盘一空酒足饭饱翘大拇指夸奖，下次还带自己的亲戚朋友舅子老表来，门口排起一两百个号，那种成就感，很难说比文人写一幅字或歌手唱一首歌引来的掌声和成就感弱。菜就是厨师的作品，食者垂涎光盘吮指赞叹，便是厨师的成就。这是以奉献换别人快乐的事，与布施一样，是精神层面的收益。这样的人，这样的工作，是有神性的。无怪乎有民谚说：老天给每个人都派了个天使，就是那个微笑着给你做饭的人。每个家族，似乎都有一个这样的人，整天琢磨着把什么东西怎样做一下，大家会吃得更开心，然后不厌其烦挥汗狂干。做好之后，见人就喂上一口，眼巴巴地看你的反应，自己一口不吃也十分高兴，就像诗人刚给人朗诵了自己新写的作品一样。

赵伯伯的这几点总结，似乎暗合了心理学对健康心理的定义——适度的物质基础、适当的宣泄排解与心口如一、一定量的体力运动，以及舒畅而有成就感和盼头的精神生活。很多看似比厨师过得更富贵和高级的人，并不完整地拥有这些，故而感觉挣扎和痛苦得多。

当然，作为一种疾病，抑郁症也有不可抗拒却又不可知的发病原因。厨师离它们较远，至多是一种感性的观点，与科学事实，可能还有些差距。但这其中某些小道理，大家也是可以琢磨琢磨、参考一下的，毕竟，当代人的失眠和抑郁，确实有很多是生活方式造成的……

这个故事，是我很多年前听一位叫生钱的叔叔讲的，事隔多年，看他的讣文才知道，他叫“升黔”。他早年当过知青，做得一手好鸡，其中最拿手的就是凉拌姜汁鸡，用红糖醋汁泡姜，淋在嫩黄爽滑的鸡肉上，巴适得板。他最爱讲故事，其中最常讲的，便是当知青的那一段：

“在P县，偷鸡最厉害的就数我们永红公社的成都知青，我是他们的头儿。我们曾经成功地使方圆五里之内听不到鸡打鸣，还明目张胆地在后山腰上开过三县知青联办的百鸡宴。那一次，闻讯从各地赶来的知青哥们儿肩挑背扛怀揣手提弄来了一大群鸡，白的花的麻的黑的，乱哄哄一阵忙活，血，黑了一坡，入夜时分那些花的麻的白的黑的鸡便成了白斩的红烧的凉拌的火烤的了，之后，便是一通暴啃，留下满坡的鸡骨头，惹得附近村子的狗一两个月之后还常在坡上转悠。”

我偷鸡是黑娃教的。

他是五中的学生，在成都就练就了一身偷艺。下乡的头几年，他几乎包揽了我们所有的打牙祭的开支。我们只须往镇上的食堂里一坐，粮票酒票自然会从黑娃口袋里跳出来。即或当时没有，他只须出去转悠一圈，不等我们一人一口酒转过一轮，他便笑兮兮地出现在门口，也不管轮到谁了，抓起酒就是一大口。当然，有时也少不了要失手，鼻青脸肿，满脸鲜血地逃回来，自然，我们报答他的机会也就来了，一场恶斗自不在话下，不把弄花他脸的人的脸弄得比他的还花绝不罢手。久去久来，人们见他来了，便躲得远远的，捂着口袋还不放心，深怕他来个隔空取物。

这样，我们的油荤自然少了。黑娃见我们一个个清汤寡水的样子，就觉得对不起我们似的，一咬牙一狠心说："今天去跳凤凰舞。"

凤凰舞者，偷鸡也。

黑娃偷鸡是一绝，他似乎懂得鸡的语言，嘴里咯咯咯咯的总能让鸡们感到亲切。当然，许多时候他也用道具，有时是一把酒泡过的米，有时是一枝细竹管。当然，酒在我们知青点不是常有的东西，大多数时候，他都用一把干米代替了，将米捏在手中，拇指一弹一颗，很均匀的几尺一颗，均匀地铺成鸡们的死亡之路。如果鸡离得很远，就用细竹管吹，这一招屡试不爽，没有一只鸡能拒绝大米的诱惑，说实话，那个时代，做鸡也不容易。

每当鸡被它生命中最后几粒米吸引到黑娃身边时，黑娃的绝活便出来了，他不惊也不躁，只屏心静气地慢慢靠近那鸡，那鸡居然像被一股神秘的力量困住，不吵也不逃，就乖乖地被黑娃一双大手捧住，任他从翅膀上拔下一根长羽毛，往后脑勺一插，一弹腿就去了另一个世界。

此后的几年里，我几乎学会了黑娃所有的偷鸡绝技，唯独没学会用鸡毛杀鸡这一招。这一招，也随着黑娃被邻队的农民锄毙而从此失传。黑娃被打死，不是因为偷鸡，而是代表队上与邻队抢水。打架本不是他的强项，他本来像以往打架一样，往边边上躲，谁知在竹丛中遇上邻队一个跟他想法一样的人，那人慌乱之中抡锄，正砸中他的脑门。

黑娃死后，我自然成了大家吃鸡的依靠，我这一手做鸡的手艺，就是那个时候练出来的。我一直偷鸡到我被推荐上工农兵大学返城的前一天。返城时，全大队几乎人人都举手同意推荐我。知青们推荐我，倒是能理解，而社员们推荐我，则让我有些蒙，直到多年以后，支书老余进城办事，我做姜汁鸡款待他，趁着酒劲我还没忘问他这事。老余满脸透红地说："你想想，你一走，咱村里的鸡不就安全多了吗？咱们乡下人实在没有别的办法，只好捧你，让你离开。这一招，现在还常用着呢……"

zy

东坡肉

楼上的邻居在屋顶修了个花园，栽上各色花树，放上阳伞桌椅，我常常在天色将明之时，上去看朝阳，读书写东西。因为是借人家的地方，故将其命名为借园。以我粗陋的价值观来判定，东西可以借，但欢乐却是自己的。这在某种程度上，也算是对自己在物质方面不高的创造能力的一种精神胜利式的安慰吧。

今天这个故事，就是借园主人朱女士给我讲的。她某天上楼浇花，与我偶遇，知道我就是小区邻居们传说中的那个作家，她的小园子不仅给花儿和鸟儿们提供了栖所，还产出了许多文字，自然十分高兴，就给我讲了她父亲的故事。

她的父亲是个老军人，抗美援朝下来，已是正团职，娶了她的生母，一个能够用俄文念普希金诗歌的文艺兵，生下他们兄妹。郎才女貌，儿女成双，幸福得羡煞旁人。而这个时候，六十年代中期，那场众所周知的劫难铺天盖地而来，官职和功勋比父亲高得多的人都靠边站甚至进了班房，父亲这个县团级，自然也少不得被批。父亲军人脾气，受不了凭空而来的污蔑，挥拳奋起反击，被打成抗拒运动的典型。

生母果断而决绝地和父亲划清了界限，斩断了与包括两个儿女在内的所有联系，以保全她在省歌舞团的工作。她和父亲相差15岁，唯一能填补这段差距的，是父亲的官职，而一旦这填充物消失了，平衡自然就崩塌了。

在历经了几乎脱了一层皮的“挽救教育”之后 ，父亲被发回原籍监督改造，唯一的行李便是一双儿女，儿子5岁，女儿3岁。老屋早已不在，生产队腾出一间保管室，保管室除了一个扣起的拌桶，什么都没有。但比起有人监视，一不小心就可能挨皮带的土监狱，这间晒坝上空空如也的小房子，也就没那么恐怖了。

父亲早年当过篾匠，求得队长允许，从后坡拖回几根竹子，剃枝砍丫，不出半日就拼出一张竹床，一张小桌，三张小凳，把随身带的军被饭盒水壶往上一放，勉强就算得上一个家了。三个石头支上当年缴日本鬼子的一个长条饭盒，烧上开水兑灰面，他们那天吃的第一顿饭，是糨糊。

晒坝西边还有一户人家，住着母女俩，与保管室相距三四百米，此外周边半里，再无人家。那两母女，据说是地主，与村里人没什么来往。地主婆六十多岁，膝盖有病，走路一瘸一拐，她的女儿三十好几了，一直没有出嫁。

地主家小姐，通常是令人浮想联翩的，但这个小姐，却和想象的不一样。她没有白净的皮肤，也没有光亮柔顺的头发和纤细柔美的腰姿，更没有不沾阳春水的纤纤玉指。她的面色青黄，头发发黄而且开叉。小眼睛，大脸盘，一对龅牙，很不安分地顶在外面，而且还发黄。她年过三十没有出嫁，大致是因为长相。而地主小姐的身份，只是雪上加霜而已。

晒坝两头，一东一西两家就成了邻居，灯火呼应，炊烟融聚。一个地主，一个劳改分子，彼此倒也没什么嫌弃，虽不敢像正常邻居那样，你端着碗来我家摆龙门阵，我拎壶酒去你家打牙祭，但偶尔派娃娃搭个火借个盐什么的，倒也并不算什么忌讳的事。久去久来，两家彼此也有了些小小的照应。小姐最怕看到父亲给娃娃喂糨糊，经常偷偷把他家的面拿去加点黄豆面炒熟，再下锅时，满屋生香；父亲编竹虾篼到竹林背后的小溪里捞到小鱼，总是用草穿成两串，一串挂西屋门口，一串带回家中，煮得一锅腥气。

每当这个时候，地主家那位小姐，现在他们知道她叫芦花，就会摇头皱眉，觉得糟践了东西。父亲就自我解嘲，说要是有一碗油，把它们炸得喷香酥脆，再撒上一撮辣椒面和花椒，就美了。

但现实是，这些东西一样都没有。

下一次，父亲再捞鱼的时候，芦花跑来，把两串都接了，也不言语，一路小跑就进了竹林子，过小半天后，就端回一碗金黄酥脆的小鱼，放到竹桌上，香气四溢，两个小孩吃得嘎嘣乱响，父亲吃得满眼泪光。

芦花做鱼，其实用的是“炕”，她把小鱼放置在一个瓦片上，瓦片下面烧小火，慢慢炕干，这原本是做猫食的办法，不同的是挤了内脏加了几颗盐和干辣椒面，芦花称它为猫猫鱼，父亲则称之为芦花鱼。

朱女士说，那时乡下没什么玩事，她和哥哥就当了芦花的小跟班，而芦花也乐得带着这两个孩子，因为在这个世界上，他们是少有的几个还会对她笑并把她的话当一回事的人。她说喇叭花的屁股是甜的，两个小家伙摘下来就啜，她说蜘蛛在唱歌，两个小家伙就屏住呼吸竖起耳朵……

作为家中唯一的劳力，芦花真正玩的时间并不多，只是两个孩子觉得她做的事好玩而已，比如抹玉米，她把两个玉米棒碰在一起揉搓，笸箩里顿时下起了金黄的雨；比如宰猪草，她把一捆捆苕藤放在刀痕累累的菜板上，一阵“咚咚咚”的轻响，苕藤叶青汁四溅，不一会儿就变成一锅热气腾腾的猪食。她常常变戏法一般，从锅中掏出一个鸡蛋或小红苕，犒劳犒劳身后的小跟班和忙活了半天的自己。烟气氤氲的灶房里，芦花总能从坛子里、炉灰里、蒸笼瓦罐里掏出一点土豆玉米胡豆花生什么的，让他们雀跃欢喜。

作为狗崽子的他们，童年所有的温暖都与芦花和她的厨房有关。她总能用最少的油盐，做出味道完全不同的饭菜，每个月初，她就把不多的菜油和盐一起，炒得喷香，装到一个罐子里，每次煮菜的时候，往里放上一勺。她会用泡菜坛子里的酸盐水加上几粒小米椒，调出味道极好的蘸水，用来蘸萝卜。她能在孩子们吃腻了红苕之后，把红苕晒干磨细兑水打入开水锅里做成粉，拌上蒜泥香葱，吃得人满身大汗。

后来，父亲因为自己做饭实在太难，向队长申请让孩子们在芦花家搭伙。队长打趣说："要搭干脆全家搭，免得你天天吃糨糊，吃坏了我没法向上面交代。"

再后来，某一天早晨，父亲让儿女不再叫芦花姐姐，而是改口叫妈妈。女儿毫不犹豫地改了口，儿子迟疑了半晌，也改了口。那天，爸爸和芦花都非常高兴，爸爸用乡里人非常稀罕的旧军用挎包，换了两斤猪肉，芦花不惜血本，拿出过年都舍不得用的几颗冰糖，一副日子不过了的大手大脚样，倒出瓶底的菜油，把肉皮炸得酥亮，然后切片垫上黄豆，上锅蒸了两个小时，开屉之时，整个晒坝都迷醉在一片香气之中。

父亲说，那是东坡肉，苏东坡在流放的时候发明的。感谢老天爷，能让我在最苦最倒霉的时候遇到你！

他的筷子指着碗里的肉，而眼睛却瞟向芦花。

芦花的脸红得仿佛桌上仅有的二两酒是她一个人喝了一般。

朱女士说，时隔四十几年，她仍能记起妈妈眼含泪光微笑的那一瞬，她觉得那是这辈子最温暖的一刻。

几年之后，父亲平反并落实政策。他们的生母，以当初离开的速度，扔下已靠边站的后夫，冲到乡下，花枝招展地在父亲面前一亮相，用朗诵腔说要与他“重新找回失去的年华”。父亲说自己不懂表演艺术，也不想回省城，只想安安静静吃一顿东坡肉。“你如果会做，就帮我做一份吧！”

这场景很像川剧《马前泼水》，负心的妻子想请重回荣华的丈夫原谅。丈夫在马前泼了一盆水，说：“你将水收回盆中，我便原谅你！”

东坡肉就是父亲泼出的水。

父亲再没回成都，只是在当地政协谋了个闲职退休，与芦花一起，白天读书钓鱼，晚上看五集连播剧，吃吃猫猫鱼和东坡肉，至前几年无疾而终，享年76岁。去世前，他无数次给儿女们说过：“你们一定要好好对待你们的妈妈。”

这里，他所说的妈妈，指的是芦花。

儿女们都回省城工作，各自生儿育女。他们前些年也试着去看过亲妈，但每一次听到的，都是她怨念十足地咒骂父亲的品位和芦花的丑，于是再不去了。

芦花不习惯城里的生活，一个人在老家生活，她说这里每一片树叶上都结着以往的日子，令她很欣喜快活。儿孙们每月都会回去看她，一到家就嚷嚷着要吃猫猫鱼和东坡肉。

我在楼上花园，曾碰到一个婆婆来浇水，头发雪白，衣着干净，两颗龅牙很有特点，很有卡通感。

我深度怀疑，她就是偶尔来成都看女儿的芦花，想问问，但怕太唐突，没好意思问。

HOTEL
ZY

砸锅

每到高考时节，我都会想起王老师。虽然我与他素不相识，也没有过一句话的直接交流，但不知为什么，我却总觉得与他有着特别深的渊源。

此事还得从2000年说起。当时我在一家行业刊物打工，因为工资待遇不是很高，业余时间偶尔会抓些特别的题材给青妇类杂志写特稿挣点稿费谋生。

王老师就是这样的题材。他是四川某地一个小县城中学的教师，是当地唯一获得“全国优秀教师”称号的人，教的班升学率总是名列前茅。这些当然不是青妇类杂志感兴趣的，如果他的故事仅止于此的话，我当然也没机会认识他，也自然就没了以后的故事。

但问题是，故事却发生了：在这一年高考前夕，他带的高三班以及他女儿都在积极备考的时候，他突然发病住院，经查是肝癌晚期。为了不影响孩子们的考试，他叮嘱家人不许把他的病情告诉女儿和学生们，让他们安心考试。

这作为一个秘密一直被保守着。直至高考结束揭密时，他已离开人间13天。

直觉告诉我，这是一个感人的故事，说不准还能写出一篇千字千元的特稿呢！

我怀着功利的目的赶往他所在的县城。其时，追悼会已经结束，他的女儿忧伤地看着父亲的遗像发呆，我在拍完几张照片之后，实在不好开口提采访的要求。于是决定先采访他的同事和学生，先侧面了解一些情况，等他的家属平静些再说。

接下来一天多，我拜访了他的同事和班里的一些学生，得来的信息却有些出乎我的意料。

他的学生们对他的死反应都很平静，甚至有点平淡。仿佛在讲的不是一个与自己朝夕相处了三年、为他们沤心沥血至死的老师，而是在讲路边随意碰到的一场丧事的陌生主角。回忆关于老师的情节，大多是学习、学习、学习。仿佛除此之外，与老师再没有别的联系。

同事们则叹息，说王老师是累死的。教毕业班，压力大。他每天早五点半就起床，去守学生早自习。他的班，学生比别的班起床至少早一个小时。而晚上，比别的班学生迟睡一个小时。这样的话，他每天差不多要在学校待十七八个小时。他的升学率和成绩，都是这么逼出来的。他也是这么累死的！但他的苦心和付出，学生们并不理解，很多孩子在心中暗暗恨他，有人甚至将他的头像P到一张裸照上发到网上。他教的班每届升学率是最高的，但毕业后回来看他的学生却很少。

王老师的妻子也印证了这些话，她给我讲了一个故事：王老师为了保证学生们每晚补课后不饿肚子，经常叫妻子给学生们蒸馒头送到教室去，但每次吃完，学生们经常把锅砸烂，不知道他们是怎么想的，为什么那么充满恨意？

在王老师家的厨房里，我看到了被学生们砸烂的锑锅[1]，上面千疮百孔，触目惊心。

我问王老师的女儿：“你知道同学们为什么砸锅吗？”

[1] 即铝锅，“锑锅”为民间叫法。

女儿叹了一口气，说：“同学们不是恨锅，而是恨补课。每天十几个小时的学习，把大家都快搞疯了。有几次，我也砸过！”

她说这话时，背对着父亲的遗像。照片上，四十几岁的王老师显得很苍老、很疲惫。

这篇特稿最终没有成稿，主要原因是我的思绪很乱，一写就会想起那只千疮百孔的锑锅。而我知道，如果那样写的话，是没有刊物愿意发表的。

我想：天堂里也许没有那么多考试吧？王老师的灵魂在那里也许能得到安息吧？

外婆的花生秘密

我自幼是在外婆家长大的，吃过外婆做的东西可谓多矣，而记忆最深的，是她炸的油酥花生米。

外婆的爸爸外号人称“胥花生”，早年因遭洪灾毁家，拖儿带女从崇宁县（今郫都唐昌）迁往什邡外西街，以卖炒花生为业，外婆在灶下添柴加火跳进跳出，多少得到一些真传。

外婆炒的酥花生，色泽金黄红润，形状饱满丰腴，油不多不少，既不粘盘显得腻，也不干燥涩口，火侯拿捏得如母亲对待儿女般公平，不让一粒花生因过火而变焦变黄，也不让一粒花生因欠火而苍白伶仃。爆口和脱皮的都很少。盐与花椒面，薄而均匀地挂在每一颗花生身上，一副雨露均沾、和谐美好的样子。用筷子捻起一颗，放入嘴中，牙齿轻轻一挤压，发出清脆的一声响，薄皮与花生碎裂成一股夺鼻的香味，在唇齿之间四散飞溅开。这时，如果适时地来一小口酒，哪怕只是七分钱一两的勾兑桂花酒，一路清香而滚烫地冲下肚，那该是多么美好的滋味？岁月里千番的愁苦和艰难，生计中万般的疲累和苦楚，都会悄悄地躲开。我的舅舅和姨父们，都体验过并深爱这种感觉。

我童年时，花生是凭票供应的，但这似乎也难不倒外婆，她总能在我特别想吃花生的时候，变出一小捧来，或油煎或干炒或放进烘笼里面烤，全凭当天她瓶中的油和当时的心情。对于饥饿的我来说，怎么吃并不重要，重要的是快，所以，很多时候我都选择生吃，并且一直像猎狗一般，想侦察出外婆花生的藏身之地究竟在哪儿。要是找到，一准儿全锅端，让它们在我肚子里团圆。但这事忙了我几乎整整一个童年都没有找到答案，直至我参加工作之后，花生不再稀缺，悄悄问老外婆，她老人家张开没牙的嘴，欢乐地笑得很开心，说："不告诉你！"那个样子，像个恶作剧得逞的小姑娘。其时她已82岁，离去世不到一年。很多年后，我看到一段据说感动了上亿人的短视频，讲述的是一个白发老婆婆在去世的那一瞬，看到她年轻的父亲踏花而来，向她伸出手，而她，则重新变回一个小姑娘，向父亲伸出双手……

那场景，让我想起外婆。她老人家去世前，也许也变成了小女孩，奔向正在炒花生的父亲。

请原谅我的不浪漫，因为除此，我真想不出还有什么更贴切的画面，能展示这位苦命的老太太平凡一生中最不为人知的小小心愿。她活了83岁，当了大半辈子铁匠的妻子，生了8个儿女，中年时修铁路失了右眼，晚年没有退休金。自己的一生和儿孙，均无一例可宣付史馆的大事可记，唯一留给人们的，就是一个小小的炒花生小技巧，在当今这个世界上，至少有20个人得到过她的亲授。在这一点上，她比金圣叹强：金圣叹直到上刑场前才透露他的秘密——"花生与豆腐干同嚼，有火腿之味"。

外婆炒花生的秘诀其实只有一句话：冷锅冷油，花生与油同下，小火炒至油热，听有散碎爆裂声，捞起控油，撒薄盐花椒面和味精少许，放冷即可。

这是不是与金圣叹遗方有同工之处？老外婆不是幽默，而是身体力行摸索出来的，大家如果有兴趣，不妨一试。

据说她还有一招，就是用鲜开水焯一下花生，然后下锅，也有相同的效果，我却一直没有试过……

zy

女儿小美说："爸爸，我就从来没听你说过什么东西不好吃，你的胃真宽容。"

这印象可能来自她从小看我吃什么都香的缘故。无论她和妈妈觉得多么不好吃的东西，爸爸接过手，一阵稀里哗啦，便什么也不剩了。

其实我没告诉她，我也有觉得难吃的东西，而且是特别特别难吃——一想起就生无可恋的那种，那就是锅巴稀饭——什邡发电厂厂区小伙食团大锅里煮出的。

从1987年参加工作进什邡发电厂，到1994年离开，那七年时间是我人生的池塘之底，而其中的最低谷，就是上运行"三班倒"那几年。工资低不说，还晨昏颠倒、生活节奏混乱，困扰我大半生的内分泌失调，其源头就可以追溯到那时候。在那短短三年"三班倒"时间里，我身高没长一寸，体重却从104斤上冲到170斤，这显然不是锅巴稀饭的功劳。

所谓锅巴稀饭，就是电厂小食堂炊事员们用白天没有吃完的干饭重新加水，熬制而成的一种水米永不相融的混合物，混浊的汤水中，经常混着一些白天煮干饭时结成且不肯轻易散开的锅巴。所谓小食堂，也不是另一种语境中大家认为的那种需要达到某个级别才能进的特殊场合，而是为了方便一线员工——不，确切地说，是为了方便伙食团给一线送饭而设的临时机构。伙食团本部离一线有一里多地，路又不太好走，每天一百多号人的饭食汤汤水水搬来搬去很麻烦，特别是深夜班，黑灯瞎火走山路，很不方便，于是有了生产区运煤天桥下废置多年的材料室改造的小食堂。相比于仓库，只多了一锅一灶，厨房应有的上下水及消毒清洁设施，一应皆无，更遑论高端的除尘防灰设施。我觉得，锅巴稀饭不好吃，与此大有关系。

我永远记得锅巴稀饭出场的场景。通常是值班的炊事员睡眼惺忪地担着一个担子，从PM10爆表的空气中穿云破雾而来。担子一头是两格蒸笼，装着用白天剩菜做馅的包子——盖不盖盖子，凭心情，荤素搭配还是干脆只有馒头，凭白天菜的销售情况来定。而另一头就是锅巴稀饭，一汪乳黄的液体，随着炊事员走路的节奏，时不时像个好奇的孩子蹦出桶沿探头往外张望，但遗憾的是，它这辈子仅有的一次看世界的机会，所见的都是厌恶和嫌弃的眼神。

那些可怜的米，可是经过春种夏晒秋收千锤百炼才来到这里的啊！

这时，所有的悲苦与惆怅，都化成两行热泪，落进半碗清波荡漾的锅巴稀饭中。锅巴稀饭的难吃，一半是因为它没有稀饭的软糯温暖和清香，另一半是因为有眼泪。据说眼泪是世界上最败味的东西，是真的！

每当这个时候，和我一起上班的赵师傅就会说："吃吧，总比药好吃！"看似在自嘲，但我觉得更像是安慰我和稀饭。

赵师傅来自西北，吃过的苦想必比我多。这家我天天想逃的电厂，却是他历经多年挣扎，终于到达的天堂，这里虽然有锅巴稀饭，但离妻儿却近了一千九百九十公里。所以，他在吃锅巴稀饭时，和我的感觉是完全不一样的。每次都摇头晃脑，把勺子舔得亮亮的。

每当这个时候，我就会学他的样子，放下对稀饭的嫌弃和恐惧，端起饭盒，让汤和米以及锅巴，从嘴到喉，一路纠结着冲下去。赵师傅说得对，它不比药难吃，或者说，它本来就是药，可以治好很多东西。比如，我对苦难命运的恐惧与矫情以及对食物的挑剔，让我在之后的几十年里，免疫一般冷眼看世界，热心过日子，即使在最苦最难的日子，也不轻言放弃，更不轻易说什么东西难吃。

因为我知道，人生的底线，在哪里。

zy

每次看到或听到松鼠鱼，我就会想起文友华木以及由他创造的一个经典段子。

这件事至少要追溯到二十世纪九十年代末，那时文学还有点余热，我在生活中还能找到聊天的朋友，华木算其中一个。我们常常借茶酒聊诗，茶和白酒喝空，却诗意未尽，全然不知我们所处的时代，已发生了天翻地覆的变化。那场景颇有点像坐在往珠峰去的车上，却一路幻想着棕榈树和比基尼，不知道面朝大海，春暖花开却已与我们渐行渐远。

那时我在山里电厂上班，信息颇为闭塞，华木在民政局下属的一家福利印刷厂。他幼时患小儿麻痹症，造成脊椎弯曲，左腿萎缩永远不能沾地。这些并不妨碍他拄着一根大棒，“咚咚咚”地穿行在人间，写诗和追女孩的胆子比我们都大。

对于初学写作的人来说，发表的诱惑和魅力是不言而喻的，许多文友都有过得知作品发表时欣喜若狂状若范进中举的样子。我的一位卖西瓜的文友，得知作品发表，手舞足蹈，在闹市中把西瓜刀飞了出去，差点削到邻居的鼻子，闯下弥天大祸。

所以，那时我们文友相聚，发表也是个重要话题。怎样誊稿、怎样跟编辑套近乎、怎样从退稿信中得到前进的信息，都属于业务探讨范围。当时我们身边就有人因为发表作品而调进文化馆甚至电视台的，这对于天天在山里数自己心跳声的我和把印刷机想象成隆隆战车在原野上飞奔的华木，具有极大的诱惑力。

当时的大形势是所有媒体正在转型，能够发表诗歌甚至文学作品的报刊越来越少。而能发表我们这些新手写的诗歌的地方，则更少。我们那时的投稿，仿佛就像是往混凝土里撒种子。

但总有奇迹发生的时候，见过混凝土大桥上面的苔藓或蕨类植物，或者裂缝中生出一株小苗甚至长成小树的朋友，想必知道那是风或鸟儿偶尔衔来的奇迹。我们比它们勤奋多了，偶尔感动一回混凝土，发那么一回芽，应该不算过分吧？

这神奇的美事，居然就被华木给碰上了，他的一首小诗，被县上的一张小报发表了，虽然是内部刊号，但终归变成了铅字，而且据说还有稿费，和《星星》诗刊差不多，一行一元钱。

华木万分高兴。

我也九千九百九十九分地为他高兴。

一星期后，华木接到电话，是编辑打来的，请他某日上午11点准时去编辑部领稿费。他奉了圣旨一般，早早来到编辑部楼下，比着钟点，“笃笃笃”地闯进办公室，见到那个斯斯文文的编辑。两人寒暄一阵，从李白一直聊到海子，眼见着要开始聊存在主义的时候，下班的钟声响了。编辑老师这才从抽屉里捻出两张钞票，说：“这是稿费，二十元，够去搓一顿了。”

那语气，像极了从自己钱包里掏钱，准备带来访的老友去吃午饭。

华木当时就石化了，完全不知道该接还是不该接。他觉得两种选择都挺傻的。但此时，他已隐隐感觉到，“11点准时到”里面的玄机。

即使在九十年代末，二十元钱在县城也不可能供两人大方地搓一顿。但话已至此，再往下说就显得不聪明了。

华木于是接过钱来，挤出一脸高兴地请老师赏光喝一杯。

老师也没推辞。两人一起去了一家不算高档但也不算寒碜的苍蝇馆落座，华木默数着那二十元稿费和自己口袋中那几十元钱，点了三菜一汤半斤酒。之后的话题，由文学转向了文学女青年。显然，老师对这个更在行，也更感兴趣。

两人一口酒一口菜正吃着，突然，店小二从厨房端出一条松鼠鱼，金光灿烂烟雾缭绕地从他们面前滑过，放在邻桌。那条鱼身上，每一缕金菊般炸起的鱼肉，都散射着四个大字：快来吃我！

编辑老师的鼻子似乎被一根透明的线扯了一下。他停下筷子，说：“再来条松鼠鱼？”

他仿佛是在和自己商量，很快得出了答案：“对，再来一条松鼠鱼，这里的松鼠鱼做得很地道！”

华木感觉一盆火红滚烫的汤汁，从他头顶上浇了下来，让他满面通红，浑身发热，头昏脑涨。他感觉自己口袋中那几张弱不禁风的钞票，在庞大沉重的松鼠鱼面前，瑟瑟发抖。他从没有像此时此刻那样，觉得自己百无一用，觉得写诗是一件耻辱的事。

那天，他被一条松鼠鱼给打败了。那是一种十分恐怖的感觉，为了那条“横空飞来”的超预算的鱼，他人生中第一次有了恐惧和末路的感觉。

他非常不喜欢这种感觉。

鱼很快做好，端上来。编辑老师脸上的笑容，比鱼身上的肉花还灿烂。

吃完，结账，老板拿着小本，算出了九十五元。

华木从口袋中掏出已被捏得湿而皱的几坨钞票，说：“给，这是七十元！”

老板：“还差二十五元。”

“二十五?什么钱？”

“鱼钱，松鼠鱼的钱!”

“松鼠鱼是他点的，你找他要！”

华木扔下那句话，杵着棒子，大步流星地“咚咚”走出了饭馆，坚决不管身后究竟发生了什么。

这句话，成了文友之间流传甚广的段子，大家讲起来十分痛快和解恨，中过计的不只华木一人，而硬撑着反击了的，只有华木一人。华木三尺多高的身材，顿时显得勇猛威武起来。大家都佩服他的勇敢，而他则一脸无奈地说：“但凡那天老子包包里还能多二十五元钱，我勇敢个锤子?好多事都是逼出来的。”

自那以后，华木再没写诗。他从印刷厂辞职办了家政公司，后来搞装修，成为著名自强人士，娶了个漂亮的打工妹，生了个健康的宝宝。至他几年前突发心梗去世，资产至少有几百万。他的传奇故事还很多，但我记得最清楚的就是这一个。

之后，我在媒体打工，大小报刊当了十多年编辑，编了成千上万篇稿子，但作者的花生都没吃过一颗，其原因，大致与这条松鼠鱼有关。

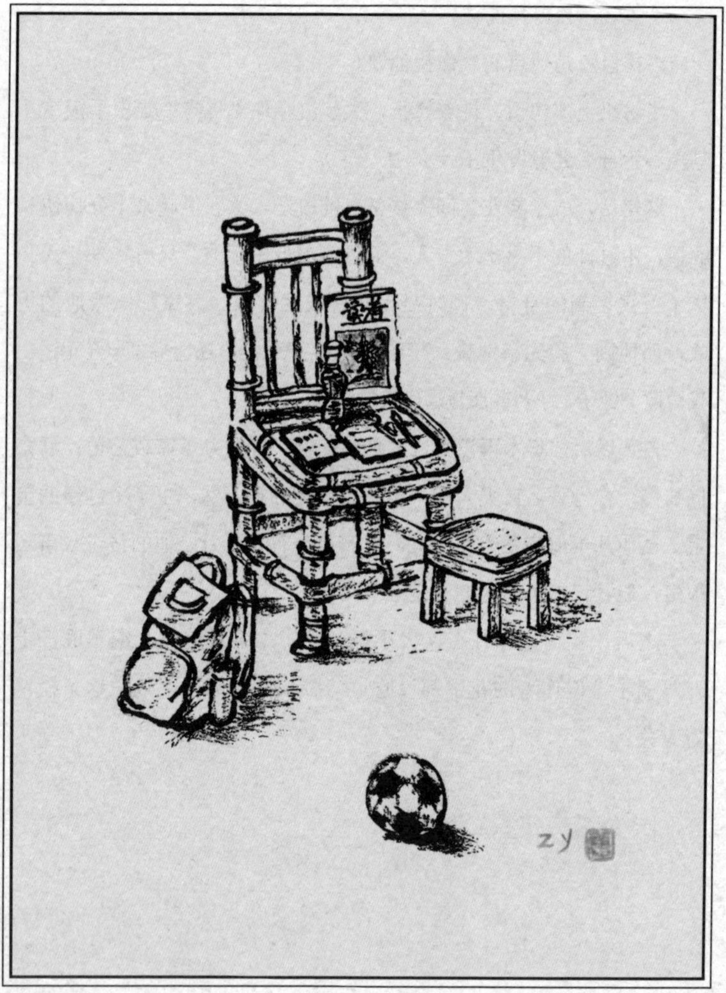

干锅炒白菜

当记者的时候，有一次去自贡出差，工作完成之后，当地的朋友带我去吃宵夜。那时候我的血糖和血压还没有造反，我还不知道它们对我有多不满，经常饱一顿饥一顿地折腾它们，而每次忙过之后与同事和朋友们到街边鬼饮食摊[1]前坐坐，几杯啤酒一堆麻辣油腻食物下肚，感觉特别充实满足。我也因此认识了不少城市的通宵小酒馆，吃到了特色各异的夜间美食，听到了各种在正式采访时听不到的奇闻逸事。当然，我的腰围和血脂，也和见识一起茁壮成长了起来。

自贡的朋友也和别的城市的朋友一样，轻车熟路地将我带到当地最具特色的一家鬼饮食店，告诉我这里的炒大虾、炖猪蹄还有冒菜都很有特色，特别是老板的干锅炒莲白，更是一绝。

我们走进店堂时，刚好晚上十点，城市各个角落的麻将馆和卡拉OK都还没结束，主流消费人群还没出场，夜堂里显得很冷清，只有两三桌男女在各自窃窃私语。我们一行六人选了个靠窗的位置坐下，女店员给我们送上菜单和瓜子。当地朋友显见是常客，与店员很熟络地开着玩笑。我则以一贯地好奇，跑到后厨去看炒菜，在那里可以看到各地不同的饮食风俗，听到许多关于美食的传奇故事，甚至学到许多大师傅不外传的小秘技。

[1] 成都及周边地区的一种说法，指夜间经营、价格低廉的小吃摊。

厨房里烟火飞扬，排风扇“嗷嗷”的叫声和勺与锅的碰撞声交织在一起，显现出一片色香味俱全的立体场景。在火光闪亮之处，一位大师傅正在奋力炒着，铲菜颠勺加料，节奏感甚好。一盘盘菜，就在他舞蹈般的奔忙中，变魔术似的飞到了面前的案板上。

大师傅似乎意识到有人在看他，于是更卖力也更夸张地表演起来，作为一个生意不错的特色饭馆的主厨，他也许得到过太多的赞誉，这东西是会上瘾的，一旦他对自己某方面的技能充满自信，只要一有机会，就要把它发挥到淋漓尽致。

于是，我又欣赏到一盘血淋淋的鳝鱼在冲天大火般的锅里与葱姜蒜激情共舞，变成一盘滋滋冒着油气的油亮鳝段，红的辣椒白的蒜瓣青的花椒绿的葱段，将它衬得色相逼人，魅惑无限。

师傅炒完收工得意地抬头，四目相对之时，我们俩顿时惊呆了——对方居然是当年我在什邡山区小厂里上班的一位同事，相隔十几年，在距离当初上班的山沟沟几百里之外的这间厨房里，我们相遇了。这样的巧遇，跟一颗沙与另一颗沙在大海中的相遇，容易不到哪里去。更尴尬的是，我还算得上是他的债主。这可算得上人生几大窝心事之一了：他乡遇故人——债主！

我叫出他的诨号——彭老大。他也没费什么力，就叫出了我的名字。他叫我先到外间坐下，说先把菜给我们做好，然后来陪我喝两杯。

彭老大留给我的，可不算什么美好记忆。在我印象中，有几件与他有关的事，都让我对他有深深的厌恶感。他的第一大特点，就是喜欢恶作剧，有些甚至到了变态的地步。比如，给小狗灌酒，他常常把抓到的没有能力咬他的小狗灌得四肢不听使唤，趴在地上走不动路，他则在一旁手舞足蹈，笑得喘不过气来。许多小狗因此而丧命。他也因此招来众多女孩的厌恶和痛恨。而他将这种厌恨，当成一种别人对他的重视，变本加厉地玩下去，以至于到最后，他认为让小狗狗难受，就是让那些不待见他的女人们难受，从中得到一丁点儿报复的快感。

彭老大的第二大特点，就是好赌。对于没有家里人管控且生活淡出个鸟的山区青工，这本不算什么稀奇的特点。但彭老大却有一个令人惊叹的本领，就是永远赢不了，仿佛他身后站着衰神，再笨的人与他搞赌博，瞬间就变成赌圣，不费太大力气就能把他带来的钱、粮票、饭票、菜票甚至洗澡票和开水票赢得干干净净。他也因此过上了有上顿没下顿的生活，由此引出他的第三大特征，那便是借钱不还。无论借一毛还是一元十元，永远只有借，没有还。而且借钱的理由相当奇葩和有趣，今天说老父生病借路费回家探望，明天说他的大哥杀了人他帮忙借跑路费。不管什么理由，只要借到钱，弯都不转直接杀奔赌桌。久而久之，人们知道借钱给他等于肉包子打狗，于是不再借了。但彭老大却能发挥死缠烂打的精神，一直狂追不舍。比如，以我某天晚上与他偶遇为例。我与他不在同一车间，更算不上朋友，只有点头的交情，但他却能把对话，提升到下面的境界：

“包里有没有钱？”

“没有！”

“寝室里有没有，我跟你去拿！”

“没有！”

“那你帮我去同事那里借点？”

“不行！你以前借的还没还。”

“要不你把手上的手表卖了，借点给我！”

……

可以说在这件事上，他已经达到了不要脸的最高境界，不到对方拒绝到撕破脸皮，他是不会停止的。即便撕破脸皮，他也不会罢休，下次见面，忘记吃过的瘪，照样热气腾腾地来搭讪，并死乞白赖地借钱。一旦你被整烦了，以打发乞丐的心态给他一元两元，他便会像忘记之前的拒绝一样，将这笔账忘得一干二净。

这时候，你能想见我在遥远的异乡碰到他，是怎样一幅情景了吧？我当时的第一反应，就是马上拉上同伴们，逃离这个是非之地。

但菜已上桌，撤退为时已晚。我也不想让同行的人看出我与大厨的关系，于是硬着头皮坐下，暗暗思量着接下来将会发生的事。平心而论，我也很想知道，从当年的烂滚龙[1]变成现在的大厨师，彭老大究竟经历了什么？

不一会儿，彭老大端着一份菜从灶间出来，对一位年轻厨师说："后面的菜你炒，我来了朋友，陪他喝两杯！"说罢，吩咐老板娘去拿瓶好酒来，听语气，两人关系非同一般。

坐下来，三两杯酒下肚，近况大致捋清，他其实是这家饭馆的老板，每月至少五六万的收入，老婆为他生了一对龙凤胎，做啥事都顺利得像脚底抹了菜油。

"那你现在还打牌吗？"

我忍不住好奇地问。

他一听，脸色大变，恨不得扑上来捂我的嘴，我再说下去，恐怕杀人灭口的事都能发生。

我还是忍不住好奇，问他怎么就开了饭馆，而且还炒得这么好一手菜。

---

[1] 四川方言，指游民、无赖。

他把我拉到一张桌子旁，小声给我讲了一段往事：

“二十七年前，也就是你离开厂子的第二年，我爹死了，我要回自贡奔丧，找遍全厂，向不下一百人开口，都没借到30元路费。这不怪大家，因为之前我用类似理由骗过大家不下二十回。现在真遇到事了，大家不相信也不奇怪。谁叫我是个信用完全破产的人呢？后来，揣了几个馒头硬着头皮扒车蹭车走了几天，到自贡已饿得两眼发黑，在车站前一家面摊前迈不动步了。离家还有六七十公里，我当时两脚发软满头大汗浑身颤抖迈不动步子。面摊的摊主说我像是低血糖，再不吃东西就要死。他老伴就是这样的，只可惜当时不懂。他给了一碗加糖的面汤给我喝，后来又给我下了一大碗面。我对大爷说我钱包丢了，你信吗？大爷一口说信，还给我20元钱，让我买了回家的车票。换往日，我一定觉得自己占了便宜。但大爷冲口而出的那个信字，让我觉得既温暖，又沉重。我发誓，一定要把面钱和车票钱还给他老人家。

“给父亲办完丧事之后，我又回到车站。那几天城市创卫，面摊没出来。我在那里等了半天，都没等来大爷。后来向附近商家打听，好不容易找到了大爷的地址，于是就上门去找他，居然还真给找到了。我把面钱和车钱还给他，老人高兴得合不拢嘴，那一刻，我体会到了被人信任是一件多么幸福的事情啊！之前，我从来没有体会过。

“那天，大爷很高兴，带我到他家附近的一家烧烤店喝酒。我们去时，那家漂亮的烧烤店却很冷清，一打听才知道，是几个合伙人正在闹纠纷，刚刚装修好的店，却因为鸡毛小事整得要散伙。房东和大爷熟，问他有没有兴趣来做？我这才知道大爷原来是个厨师，怪不得面下得恁个好吃。老人说自己年岁大了，只想摆个小面摊玩玩，不想太累。房东则说：‘你那么好的手艺，不开店可惜了。你做不动，可以找帮手！’说完，他顺势看了看我，他显然把我当老人的徒弟了。

“这时，我脑袋里一个铃子‘铛’地响了一下。回来的路上，我已想好不再回厂里了，那个所谓的国企，是我那死去的父亲看中并强迫我去的，他将此看成带给我的最大的一份福利。但在那里，我一天都不快乐，既有环境的原因，也有我自己的原因。总之，在那个地方，我已是烂泥扶不上土墙了。而这家烧烤店，兴许是一次机会。而这机会，来自我的一次意外的善念，想还别人的钱。如果换成往日，你懂的……

“我主动提出给他打下手，让他接下店面来。老人没那么多钱，而房东急于摆脱困境，同意先做生意，房租转股份。这当然是基于对老人手艺的信任，而老人认为我的人品还行，于是也让我占了一些股份。

“从那天起，我暗暗发誓，不打牌，不骗人，好好干活。事实上，当你每做一件事都与你的收入有关时，你哪还有多余的精力去干无聊的事？这与吃大锅饭干不干活、干好干差都没什么区别的状态完全不一样！而一旦没时间打牌，自然不会欠别人钱，一旦不欠别人钱，也用不着撒谎。特别是当别人用信任的眼光看你时，你会觉得骗人不仅会伤人，也会破坏运气！”

……

后面的故事，跟许多励志电视剧的情节差不多。彭老大既当了老人的合伙人，又当了徒弟。手艺和生意越来越好，逐渐打出名声，还和一个常来吃烧烤的女子相识相爱，自立门户，生儿育女，从此过上了劳累但幸福的小日子。

他喝着酒，满脸绽放着幸福的油光，那场景，让我仿佛置身于一个只能在励志书里才能看到的童话。这种正能量文字，通常我都觉得是为了劝人变得更好而编出来的，但眼前这个，却不同。无论怎么样，我也无法将让我卖手表借钱给他的那个烂人，与眼前这每个毛孔都流淌出幸福的人画等号。而他们之间相隔的，仅仅是一个陌生老人冲口而出的“信”字。

那晚我们喝了很多酒，我还吃了他特意为我炒的干锅白菜，那是当年他在山区小厂里没钱买油时的主食，用白开水焯一下白菜，然后旺火入锅快炒，居然有一股异常的锅香味。临别时，他坚决要免单，我们争执了几下，最终接受了。虽然节约下来的，不是我的钱，但我衷心希望这样会解下他心里一个重重的负担——下次见面，他已不再欠我什么了。

他乡再遇到的只是故人，而非债主。

zy

别说咱四川没有面

四川人喜欢吃面，且做得一手好面，这是让许多北方人感觉神奇和惊诧的。有初来成都以为“从此面条是路人”的北方客，总会以夸张的语气，把这种惊异表达出来：“本以为四川人是吃米饭的，不想竟有如此多的面馆。”

四川面的不张扬，皆因四川的吃食太多太杂太好，宛如一个绝色女子，在乡野巷陌可以引得众人注目惊叹，进了大观园却瞬间湮没于众美之中。有川菜、火锅及各色名特小吃如十三钗一般花枝招展地向前一站，再美丽的小丫鬟，也只能到二排去噘嘴了。这与在许多一“妞”独美的地方，面条的身份与形象，不可同日而语。

即便如此，川面在川人生活中，还是有不可低估的分量。许多名面，也总能从万紫千红的美食花园中，露出自己的小脸来。

尽管有些人不太愿意承认，但川面中影响力最大的，还是重庆小面。这也是没办法的事，就像香港厨师把牛河炒得再漂亮，也不能不承认他做的是粤菜。在四川面这个文化概念中，小面虽以“小”命名，却有掩不住的大，它的拥趸众多、粉丝庞大，影响力既宽且广，受欢迎程度不亚于许多北方大面种。

除了小面，四川面中令人耳熟能详的还有担担面、甜水面、铺盖面、燃面、凉面、勾魂面、豆花面等面形各异、特色鲜明、烹饪方式不同、味道和口感独特的面条。而这些面条，又根据灌汤和臊子以及盛装的容器不同，衍生出了各式各样的鸡杂面、猪肝面、酸菜面、兔肉面、煎蛋面，还有流行于乡村，不上大雅之堂，却深得农人喜爱的土豆面等。说川菜有多少种菜就可炮制出多少种类型的面，可能稍夸张了一点，但大多数川菜可以成臊，以炮制出相应味道的面条，这倒是基本事实。

一方水土产一方美食，一方美食养一方人。来自不同地方的人，对一方的食物，有着无法替代的喜爱与眷恋。川东人，无论走到哪里都忘不了的，是那炸椒香脆火爆异常的小面；自贡人一想起盐渍肉沫搅拌的勾魂面，立即会生出让肠胃插上翅膀的心思来。内江的炝锅面、广元的蒸凉面、雅安的挞挞面、资中的兔肉面、宜宾可以点火的燃面、中江可以穿针的面条，如传奇一般，构筑出四川人独特的生活。它们如菜中之盐，无声无息，不显山不露水，把一种叫滋味的东西，悄然拌入每个四川人的生命中。

关于四川的面，不是一篇千字文或一两本书可以说尽的，这篇文章，只是“指月”的那根手指，引你看向更丰富更广阔的那片世界而已——至少，在此之后，你不用再为四川有那么多面馆而惊讶，不会“萌”乎乎地冒出一句：四川也有面乎？

对，四川有面，而且很好、很多！

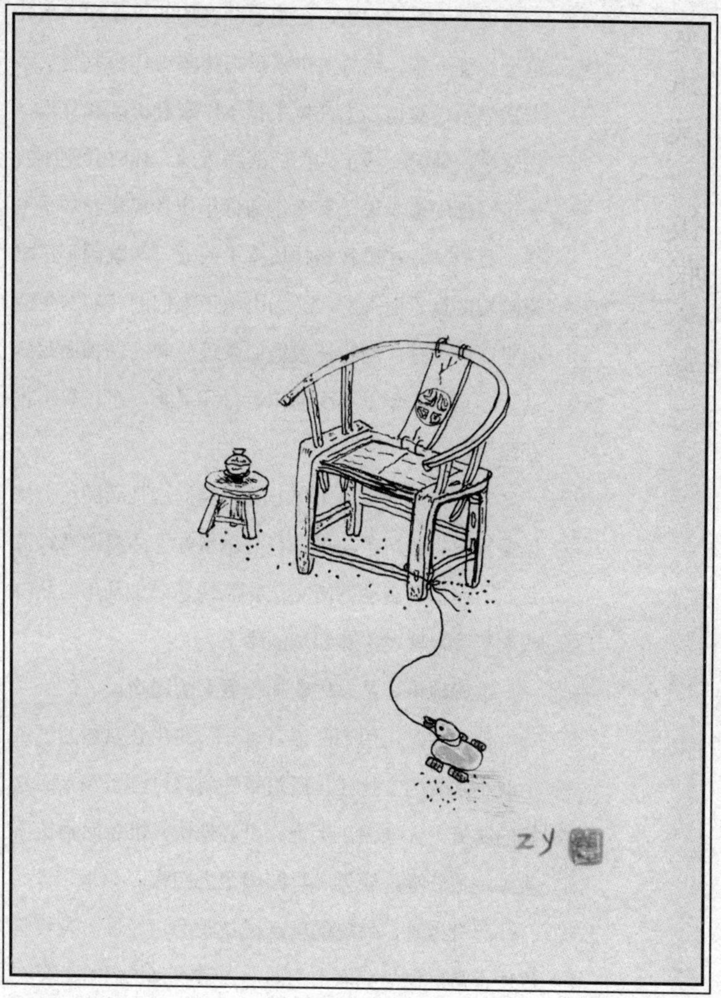
zy

在老家德阳的文坛，有两个著名的酒囊饭袋。酒囊是中江作家唐跃民，饭袋就是我。

这个大名的源头，还得追溯到1996年那次小木岭笔会。那一年，绵竹清平磷矿与德阳市作协联合搞了一次笔会，邀请二十几位中青年作家赴矿区和林场一线采风，体验一线工人们的酸甜苦辣。那时我刚刚发表了一部中篇小说，有幸作为青年作者代表参加了笔会。我们一行在矿区和林场待了四五天，既因那里雄奇险峻的风景而陶醉，又为山里工人们的朴实与生活的艰苦所震撼，同时还被他们豪迈乐观的精神面貌感动。各自都收集了不少创作素材和灵感，可以算得收获满满。

笔会结束前夜，主办方觉得我们这几天爬坡上坎风餐露宿有些辛苦，于是花心思置办了两桌酒席犒劳我们，而那场震动德阳文坛并流传了二十几年的故事或称事故，就发生在那场酒席上。

准确地讲，是发生在那场酒席的尾声。

整场酒席，用书面语言讲——宾主在热烈的气氛中就小木岭的文化建设新篇章等问题进行了深入而友好的交流。大家酒足饭饱，身心愉快，准备回招待所美美睡上一觉，明天一早圆满踏上归程。

起身之时，邻座的唐跃民从我旁边经过，看我脸色还正常，他与我原本相熟，知道我每饮酒脸必会红到肚脐，故而喜欢调侃我。我们平时你来我往，常有玩笑交流。当时他已酒足，故而言语力度更大，说我不喝酒，是哈老三。川话有 “酒醉英雄汉，饭胀哈老三”之说，哈老三大致是蠢笨之意。

我那时二十出头，正是一个标点符号的亏都吃不得的时候，平时与人辩嘴，也是不争赢不肯罢休。无端当了哈老三，虽是朋友酒话，但也有点上头，顿时如一条好斗的小狗，被树上掉下的一片叶子惊扰，对着空气开始狂叫起来。

我于是对跃民发出挑战说：“我这个哈老三，今天要挑战你这个英雄汉。我吃一碗饭，你喝一杯酒，敢不敢接招？”

这一招，有点像梭哈游戏里的“打鸡”，虚张声势，吓对方一把，对方不肯接招，就胜利了。

但这样的游戏，不宜酒后使用，特别是对酒至八九成的对手使用。

跃民当即就接了招。

一大群同样酒至八九分的观众立马兴奋地变成了啦啦队。

大家热情地扫开桌子摆上碗和酒杯。

一碗饭、一杯酒摆着，像两支体量迥异的军队，兵对兵、将对将地站成两排。

要知道，那已是酒足饭饱之际。依我自幼养成的死吃滥胀习惯，肚子里所剩可供豪横的空间其实是不多的。

但如果没开场就认输，那岂不是更丢脸？要知道，是自己先喊打喊杀要比试的，战场一摆起就丢刀认输，也太有损气势了，今后会成为大家的笑料，酒桌上就不要再张嘴了。

跃民似乎也有相同想法。我们瞬间就僵住了。

但面子上还是得挺住，哪怕装也要装得坚强——谁知道对方是不是装的呢？就像一场大战僵持到最后，谁知道对方射出的不是最后一颗子弹呢？

我于是端起碗，故作轻松地三下五除二地扒进嘴里，满嘴溅饭地吼了一声：“先干为敬！”

跃民端起一杯酒，一饮而尽。

1∶1，僵持继续。

我提气再下一碗。

他端起酒杯，吞咽有点痛苦，但没认输。

我又端起一碗，这辈子第一次感觉到一颗饭粒的重量，古人说“一粒米大过须弥山”，我似乎有所体会。

又端一碗，不嚼，硬咽，填鸭一般伸长脖子。

跃民举手，我以为是投降，却是喊暂停，说：“这样一杯一杯喝太难受，干脆打批发，你还能整几碗？我倒进碗里一口喝！”

我觉得他是在“打鸡”，想把我吓退。

我原本也是想退的。但年少气盛怕说出一个“输”字的那股蠢气，让我进退两难——进，再吃几碗是个底，他还能喝几杯？退，前面几碗白吃了，还落个赔了夫人又折兵？

万一我吃了他要赖不喝呢？

那输家肯定不是我了！

这也许是最好的结局。制造点难度，让他知难而退。

于是，端起碗，又连来四碗。我不知道当时是什么力量支撑着自己干这么恐怖的一件事。

跃民把余下的四杯酒倒进一个汤碗里，看看我，再看看众人，一口闷了下去……

我想，他要是张嘴说“再来一杯”，我立马投降，连手也不用举，因为整个身子似乎都膨胀并紧绷了起来，任何一个幅度稍大的动作，都没法完成。

谢天谢地，他没有。

那天晚上，我在小木岭略带寒意的夜色里，慢慢走了大半夜，才渐渐让自己的胃稍稍舒坦了一点，迷迷糊糊睡至中午，心有不甘地想去看看害得我不消停的对手，是不是借着酒劲憨睡了一宿，还做了美梦呢。

一到他房间，只见他正头顶着被子，坐在床上打哆嗦呢。室友说他折腾了一宿……

关于此事的输赢，现场观众各有自己的评判，大家都是写小说的，自然绘声绘色、妙语连珠地向四方传播，有说跃民胜了，有说我胜了的。但我和跃民都清楚，我们都输了，像多年后听到的一个段子，甲在路边看到一坨便便，赌乙吃掉给10万元；乙吃了之后，心中不服，出10万元，赌甲也吃，甲于是也吃了，他们谁也没赢到钱，还各自白吃了一坨屎。每听到这个故事，我都会想起在小木岭时的我和跃民。

之后半月，我写了一篇伐木工人的小说，也写了一篇花絮，我觉得后一篇写得更生动有趣，但主办的领导怕造成不好影响，而把那篇稿子给毙了。但我与跃民的名声，却已不胫而走，以致多年后还会有人提起。

2008年汶川大地震，小木岭作为重灾区，几乎被荡平殆尽，林场、矿洞、招待所，都变成一片废墟。

我觉得，一起埋进去的，还有我那易燃易爆的青春。但对于在那个时间点上发生的这段往事，我却不后悔！

ZY

冬瓜汤泡白米饭

2013年10月中旬，为一部公益微电影选景，我来到四川省南部县三清乡真相村。在这美丽而贫穷的小山村里，我与一群留守的孩子有过几天的短暂接触，看到的景象、听到的故事以及由此而来的感触良多，而其中，又以那一碗冬瓜汤，给我的感触最深。这段经历注定将影响我对许多事情的价值判断，更将影响我未来的人生选择。

真相村离南部县城大约1小时车程，距成都4个多小时车程。这不算太长的距离两端牵连着的，却是两种完全不同的生活。这种差异，虽不像有些媒体所述的那样，是“非洲到欧洲”的距离，但二者之间的差异，确实十分明显。村子位于丘陵环抱的一个小盆地里，新建的水泥村道和新农村建设中修成的白色洋楼点线有致地缀于绿意之中，恍然如欧洲的度假小镇。这里有城里稀缺的清新空气和安全食品，但却没有城里人的高楼豪车以及发财机遇，村里年轻人们基本都进城打工去了，对他们来说，村里清晨坐看云起、夜晚满天星光的风景不能变成现钱，也喂不饱肚子。年轻人都走了，村子里只有他们的父辈和儿女，还有父辈和儿女们的无尽牵挂和等待。

在真相村小学，我见到了这样一群留守老人和小孩：他们中的一部分，像城里的爷爷奶奶和孙子们一样，骑着电动自行车和摩托，在每个早晨匆匆把孩子送往学校。也有人走路送，或让孩子自己去上学。一种传播久远的朴素价值观让他们相信，学校是通往美好未来的必由之路。虽然，那被称之为“学校”的地方的软硬件设施，让我们这些外乡人心存疑虑——这所并校之后保留的点校，有三年级以下的学生70余人，学校唯一的现代化教学设备，是从村委会借来的一台城里很多人家已淘汰的29英寸荧光屏彩电，摆放在屋顶和桌面都裂着大口的阴暗教室里，所有教室的节能灯不超过一盏，课外书籍和玩具一件都没有，学校只有一位公办教师和三位民办教师，教师如果生病或家中有事，就托村里的医生带着孩子们上自习。幼儿班的孩子没有玩具、音乐课、故事和游戏，黑板上残留着的，是老师正在讲的课程，居然是一大堆艰深难懂的反义词。

由于学校离孩子们的家很远，通常要走30～50分钟，因此，孩子们中午带米，由学校请来的一位阿姨代为蒸饭。这种集资式的伙食团由学生每学期缴的120元炭火费支撑运行，孩子们中午通常是吃白饭，如果阿姨忙得过来的话，会为孩子们煮一锅免费白水冬瓜汤，那冬瓜汤里，冬瓜并不多。在这地方，冬瓜并不是什么稀罕物，但最麻烦的是需要从田里运过来，十几二十公斤的大冬瓜，从半里地外的菜田里抱过来，也是件繁重的事情，特别是阿姨也是兼职，能准时把孩子们的饭蒸熟，已是件不小的麻烦事，让她再额外做菜之类，也确实是勉为其难的事情。

冬瓜汤的制作方法很简单，就是一锅清水，加几片冬瓜，再加一些米汤和盐，冬瓜的分量很少，孤单而伶仃地漂在锅中，确切地说，应该算是冬瓜洗澡水才是，舀起来清汪汪的，让一肚子油水的我们，瞬间有吞清口水的感觉。家境好一点的孩子，会带一包榨菜，在他们祖辈以红薯和土豆为主食，很少吃细粮的爷爷奶奶们看来，白米干饭已是最好的东西，而每天课间由政府提供的一个鸡蛋和一盒牛奶，是用来提供孩子身体所需要的营养。因为这个原因，对我们这些外来者来说惊诧万分的冬瓜汤配白米饭，在当地的大人们眼中早习以为常。孩子们端着白饭，吃得很香的场景，令人泪目。

我们同行的剧组工作人员，为着那份令人辛酸的香，提议将我们车里带来的肉和菜拿出来，做一顿丰盛的大餐，让孩子们高兴高兴，也让自己的心轻松轻松。

但提议被老师婉拒了，他说："你看看孩子们认真吃饭的样子，并没有感觉什么样的不妥与不习惯，如果你们给他们做一两顿好饭菜，他们吃的时候一定会非常高兴的，但是，这一两顿的幸福之后，你们走了，他们再重回到以往清汤寡水的生活时，就会感到失落，再也不会像以往那样，平静地接受白饭和冬瓜汤带给他们的温饱生活了……"

老师不无忧虑的提醒，让我们有一种不寒而栗的感觉。如果不是天天与孩子们朝夕相处，是不会产生这样深的担忧的——用转瞬即逝的短暂幸福，去打破受助者长久的平静，这不正是某些公益人正在做的吗？是告诉孩子们生活的真相，还是让孩子们维持在这种对世界无知的蒙昧状态？这也是很多人所困惑着的。这种纠结，在我心中一直存在了很多年。

眼前这群留守孩子，他们穿着父母逢年过节从城里带回的标准式样的童装，背着与城里孩子并无二致的喜羊羊灰太狼书包，但他们每天上学要走很远的山路，他们中，去过省城的很少，没到过县城的也有，许多孩子甚至只在满周岁时拍过人生中唯一一张照片，他们即使在没有书和玩具的教室里苦苦用功，并终于挣扎着考进城里的学校，但在城里老师们提出的"埃菲尔铁塔在哪儿？钢琴有多少个键？达·芬奇的代表作是什么？"之类的"素质考试"题时，谁敢保证他们能气定神闲地表现出"高素质"？他们是在另一种生活状态中成长的，但当他们长大时，不得不进入完全陌生的另一种标准和逻辑中，四处碰壁。

这是一个普通乡村普通点校的孩子们的普通生活，却有着那么多令人揪心的疑问。我不知道这样的孩子，在乡村中究竟占多大的比例。虽然有人不无安慰地提醒，这些孩子在读完三年级之后会升学到条件更好些的乡小学去住校，但是，从三岁到九岁这六年时间，无论身体、智力还是基础知识所落下的距离，是那么轻易就能追回来的？偶尔见诸报端的乡村孩子举火把爬悬崖撑竹筏上学的场面，让人对这种揪心的差异，更加担心。

希望能有更多的人来关注乡村基础教育建设！这种关注，不仅是金钱的投入和校舍的建设，还需要师资力量和观念调整，更需要对乡村环境和文化土壤做出改变。乡村教育，不应该只是以为城市培养廉价劳动力为主旨，而是要为乡村培养更多更好的建设者，让他们成为新乡村的缔造者和主人。在本文中提到的真相村，有优美的自然风光，干净的空气和水，绿色生态的食物，却没有发现这些东西的价值、妥善发掘利用它的后来者。形成这种局面的主客观原因很多，但教育落后，应该是排名前列的一个因素。

告诉孩子世界的真相，给他们蒙昧的生活开一个孔，给他们连梦想都贫乏的心灵插上翅膀，这是我纠结很久之后，给出的答案，我将为这个答案，去努力做很多事情。我将面对的，是想象得出的艰难和各种想象不出的麻烦，当然，也有心向往之的欣慰。这一切，都与2013年10月那碗淡淡的冬瓜汤泡白米饭有关。

我妈妈幼时的偶像是张恒婆婆。她是从上海来到外西街的，来的时候是一个少妇，人不算漂亮而且已是三个孩子的母亲，但身上却有一种让人喜欢的味儿，这可能就是后来人们所称的气质。孩提时代的妈妈当然不懂这个词，反正就是觉得她与外西街的妇人完全不一样，哪怕是穿完全相同的衣服和鞋子，梳一模一样的发型，一举手一投足，立马两样。张恒有一种神奇本事，能让任何模仿都变成自取其辱。

我认识张恒时，她已成了婆婆，在外西街住了二十几年，我并没觉得她与外西街的婆婆们有什么两样，只记得她的衣服确实要干净得多，她似乎永远都在织着毛衣，她家门口有棵大树，是她刚搬来外西街时种的，据说种树时还建了一个小小花圃，种了一些外西街人没看过的花，但不知什么原因拆掉了。所以，我记忆中，只有她坐在树下的场景，而没有花圃。但那个花圃，对我母亲和当时那些同龄的女孩，却是一种刺激，她们发现，原来世界上除了油菜和野菊之外，还有许多美丽的花，红的绿的紫的，那么妖娆神奇。更神奇的是，栽花的器皿，可以是一个瓦钵，可以是七孔砖，可以是药罐或旧水壶，甚至一只破雨靴。这些废旧物，一旦长出绿芽开出花朵，就脱胎换骨，成了艺术品。

关于花圃被拆，我妈妈回忆说是和吃饭有关，她说这话的表情，像是在说太平洋上的一场风暴和非洲的一只蝴蝶翅膀。

说到吃饭，不得不说一下张恒的厨艺，这可能是我妈妈最佩服她的地方。刚搬来外西街那阵，张恒还是乐意让孩子们看到自己做饭的。那时手里还算宽裕，粮食供应还没紧张，她时不时会做些水煎包或葱油饼请孩子们吃。她能用蜂窝煤炉子烤蛋糕，能用两双筷子把蛋清打成一堆雪花，她会把黄瓜切得薄薄的，摆成蝴蝶翅膀，她能将洋葱片成一朵朵好看的紫红菊花。她最神奇的手艺，是将一个气球吹胀，然后往上面甩糖丝，等冷却之后把气一放，就变成一个晶莹亮丽的鸟窝，里面放几个空心豆腐丸子，金灿灿的，美翻了。

这些技艺，都是外西街没有的。张恒很享受孩子们的惊叹和欢呼。她最初没把这些习以为常的手艺当回事，但意外发现自己随手做的这些东西，每一样都能引来小观众们的惊叹时，多少就有一点欣喜和安慰，在她和她的家乡之间，也只有这一丁点儿的联系了。

除了这些，妈妈和小伙伴们还发现，张恒家的饭桌，与外西街大多数人家的都不一样。一张别人拿来做围裙的土布，变成桌布，点缀三两朵蓝线绣的花，就显得极为高级。桌上的碗盘，基本是本地土陶，并不细致名贵，但盛上张恒做的那些奇奇怪怪的菜，就变得很漂亮。特别是吃早饭的时候，阳光从屋外斜打进屋来，把桌上食物里的烟气一照，整个世界都变得异常地安静和美好。我妈妈听评书里讲高级聚餐，无论是蟠桃宴还是琼林宴，眼前闪过的，都是这样的场景。

张恒家的饭桌，还有一个令人惊奇的物件——公筷，对，你没看错，就是2020年新冠肺炎疫情期间广播电视海报标语上面宣传的那个物件，整整超前五十几年。

太过于超前的东西，往往会给使用者带来意想不到的麻烦，张恒家的公筷也不例外。在张恒的诸多行为中，这是妈妈和小伙伴并不十分佩服的一项，因为她们觉得，一家人吃饭用公筷，有彼此嫌弃之感。如果有客人来，摆双公筷出来，则更有拒人千里之嫌了。

她们将这个现象和想法，往各自家中的大人面前显摆，引来了同样的唏嘘和感慨，有好事者甚至开始讨论起张恒的来历和身世，甚至怀疑她出身于大户人家——只有大户人家，才有这般讲究。大户人家和讲究，在那个时代可不是什么好词。

于是，前来印证传闻的人多了起来，三天两头，以看花圃的名义，蹲在张恒家门口的花圃前，两个眼睛都滴溜溜往饭桌上看，每个人似乎都想从一个个小细节中，探查出一星半点讲出来令众人吃惊的东西。收音机里说外省某地因为一份红烧肉揪出一个潜伏女特务。张恒身上的奇异，可不只是一份红绕肉那么简单。

人们倒没觉得张恒是潜伏特务，只是觉得她太不一样了。而对于不一样的东西，外西街的大人们，通常是惊惧的。他们不会像孩子们，对没有见过的外来东西，轻易表现出欣赏和佩服，反而会因为这些外来物将自己原有的东西显得没有那么好而感到别扭和不舒服。比如孩子们吃了张恒做的水煎包或红烧肉，就会觉得自己妈妈做的包子和红烧肉，有改进的空间。而妈妈们就会不以为然，甚至对张恒将包子屁股朝上的煎法和往红烧肉里放冰糖的做法充满敌意。这本来是各人自家锅里的事，但因为有小观众们的介入而变得微妙起来。外西街的女人们，会将自家孩子对自己做菜的质疑，视为一种嫌弃，而这一切，都是因为张恒。

在不知不觉中，张恒成为女人们心中的假想敌，自家的孩子和男人越是喜欢，她们就越反感和讨厌。这似乎是所有出色女人都会遭到的恶意。

人们对新东西的恐惧和厌恶，多半源于自己不会做不会用。因不会而不屑，将不能变成不想，似乎心理上会更好受一些。而为了把这种不想变得更心安理得，就尽可能将新东西妖魔化，贬低它的价值，使自己的不屑，显得更加英明合理。

对张恒及她的饭桌，外西街的女人们就是这样干的。

用惯常的川式做菜方法去看张恒的菜，就如同用方的逻辑去看圆，哪里都是问题。

饭菜无言，味道说话。各人的菜入各人的胃，原本没什么统一标准，端着自己的碗，指正别人的菜，这是拴着太阳也说不清的事情。原本因言语不合就很少说话的张恒，被经常莫名钻出来的指导者搞得烦不胜烦，而这些人进门前搭讪的第一句，通常就是："哟，这花又开了，是啥子花喃？"接下就是："做饭了？做什么呢？哦哦，那个菜应该这么这么这么……"

再后来，那个小花圃就不在了。张恒做饭，也不再开着厨房门。大人们的窥视与小孩子们的崇拜，是两种不同的东西。张恒非常不喜欢前者，但又没办法，只好把门关起来，也将那个并不十分友好的世界，顺手关了起来……

那个没有花圃的门口，显得空荡荡的，让任何过来搭讪的理由，都显得突兀而尴尬。

zy

膀汤

阿惟从小不吃肥肉，母亲说，女娃子家家的，不吃点胶原蛋白，瘦得像根竹竿竿，不好看。这句话，像母亲说过的很多话一样，被当成了耳旁风。不是她故意要和妈妈唱反调，而是她对肥肉，有一种生理性的抗拒，任何肥肉，哪怕只有米星儿那么大一粒，也休想从她的唇舌之间蒙混过去。但这并不妨碍妈妈每隔一段时间就从市场上买回一个膀，一根一根捻掉毛，放进砂锅里，炖得满院生香。整个家族，除了阿惟，都喜欢这一口。母亲希望通过不断的引诱，能让她学着吃上几口，她希望女儿能够明白，对一个女人来说，强健比苗条更重要。

但这事一直没有得逞，无论是在她叽叽喳喳的童年，还是对她说糖是甜的也会被反怼的青春期，阿惟都没有让一粒肥肉和一滴猪油汤，从自己的牙齿间蒙混过去，引发肠与胃一场生理性的灾难。在它们看来，一粒肥肉散开形成的冲击，不亚于一场核爆炸。

在长达十八年的成长过程中，这场关于炖膀的拉锯战，一直贯穿始终。阿惟将这个，当成了炖膀版的“你妈觉得你冷”，暗里偷偷倒掉，明里发脾气，抗争过很多次，以至于到最后，干脆变成了母女之间的一场较劲，双方都觉得对方犟，为什么这么一丁点儿小事，就是不肯顺自己的意？

这场母女之间的较劲，终于在阿惟18岁那一年登峰造极——那一年，她恋爱了，那个从初中开始就在她眼前蹦来跳去的男生，终于与她对上眼。确切地说，那个男生一直在她心里和梦里，她只是在高考结束时，才有力气面对这件事。

这件事哪瞒得过母亲？少女的怀春和感冒时的咳嗽，都是掩藏不住的。母亲坚定地表示了反对态度，其理由有三：其一，对方是乡下的，你是城里的；其二，你考上了大学，而他没有；其三，对方的妈妈，是村里有名的泼妇，大家都不敢招惹……

这三条理由，跟妈妈之前说过的炖膀的万般好处一样，让阿惟一个标点都没听进去。在她看来，母亲的这些理由，都显得小气和市侩。乡下的怎么啦？往前三代，谁不是乡下的？考上大学与没考上，又有什么关系，爱情是不分身份地位种族甚至性别的，言情小说里都这么说。而至于第三条，人家的妈妈怎么样，关他什么事？都什么年代了，还在相信龙生龙凤生凤耗子儿子会打洞那一套？爱情是我们两个人的事情。我相信，爱可以改变一切。

母亲的反对，反而成了催化剂，使两个年轻人的爱情，在外压作用下，迅速升温，并且很快就到了“非你不嫁、非你不娶”的地步。

大学四年，阿惟心无旁骛，锁住了任何追求者通往她的心灵之路。大学毕业，考到一家事业单位上班，两个人很快进入了谈婚论嫁的程序。乡下那个婆婆，每次见面就夸她是戏里的人儿，不嫌贫爱富，不向她家要彩礼，不铺排[1]她买房置家产，简直像七仙女一样。夸得她美美的，觉得自己特崇高，进而更进一步崇高起来。

但阿惟的妈妈，一直近乎于顽固地坚持反对，她觉得如果保持坚决反对的态度，说不定哪一天女儿觉得难度太大，会知难而退。

但她显然高估了自己在女儿心中的地位和话语能力。

[1] 四川方言，指数落。

当她以“梭哈”的态度向女儿下达了最后通牒“要他还是要妈妈”时，女儿以实际行动回答了她。她撬锁偷出户口本，义无反顾地去民政局，办了结婚证。整整一天，她满耳满脑都响着《梁祝》里最激情澎湃的那一段乐曲。

婚礼很快举行。

那是一场没有娘家人参加的婚礼。阿惟当时心中充满了悲壮感，哭着对老公说：“即使整个世界都反对这场爱情，我们也要好好地相爱！”

老公也满面泪水地拼命点头，用力地把她抱住。

阿惟不知道，妈妈没来参加婚礼，并不是不想祝福她，而是病了。这桩以亲情为赌注的赌博，她彻底输了。她原本也打算像许多生米煮成熟饭的女儿家那样，含血吞下结果。不料在无意中听到女儿的婆母向人炫耀，说自己的儿子如何如何有本事，不花一分钱，钓到了一个城里吃公家饭的漂亮媳妇时，当场一口鲜血喷了出来。

阿惟拜堂那阵，正是母亲在医院抢救得兵荒马乱的时候。娘家和婆家人，都各怀心思，没有告诉她，这就让她不顾母亲死活的不孝形象，成为铁定事实，墙一般横在她与娘家人之间。

一年后，阿惟怀孕了，经过十月怀胎，生下一对双胞胎女儿。对她隐忍了几年的婆婆，在得知媳妇生下的是女儿——而且是两个，当场撕下笑容和善意，露出狰狞的面目来。她怒气冲冲地从医院里冲了出去，还顺手拖走了刚当了爸爸、不知道该欢喜还是忧愁的儿子。在她朴素的价值观里，媳妇不过是她孙子的容器，如果装不来孙子，就只有换一个了呗。

从麻药劲中清醒过来，阿惟叫天天不应，叫地地不灵。她没有想到，只有狗血电视剧里才会出现的奇葩桥段，居然成为自己真实生活的情节。

几天后，老公才出现，支支吾吾说了些他自己都不相信的理由。他的主要目的，是来接她们母女出院的，在医院待着，一天好几百的费用呢。

之后的日子，完全变成一部黑白电影。婆婆不加掩饰的尖刻和恶毒，丈夫妈宝一般的懦弱和没有主张，使阿惟陷入前所未有的悲伤之中，她发现，自己凭着青春期的想象编织的崇高而悲壮的爱情，在残酷的现实面前，像一个笑话。

人是活在自己编织的意义之网上的动物。只要意义还在，任何苦难与痛苦，都不在话下。比如那些苦行僧，他们一旦觉得自己所受的饥饿、磨难与痛苦，都是通往彼岸的修行，那么，这些困境不仅不是痛苦，还可能是幸福的奉献与享受。

阿惟之前对她的爱情与婚姻，就是如此看待的。

但一旦意义之网被现实无情地捣碎之后，笼罩在美丽光晕下的真实暴露出来，既残酷又锋利。

在最应该被温暖照顾的月子里，阿惟体会到的是勉强与敷衍，甚至冷漠。仿佛她是一个正在服刑的罪人，她唯一的罪，就是生了两个女儿。

婆婆用简单而直接的方式，表达了自己的爱憎——她虽然喂了一大群鸡，但在她坐月子的三十天里，却没有为她杀过一只。作为一个正在给两个孩子喂奶的产妇，她喝到的三次鸡汤，都是婆婆去吃酒席时用打包盒带回来的，其中两次，里面还有鱼刺……

有一天早晨，她恍惚闻到一股好闻的香气，恍恍惚惚看到一个人影，像是自己的妈妈，端着一个白瓷碗，碗里冒着仙雾一般的热气。

那是一碗炖膀汤，她逃了二十几年的。

她伸手接汤，竟是一个梦。

但那香味，却分明还在。

被子上，空气里，屋檐下，大树上，恍恍惚惚，若有若无。

她就跟着那香味，游魂一般地飘了出去……

路的尽头，是条小巷，那是妈妈的家。几年来她想也不敢想的地方。但她这时，却义无反顾地走了过去。

巷子里没人，只是瓦檐下有一个小泥炉，炉子上面有一个瓦钵，钵里咕咕地往外冒着热气，满院生香。

阿惟扑上前去，抓起勺子，舀起油色鲜亮的汤，不顾温度，大喝一口。

滚烫的汤，从唇齿之间一路奔涌着，冲到空旷而冰凉的胃里，激起一阵悸动。

那天，她把砂锅里的汤和肉，全吃光了，抱着砂锅，坐在地上，哭得天地一片苍茫……

那场痛哭的浩大，让二十多年后倾听的我，也能感受得到。

此时的阿惟，已独自养大两个女儿，两个孩子大学毕业，出落得像妈妈年轻时那般漂亮，而且都熬得一手好汤。

zy

林汤圆

林汤圆出生并成长于离成都很远的一座小县城里，他自幼跟随父亲走乡串户卖汤圆，一头挑炉子，一头挑汤圆，黑白分明地走了多年，他一直觉得挑摊卖不如定点，几张桌子跟板凳一摆，省得把肩压肿脚跑大，也卖不出几碗汤圆钱来。

他的父亲对此不以为然，用汤勺敲着他的头说："咱们林家汤圆，自你爷爷那代就是这么个卖法，做泥鳅就别怕泥糊眼，一行有一行的道！"

他想摆摊的想法，刚一冒头，就被父亲榔头般的话语给砸了回去。但父亲对他的反对，至多只是阻止，而不是粉碎，他的想法只不过像一枚疯狂想发芽的种子被砸进土里而已，只等条件一适应，便会发芽开花。

林汤圆发芽的条件很快来临，条件一，国家不再打击小商小贩；条件二，他父亲去世了。

温度湿度都合适了，林汤圆心中的这颗种子便开始发芽散枝开花，并结出一堆神奇的果子来。很快，他的汤圆摊就由两张桌子发展到八张，他的名声，也由外西街扩展到全城，他生产的种类，从成品汤圆到半成品的汤圆心子都有。

看过林汤圆做生意的人都对他佩服得五体投地。他们说林汤圆不像别的生意人，只对光顾自己生意的客人好，对不光顾生意的客人就爱搭不理。不管买不买他的汤圆，只要来他的摊档前，他就会热情邀对方坐下，端上一碗免费的汤圆水。这样的举动，让人感觉既温暖又亲切，特别是在手冷脚僵的冬天，让人有想落泪的感觉。大伙即便这次不吃汤圆，但保不准下次绕道都会来照顾上一碗。

林汤圆的儿子对父亲的举动不以为然，常常为多洗碗而抱怨。林汤圆挥着汤勺冲儿子吼："小本生意，全凭卖个人缘，多洗几个碗会累死你？做泥鳅还怕泥糊眼的吗？"

儿子也像当年他面对父亲的喝斥一样，不再有什么言语。但他感觉得出，这小子打心眼里是不服的。

准确说来，林汤圆离开家乡并跑到成都来生活的原因，也与儿子那不服的眼神有关。

儿子并没有像他那样，等到父亲去世才开始按自己的想法生活。从记事起，他就看着父亲每天又是磨又是推又是揉又是捏，汗流浃背累死累活换回一大堆零钞，然后心满意足地坐在夕阳下理钱，他对父亲这种小打小闹的生活不屑一顾。这孩子书读得不多，但脑子活泛，他时常琢磨的便是别人做汤圆能做成大品牌、做成食品厂，而父亲做了几十年汤圆，虽然口味和名声都不错，却永远是个小食档，一天不做生意就没有收入。他曾经听一个搞传销的讲了个故事，说：有人一辈子都在挑水吃，一天不挑就没水吃；而有人却是在用上半生架设管道，到下半生，不挑水也有水吃！

那人本是想拉他入伙去做传销的，他没去，倒是这个故事，深入了他的心中，他暗暗发誓，绝不像父亲那样，一辈子当挑水人。

儿子开始按自己的想法忙活开了。他做的第一件事，就是在郊外租了座有十几间房的农家小院，粉刷干净砌上锅灶，架上各种机器，这些东西已大大超出了林汤圆的认知范围，他卖了大半辈子汤圆，还没有见过哪个卖汤圆的是这么干的，光是那房子的租金，不知道要卖多少汤圆才赚得回来？

做完这一切之后，儿子跑来和他商量，问他介不介意打他的招牌，林汤圆说：我这招牌，是从你祖爷爷手上就传下来的，也迟早是你的，但现在拿给你，我有点不放心，除非你让我给你把关。

儿子虽然不是很情愿，但还是点头同意了，以林汤圆当顾问为条件，换走了他祖爷爷手上传下来的招牌，并照相注册，做成商标。

工厂以超出林汤圆想象的方式运转开来。每天进的原料都是以车计，糯米一车、红糖一车、白糖一车、玫瑰花一车。这些数字，让林汤圆的神经一跳一跳的，不知什么原因，他脑海莫名地闪过少年时代跟着父亲去市管会接受打击“投机倒把”学习班的情景，那阵仗，四周架着枪，中间游魂般站着恐慌的小商贩们。

他对这事心里没底，悄悄问儿子：“这样搞，会不会出事哦？”

儿子正在算账，账面上的数字让他满脸红光，看着惶恐的父亲，他打心眼里有些觉得好玩，他说：“这些事你就别管，每天多费心点产品质量，保证咱厂里出来的汤圆是正宗的林记汤圆就成了，别的事你就不用管了。”

林汤圆于是一心一意地抓起产品质量来，但一抓，就抓出许多烦恼和困惑来。

拿最基本的汤圆面来说，正宗的林记汤圆，是小磨手推，两扇从民国时期就在推汤圆的青石小磨，经过几十年的劳作，已变得青光铮亮，通体散发着软玉一般的包浆柔光。说它是工具，倒莫若说是一件艺术品。林汤圆喜欢看着用清泉水泡了一夜，洁白而软的湿糯米从磨眼上慢慢地滑进去，经过几圆优雅的旋转和轻细的碎裂声之后，从磨下方浸出一滴滴洁白如乳汁，黏稠如新鲜橡胶液的米汁。米汁滴在白色土布做成的口袋上，慢慢汇聚成一团柔软如出浴婴儿皮肤般细滑的湿面。口袋接满后，用一根粗布绳挂起来，口袋外面，便开始沥下一滴滴晶莹的水。当它由水流变为水滴并最终停止的时候，空气里弥漫着一股浓浓的经过短短的发酵，有一点微微变酸的撩人米香味。

而这一切在儿子的汤圆厂里是看不到的。在那里，米是不用泡的，因为那样太耗时间，机器是时间的敌人，永远不会给它好脸色，总是嫌它拖沓与漫长。因而，在机器主宰的车间里，一切与时间为伍的程序，都被简化。米不用泡了，代之以直接往干米里浇水，粉碎的过程也就是搅拌的过程，而打出来的米浆也不是传统的方式用土布袋沥干，而是直接用洗衣机一样的滚筒甩干。

简化的还不仅止于此。林汤圆坚持了多年的将买来的红糖重新熬制的方法，因为耗时太久且糖的运用效率不高而被放弃了。连汤圆心子最重要的工序选花，也以同样的理由被“优化”了。汤圆厂最初还要用鲜玫瑰花做原料，后来有人送来更便宜更方便的玫瑰香精和色素，便不再用了。

这是林汤圆不能接受的。在他看来，没有石磨、没有精熬的红糖、没有精挑细选的玫瑰花和黑芝麻，还算什么林记汤圆。

那些日子，他夜里总在做同一个梦：一间古旧的作坊里，一个蓝衣女子在氤氲的柴烟之间，或轻推石磨，或熬制红糖，或用纤细的手在木盆里淘洗红色的玫瑰和黑色的芝麻……

他知道，那是他死去多年的妻子，那个用半生时间陪他做汤圆的女人，已将自己慢慢消融于做汤圆的每一个细节里了。

他不止一次找过儿子，希望他能听自己的意见，重新回到他所认定的做汤圆的正道上去。儿子却一如继往地不以为然，说：“如果人类不进步，现在还在树上摘果子吃呢！”

林汤圆一时找不到反驳儿子的有力话语，但始终觉得儿子说的，不是那个理。因为无论从口感质感还是别的方面来尝，儿子做出来的汤圆已不是林记汤圆的味。

为此，他精挑糯米并按比例与饭米勾兑，泡好之后用石磨磨好沥出，又细选了花生、芝麻、玫瑰花和红黄，分别制成三种馅料，从乡下老井中汲来一桶青气逼人的净水，拍上几块花姜，煮出一锅香气四溢灵光毕现的汤圆，用早年卖汤圆的青花细瓷碗盛了，送到儿子面前，让他再回味一次正宗林记汤圆。

儿子吃了，咂咂嘴，说没有多大区别。只是父亲这个举动，给了他灵感，他决定把父亲手工磨汤圆的过程请人拍下来，用来做广告，并把青石小磨人工推制作为卖点，在汤圆的包装袋上加以体现。

林汤圆说这是蒙人，坚决不干。儿子没理会他，请了个漂亮的美女做形象代言人，以青石小磨和老灶为道具，拍出了许多色香味俱佳的广告。气得林汤圆捶胸顿足，关起门在家里大骂儿子迟早会玩完。

但令他憋气的是，事情总是向儿子所预料的方向发展。林汤圆一直寄予愿望的老顾客们的味觉，并没有如愿为他撑腰。反倒是一天一涨的销量，让他陷于矛盾之中。

作为父亲，儿子的生意一天天见好，并成为当地有名的富人，是令他高兴的。但作为“林记汤圆”的传人，他对别人用近乎于轻慢的态度对待他视若神明并坚守了一辈子的道理，是不能容忍的。

更让他不能容忍的，是人们居然认可了这种轻慢；而他却因为担心投鼠忌器，不能站出来指责儿子。

在矛盾的心态下挣扎着的生活，犹如在高温高压的蒸笼里一样令他难受。在闷了近半个月，几乎憋出一场大病之后，他决定离家出走。儿子问了半天也没问出原因，就拿出1万元钱，让他出去散心。他没要钱，只拿了自己的招牌和那扇青石小磨。

在省城辗转了两三年，他最后落脚到城中村，据传这与一个卖豆瓣的中年女子有关，依他的手艺和实力，根本没必要到这里来凑热闹。林汤圆觉得那女子拴着围裙做豆瓣的样子很像他正在劳作的妻子，那女子家中有老公和儿子，他不敢有什么非分想法，只敢远远地盯着对方的背影，或在对方同意的前提下，小小地帮助她一下。

林汤圆就这样在省城待下了，一面按自己的方式做着汤圆，一面冲着一个女人的背影，缅怀着往日的生活。

在这几年的时间里，儿子的生意如他的身材一样超常规地发展着。他以蛇吞象的气势，收购了县里的食品厂。接下来，又接二连三兼并了一些冻库和水饺厂之类，形成一个以汤圆为龙头产品，带动几十种食品的大型企业，还融资上市，挣下了林汤圆卖一千辈子汤圆也挣不到的钱。为了证明自己正确，他无数次开着车到省城去接老爷子，但这种礼遇在林汤圆看来更像炫耀、示威和在伤口上撒盐，坚决不肯接受。这也成为他四处搬家的重要原因。

儿子找了他几次，见他态度坚决，加之自己也忙，也就没有再来找他。父子俩就这样各走各的道生活着。说林汤圆不想家，也不是事实，只是他想念的那个家，已在几年前被儿子拆掉，换成一幢碉堡一样的大房子，那里面，没有一根钉子与他有关系。

但好在还有一扇青石小磨，那一扇至今还保留着妻子体温的小石磨就是他的家。很多个夜晚，林汤圆蹲坐在石磨前，将两只小酒杯摆在石磨上，无限量往杯子里掺酒，直至把自己灌得大醉。他喜欢看到泛着香气的酒从杯中溢出，沿着杯沿温柔地流到石磨上，一点点洇开浸润并深入石纹深处，那些终年与糯米耳鬓厮磨而留下它们色彩和身影的石痕，在酒的润养下，变得鲜活而富有灵气。这时，他甚至能听到水声，锅瓢轻叩声和柴疙瘩在灶眼里的清脆爆裂声。石磨轻细而执着地转动着，磨前的女子，发尖和鼻尖上晶莹的汗珠无声地从空气中划过，落在石磨上，光影四溅。

石磨成为林汤圆认可的唯一的亲人和最后的家，不管他住在哪里，只要石磨在，家就在。

与儿子相安无事的生活倒也平静。但不久，事情就来了。

在大家都没预料到的时候，儿子竞争对手的销售人员在城里碰到林汤圆的小摊，在喝过一碗他递过来的免费汤圆水之后，他要了一碗汤圆，吃完之后咂咂嘴，才发现这小摊档上赫然挂着的，是自己敌手“林记汤圆”的金字招牌，那招牌虽然古旧斑驳，但上面的字迹却与注册商标一模一样。那几个字是县里最后一名秀才写的，林汤圆的爷爷在他最潦倒的时候送过他一碗汤圆，他投桃报李，就写了这幅招牌。

销售员行走江湖多年，从这块招牌上看出了一些打击对手的灵感。他最初感觉是林记汤圆厂侵了面前这位老人的权，怂恿老人去找他讨说法，挫挫它的品牌形象。

他拐弯抹角地问，发现这招不灵，老头是林记汤圆厂老总的父亲，侵权之说不太容易立起。

很快，另一个灵感涌上心来：林记汤圆厂，偌大的企业，几百万的身家，老太爷居然还在街边设摊，莫不是有什么隐情？其中是否有不赡养老人之类的情节？这种为富不仁的事，可是打击对手的重磅炸弹啊！

但往下细问，也不是太靠谱。他怕问得太多引起对方生疑，就决定改天再问，他问好老人的行动踪迹，并啧啧夸了一番汤圆之后，就起身告辞。老人也有他乡遇知音之感，乐颠颠地说：“只要城管没来，我天天都在这儿。”

第二天，销售员又来了，一副回味无穷的馋相，这让林汤圆感觉很高兴。

又吃汤圆，又聊。

老人已很久没有遇到过真正懂得并发自内心喜欢他汤圆的人了，乐颠颠地和他聊了起来。

这是一次毫无防备的聊天，像蜗牛离开自己的壳一样快乐地裸奔，却不知在不远的枝头上，有一双不怀好意的眼睛正心怀窃喜地盯住它。

他说了自己对儿子不满的原因，这话其实郁积了多年，在家乡或任何遇得见熟人的地方，他都不会说。而现在，在离家几百里的地方，面对一个对他的汤圆赞赏有加的异乡人，他终于有些憋不住了。他不知道，在这个异乡人的衣袋里，正有一台小型录音机在转动着，它录下了足以令林汤圆儿子名声扫地的所有证据。

很快，有消费者到消协投诉林记汤圆涉嫌虚假宣传。

报社记者以客户的名义暗访林记汤圆厂，发现号称全传统工艺制作的汤圆厂里，没有一台石磨，也没有一朵玫瑰。

接下来，电视台播出林记汤圆店祖师爷的暗访录音，揭露林记汤圆的欺诈行为。

有关部门介入调查。

林汤圆的儿子，经历了一场前所未有的危机。除了罚款和停产整改以外，林记汤圆的招牌，彻底砸碎了一地。

听到这个消息，林汤圆连夜租了辆小货车赶回老家，车上驮着他的青石磨和招牌。

当他回到儿子那碉堡样的家时，他的儿子正双眼血红地喝着酒。

儿子见他回来，没好气地问：“看笑话来了？”

林汤圆说：“我能把你的倒霉当成笑话来看？”

“那你干吗给记者说那些？”

“我没给记者说，那是别人做的套。”

“这下好了，把我套住了，套得死死的！”

“那你就泄气了？这不是要整改吗？我给你两条路，你自己选。一条路，继续像以往那样做，但必须把商标改过来，另一条路，则是照我的法子做，什么都不改，咱们就做全套传统工艺！如果你愿意，我留下来帮你！”

儿子想了半天，决定两条路都选。保留机械化的生产程序，但改掉宣传。而父亲这边，专门设一个车间，全手工，做高端产品。

一瞬间，父亲和儿子多年未遇的手合在了一起。

不久，全手工的林记汤圆开始生产，几十扇石磨一齐轰鸣，令林汤圆发出会心的笑意。他的笑容被贴到商标和广告上，虽然没有美女俊俏，但让人感觉实在，令许多老顾客都回想起冬天里那一碗温暖的汤圆水。

危机很快过去，林记汤圆的生意更好了。儿子非常高兴，而林汤圆的感觉更复杂，面对失而复得的手艺和儿子，他悄悄躲进房里，拥着青石磨大哭了一场。

据说他还去儿子竞争对手那家食品厂，想感谢那销售员，但那人不知底细，始终不敢见他……

zy

烧椒

凤妹从小就爱吃烧椒，就是把刚刚从田里讨回来的青椒，用火烧熟，拍去炭灰，蘸点盐或酸水，可以空口吃，也可以拌菜。山里人管到田里摘菜为讨，觉得所有收获，都有赖于冥冥中某位神的赏赐。虽然这位神对他们，确实也不算大方。对凤妹，尤其如此。

凤妹从小没有妈，关于妈妈的去向，有父亲简单粗暴的“死了”，也有奶奶泪水涟涟的“跑了”，还有婶婶欲言又止最终一声叹息的几种答案。凤妹不喜欢挨揍，所以也就不刨根问底了，父亲一说到妈妈，就像牛被八角洋蜇了，八角洋是山里一种生满尖刺的毒虫，牛皮那么厚都蜇得穿。

妈妈就是父亲的八角洋，一提她，父亲就会疯，仿佛把人皮中的他突然换了个馅一样。一向老实本分得近乎窝囊的他身上残存的那点愤怒，会瞬间爆炸，伤人伤己。离他最近的奶奶和凤妹，常常首当其冲，被炸得遍体鳞伤。

在那些被酒和父亲的想象毁坏的日子里，凤妹和奶奶瑟缩在灶屋墙角的柴堆里，奶奶会从父亲捣碎的灶上，拿一块锅的残片，盛几只青辣椒，放到灶膛里，借膛灰下那点怏怏的余火，把它们烤暖烤软，放到凤妹嘴里。这是老天爷给这个可怜孩子最后的一点眷顾，那尚未断青的涩与辣，那略有些焦煳的暖暖香气，和老奶奶硬得像木头雕成的手，是她关于亲情与爱不多的记忆。奶奶烧辣椒通常是不放盐的，也许是她觉得自己腮帮子流下的泪水，已足够咸了。

龙哥是凤妹的邻居，两家相隔只一道院墙，虽然家里也穷，但因为有一个没出去打工的妈妈，和一个不时常发酒疯的爸爸，而在凤妹眼里，像天堂中的人。龙哥其实比凤妹早出生不到十个小时，但因为这点小小的领先，他便义不容辞地当起哥来，并像天下所有的哥哥那样，想保护好她。那场景，有点像一只小狗想保护小猫，而常被一头喝醉的熊一声咆哮，就喷出好几里地。

对于凤妹来说，这种拦在她身前跃跃欲试的保护姿势，虽然无用，但能让她感到安慰。

龙哥也烧青椒，特别是他们一起读书的那几年里。村小学离他们的家两公里地，每天单边走一个小时，爬沟坎，穿竹林，过小河，溜草坡。这段漫长的上学路，是这两个孩子难得的幸福之路，凤妹记忆里难得的几次奔跑和追逐，都发生在这里。那些有阳光和鸟鸣的日子，风把花香摇得到处都是，龙哥拎着一串烧辣椒在前面跑，凤妹紧赶慢赶地在后面追，所有烦心事，脱壳一般离他们而去，被甩得很远很远。等爬上最高的土岗，龙哥不跑了，回头扬起手中那串烧椒，向被彩霞拥着的凤妹甜甜地笑，这时，太阳在他们的正前方，把他的笑容晒得红彤彤的。

关于龙哥的脸红，凤妹一直说是因为偷吃了烧椒，而龙哥明白自己从头晚就开始准备的辣椒，哪舍得独尝一口。那是多么完美的一串啊，少半个甚至掉一粒盐都不行。这情况凤妹当然知道，但就是喜欢逗着他玩，看他着急红脸的样子。

这样的玩闹，一直持续了好多年，成为他们百玩不厌的游戏。

初中毕业前一年，凤妹的奶奶去世。凤妹从家中扯了两件换洗衣服，偷偷爬上到县城拉水泥的车，上车时，看到龙哥一脸灰尘，嬉皮笑脸地说自己反正也听不懂课，不如结伴去打工，好有个照应。

他们从不要身份证的建筑工地开始，一路在鞋厂超市饮料店KTV上班，最终落脚到一家火锅店，这一年，他们都20岁了，出落成了标致的年轻人，两个人也顺理成章地睡在了一张床上。

城里单位用人都很奇怪，总是更喜欢凤妹，而对龙哥多有嫌弃。那些主管经理领班什么的，一看到凤妹，就欢喜得眼睛里伸得出爪子来。而对龙哥，要么进门就宣布不要，要么就总是能从他的身上，找出诸般的不好，让他觉得自己无论如何努力，也没什么用。他们的无数次跳槽，都是因为龙哥被嫌弃，而凤妹不愿意一个人留下。每一次跳槽，都让龙哥觉得自己像个总是做错事的多余物品。

这是一种非常难受的感觉。虽然凤妹从来没有这样看他，但他越来越沮丧，于是开始喝酒。而这，恰是凤妹最厌恨的。

凤妹厌恨的是喝酒这件事。

龙哥认为她厌恶的是自己。

两个人的想法渐渐顶了起来，都开始觉得对方不可理喻，明明是那么清晰的一个道理，为什么说着就那么费劲呢？

凤妹这时已做到了领班，她的打算是让龙哥好好在厨房学手艺，加紧攒钱，等手艺学得差不多了也有了本钱，就去开家小饭馆，挣钱，买房，在城里生活……

龙哥没觉得城里有什么好。除了四面八方的白眼和挑剔，便是他买不起的各种东西，天天嘲笑式地向他展示着美丽。他想回老家，那片竹林围绕的小院。凤妹的爸爸已去世，两家中间的院墙一推，盖一个竹楼，养一群鸡鹅鸭子，白天干活，晚上做份烧椒，喝杯小酒看星星。在那小院里，他就是主人，没有瞧不起他的人和物件，没有令他搞不懂的任何事情。

他们像春天穿短袖和羽绒服的两个人，互相觉得对方不可理喻。由最初的几天一争，到遇事必吵。在这个过程中，凤妹的工资和提成，由三千涨到了五千，而龙哥在无数次搞砸了菜之后，又面临丢工作的问题。

凤妹觉得龙哥不用心，是故意捣蛋。

龙哥觉得凤妹的每一点进步，都是老板的不怀好意。

再一次面临两个人要不要一起离开的尴尬场景时，凤妹发现自己怀孕了。

而在同一天夜里，她从酒后的龙哥眼里，看到了父亲眼里的血光。这时，她隐隐约约感觉出了困扰她二十多年的一个痛苦问题的答案——妈妈当年为什么不要我？并发自内心地原谅了母亲。

瞒着龙哥，她悄悄去医院做了手术，她发现，广告都是骗人的，所谓无痛，其实就是钻心噬骨地疼。

其实，她不知道，最痛的还没来。

几天后，在一个蝉叫得特别烦的深夜，她被一阵灼痛惊醒，睁开迷糊的眼，看到龙哥拎着一个油锅，喃喃地说："你不漂亮了，就可以跟我回去了，下半辈子，我养你……"

龙哥因故意伤害罪被判了七年有期徒刑。凤妹的烫伤，在工友和社会各界的帮助下，得到了比较好的救治，面上只留下红红的新肌肤痕迹。我采访她时，从始至终，她没说龙哥一句坏话，只是淡淡地说："他好可怜！"对法院和检察机关，她也是这么说的。这让我们同行的女记者们觉得不可理喻。

zy

袁博8岁之前都叫袁亮，左右邻居都叫他亮娃儿。我觉得这个名字更符合我对他的记忆。我印象中的他，四季都剃着光头，眼睛圆圆的，一说话就笑嘻嘻的，头顶和眼中都闪起活泛的光，让人怀疑他耳朵里藏了个耳机，随时都在播笑话，使得他整天都乐呵呵的。

总之，他是一个明明亮亮的人，在成都开了两家孔干饭，到他饭店吃饭，不仅要排队，还要填考卷考试[1]，搞得神秘兮兮的，顾客们，特别是年轻人，仍然乐此不疲，一副试没有考够的样子。

其实，并不是大家做卷子有瘾才到他家排队，而是因为他家的孔干饭，实在太好吃了，一吃就停不下来。

孔干饭，源于四川话的发音，具体怎么写，则各有表述。早在西汉年间，扬雄在解释方言的书中有所提及，说“凡有汁而干，谓之巩”，另有旧书则说“饭不蒸而煎熟者，曰巩，音如孔”。这个解释是最贴切的，为了不引歧义，干脆就写成孔干饭了。

孔干饭在全川都有，尤属川东人最喜爱，做得也最有特色。袁博的老家阆中，条件好一点的人家，或有人来客往，或大人心情好，想哄小娃儿开心，就做孔干饭。

做孔干饭的流程，先将水烧开，然后将米入开水

[1] 为了宣传川菜文化，店家为客人们准备了一张关于孔干饭及四川食俗文化的试卷。

煮至六成熟，沥起，把腊肉、豆荚和土豆放入锅中炒出香味，熟米盖浇其上，加少许清水，用筷子捅小孔透气，然后小火煎焖二十分钟。菜熟了，饭正好起锅巴，腊肉的油脂正好浸出来，让锅巴容易铲下来，混在米饭里，干香爽脆，软糯适中。肉和豆荚以及土豆相互作用，形成的特殊味型，再加上孔饭时煎出的特殊焦香气，如同有魔力一般，不断催促喉头吞咽，喉头催促舌头，舌头催促双手，脑壳顿时陷入空白，也不管胃是不是能承受，一味地只发出舀饭的信号，直至把锅刮得干干净净，舔完筷子，嘴角上最后一粒，卷舌囊入腹中，方才抱着肚子，大呼过瘾。

这是一种可以令人忘乎所以的食物，从小到大，袁博在它面前，可不止出过一次洋相，而其中最大的一次，就是第一次上老丈母娘家门的时候。

袁博与妻子认识，是在初中二年级暑假，那是1998年，那年的夏天特别闷热，经常能听到洪水和其他灾难的新闻，袁博极度不爽地坐在教室里，等待老师为他们提前上更打脑壳的初三课程，教室里闷热而无聊，整个世界像一锅难喝的粥，黏糊糊地扣在头上。

上课铃响，老师进门，还带来一个穿绿色碎花裙的长发女孩，抱着书，文静而羞怯地背对阳光站着。那个女孩，名叫张松容，袁博现在叫她“老婆”，他们能走到一起，远不是一句话那么简单，而是经历了长达十七年的漫长旅程，其中的风风雨雨，自然不是我这篇小文章能记述清楚的。反正两个人，一个阆中转绵阳再转北京打工，一个从阆中出发，在成都工作很多年，像两个电子，在茫茫人海中穿越漂移，最终走到了一起。

袁博说，这一切都是因为初二夏天课堂上那一片阳光的作用。两个人为那个下午究竟有没有阳光，争论过很多回。这阳光也许来自心中，别人看不见吧！

2015年春节，经过审慎考虑并再次确认眼神之后，两个人决定见父母，在家庭层面确定两个人的关系，并商量下一步的婚事。这是一件大事，给父母的第一印象，可能决定后续的发展。为此，女朋友再三提醒，无论是衣着还是发型，以及准备的礼物和与长辈聊天的谈吐细节，都作了详细而精准的指导和提醒。

那是一个大雨过后的腊月二十八，因为女朋友的舅舅是母校的老师，袁博对未来丈母娘家的门，又多了几分敬畏与恐惧。人生最大的魅力，就在于下一分钟的不确定性，怀着这份半是期待半是恐惧的心情，袁博怯生生地来到岳母家。这地方也并不是什么陌生之地，之前在门外，也不知偷逛了多少回，如今以另一种身份登堂入室，顿时有一种要掳走人家最心爱的宝贝，随时有可能被乱棒打出一般的惴惴不安。

一切都还正常。

至少在未来丈母娘没有端出那锅孔干饭之前。

那天中午，未来岳母做的是孔干饭。

锅盖揭开，香味扑面而来，白的饭，绿的豆荚，黄的土豆，再加散落其间的红黄相间的肥瘦腊肉粒，金黄酥脆的锅巴滋滋滋地往外吐着香气，薄丝一般轻飘在空中，散入人的眼和鼻中，顿时如一封诱惑力十足的劝降书，所有器官，顿时失去抵抗力。之前三令五申保持风度不乱说乱动的纪律，顿时土崩瓦解。

袁博不太记得当时的场景是怎么样的，只记得未来岳母每次问他是否再来一点时，他都毫不犹豫并且绝无半点谦让之意地伸出碗，完全忘了“客气”两个字。

一碗。

两碗。

三碗。

四碗。

一口气吃了四碗。

对，你没听错，四碗！乡下吃饭的那种毫无花拳秀腿之感，拳拳到肉实实在在的大饭碗的四碗，相当于平时四倍的饭量。

女朋友在桌子底下把脚都踩肿了也没拦住。直至听到刮锅巴声，他才略有清醒，想起今天的使命。

从此以后，在女友的家族及方圆几里之内，四碗成为一个传奇。并不是说没有人吃过这么多，而是像袁博这种长相斯文并且最该装斯文的时刻，如此不斯文地吃了四大碗。如果不是当时锅里已见底了，不知道还有什么样的人间奇迹会发生。这确实令人称奇，以至于结婚多年走亲戚，人们还会以此加深记忆，并且心照不宣地冲他神秘一笑，小声说："这就是吃四碗那个？"

好在岳父母对他还算满意，也并没有因为此事给他减分。相反，岳母因为自己的厨艺受到如此捧场而特别开心。这也成为岳母炫耀自己厨艺的标志性案例，也成为袁博平静人生中，一次小小传奇。

几年后，又因了这份传奇与情怀，袁博从一个数据生意做得不错的IT男，变成一个做餐饮的创业男。之前，袁博的数据和智慧城市、管理硬件生意做得很顺利，但他并不快乐，终日觉得每天喝业务酒唱业务卡拉OK被业务搞得头发和活着的乐趣越来越少，不知道周而复始的生活该去往哪个方向，更不知道可以当成梦想的未来，究竟在哪里。而想通这一切，是在某个闷热的夏夜，他的脑海中，莫名地响起干饭在铁锅里滋滋的轻响，那声音之后，是香味，香味背后，是魂牵梦萦的往事，凉风一般吹拂在他的脸上……

他感觉，不远的地方，一道闪着光的门，轻轻地向他打开。

那天，一向不怎么抽烟的他，请妻子下楼帮他买一包烟。

妻破天荒答应了他这个胆大妄为的要求。

在抽完妻子这辈子唯一一次给他买的烟之后，他大踏步地走向那道门，像宫崎骏电影里在城市里装人装得很累的狸猫，蜕去层层的负累和伪装，扑向梦里的家园。

皓月之下，小伙伴们正欢快而自在地唱着歌。

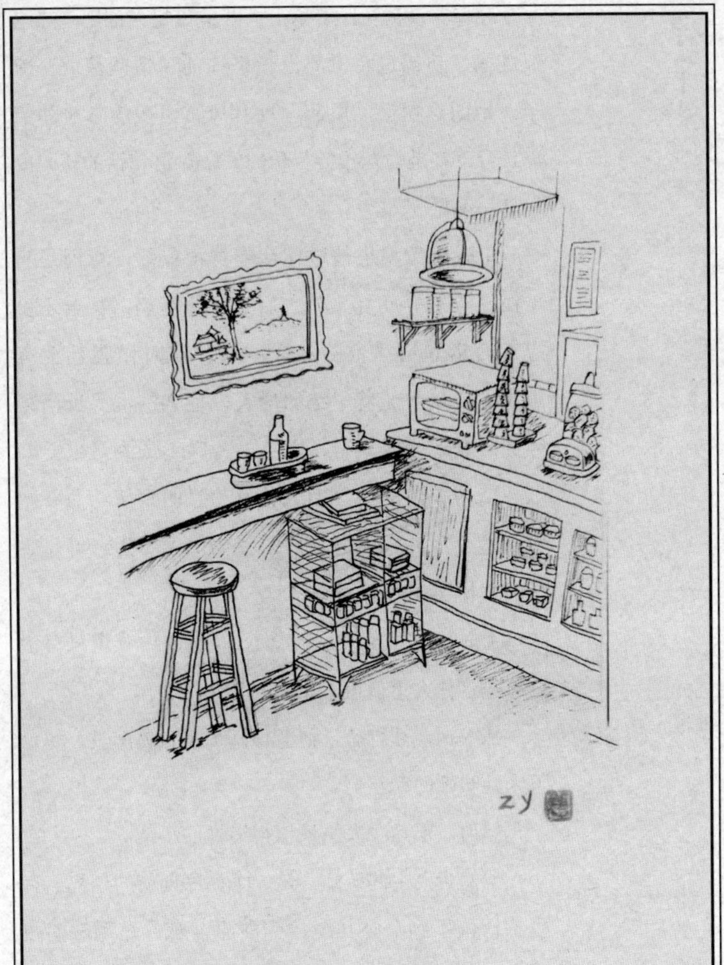
zy

继催婚、催生、催早起之类的话题之后，“饭菜凉了”这个梗又成为儿女吐槽父母的一个热门话题，一个脱口秀演员在比赛场上大吐父母每天催她趁热吃饭之槽，仿佛这个世界上最恐怖的事情就是饭菜凉了。她的这句话，引起全场暴风雷雨般的掌声和笑声。台下都是与她年龄相仿的人，对这句话的认同度之高，可见一斑。

年轻时，我也被这句话催得很焦灼，特别是父母在左等右等反复热菜之后着急的埋怨，甚至还引起过言语和情绪上的对立冲突。有时候我甚至有点感觉，父母随着年纪的增长，他们的世界反而萎缩到只剩一张饭桌了，饭菜的冷暖，成为最重要、唯一值得关注甚至会为之着急动怒的事情。而要知道，这个世界之大之复杂，我们每天要为之喜怒哀乐的事情实在太多了。

那时候，我就硬怼过父亲：“你眼中难道只有饭菜冷热这件大事值得紧张吗？”

那腔调，那神态，何其像那个脱口秀演员，和台下为她欢呼的粉丝们。

然而，那是我人生最值得追悔的事情。

我们对人生的认知，是一个循序向前的过程。有些感悟，不到身临其境尝到酸甜苦辣，是无法明白的。不说生离死别成住坏空之类大词，就是对饭菜温度这种小感觉，也是“事非亲历不知难”的。

随着女儿的到来，我成为一个父亲。上天把小神兽们送到我们身边，其实就是来降妖除魔唤醒感知的。一向天不怕地不怕，对世界漠不关心的我们，开始在意天气的冷暖，在意路边的小树枝或一颗凸出地面的石头，深怕它们会让孩子冷到热到刮到硌到。一向莽撞的我，开始变得温柔。一向视厨房为畏途，却开始研究起小孩子喜欢的食品，从婴儿时的隔水臊子蛋，到幼儿时的双皮奶，再到少年时的天蚕土豆和青春期的炸牛排。我无师自通，学会了很多女儿喜欢的食品，往往是女儿闲谈中无意提到什么食物，吃饭时餐桌上一定有它的身影。这时，恍然惊觉，这画面，不正是当年父母对我们的场景？

所谓爱，也许就是你在无意中提到某一种食物，到吃饭时，它会悄悄出现在你面前。而这个过程，其实一点都不简单。比如早年我无意中说要吃汤圆，母亲为我准备，从揉红糖到炒芝麻花生，再磨花椒，足足忙了半个上午。那份辛苦和幸福，是我在当父亲之前无法体会和理解的。

及至到了我和女儿之间，也是如此。女儿小的时候，我在媒体工作，钱少活累心境憋屈，每次下班，头昏脑涨快要散架似的。但一回家，女儿挥着小胖手，让我为她做糖饼或炸火腿肠土豆条时，我都会因为小家伙的这份期待而有一点小小的存在感——至少，对于这个小生命，我是重要的。她还期待着我为她做点什么。而食物，恰似立竿见影的具象的存在。当她想要的东西，热气腾腾地摆在她面前时，吃者和做者那一脸幸福感，真的是可以暖心和疗伤的。

随着女儿长大，她的世界也变得更大了起来，许多闻所未闻的东西和见所未见的人与事，渐渐涌进她的眼睛和心灵，使她的注意力和喜怒哀乐，不再局限并沉迷在父母身上。这本来也是自然而然的事情，父母大多也想得通，但这并不妨碍他们偶尔怀旧般地争取在孩子们心中，争取一点小小的记忆内存。别人是怎么样的，我不知道，但我真的是这种感觉。而熟悉的食物，是最好的媒介。在女儿青春期到来时，我无师自通，对她说得最多甚至仅有的话题，就是“想吃点什么？”像我妈对我一样。当然，我也试图和小家伙聊聊JK或LOLITA，或者最右社区的笑话，但人家根本不接这个茬。这有点像当年妈妈努力想和我聊聊摇滚和霹雳舞是什么东西那样。

那就退缩到小小的食物里吧：

“你想吃点什么？”

通常得到的回复是匆忙而不经意且有点让人伤心的“随便”，但想想小家伙们的世界，确实有太多比吃什么更需要费神去思考的问题，也就不那么伤心和计较。而偶然遇上小家伙心情好，眼睛转一转想一想，扑闪着报出“香糟排骨”或“蟹黄豆腐”时，老爸心里那份高兴，比捡到钱还开心。

接下来的大半天，便是选排骨买豆腐。平时昏暗杂乱的菜市场，仿佛化了妆一般，充满了阳光与善意，每个老板和他们的菜，都笑得阳光灿烂。排骨，自是要宰平时舍不得买的最贵的中排，家里的辛香料唯恐时间久了不够香，一定要重买。豆腐，一定要选菜市场最南端那家最嫩的盒装豆腐，咸鸭蛋一定要选菜市场最北端那家的，最新鲜而且没那么咸。路过甜皮鸭铺，想想这也是女儿最喜欢的，不妨锦上添花，再宰上半只。眨眼之间，两张红票子就出去了，手指被沉甸甸的菜袋勒得青紫，但心里却美滋滋的，十分高兴，看天看地都觉得赚着似的。

接下来，就是厨房交响乐。妻把菜择洗得干干净净，摆放得像是要接受检阅一般。我拴上印着厨神广告的围裙，一副沙场秋点兵的气势。此时，如果窗外恰好有残阳如血，窗内炖锅、菜锅和电饭煲，各自咕噜噜地冒着味道各异的香气，那场景，是容易让人落泪的，特别是经历过苦难和冷漠，在人间落寞地走了半世，自感也算是看尽冷暖的人，在这烟火氤氲的厨房里，看到的都是生活中最本质却最容易被忽视的东西。

你是否见过这样的场面：一锅米在火上从虾眼泡开始，逐渐生出蟹珠泡，再沸腾成一锅喧闹的浮沫，然后由边沿开始安静，凝结，膨胀，聚成一锅洁白生香。那一颗颗饱满晶莹的饭粒上仙雾一般袅绕的，是热气，是香味，是灵魂。

你又是否见过：一锅排骨，由腥膻散漫，在火与水的作用下，上下翻滚，与冰糖花椒共舞，与八角山奈齐飞，与花生枸杞结伴，最终变身成为一锅油色鲜亮外糯里嫩的尤物。筷子捻起，烟香缭绕，送入嘴中，骨肉立分，吐出口时，骨头上还有一丝意犹未尽的热气，感动着桌下久守的小狗的鼻子。

温度，是一道菜的灵魂。你如果坐在一盘红烧肉面前，注视着它，你会看到它由烟香盛放，到暖气尽收，再到温度渐消，透明的油色变得凝固混浊，再到僵硬冰冷。那是一个由欢快到平淡最终归于落寞的过程，那是一个由热情盼望到淡然直至最终变冷漠的过程。

谁说菜没有知觉？哪一段散落的感情和破败的家庭的桌上，没有这样一碗由热变冷、由期待变失落的红烧肉或别的什么菜品？

比如此时，渐老的我，守在热气腾腾的一桌菜前，想象女儿吃得呼儿嗨哟的表情。听一位川菜大师讲，川菜对温度很看重，有一热当三鲜之说。讲究的厨师，对菜的温度，是可以精确到要计算上菜步数的。我这个对食物从没什么特殊讲究的人，因为对饭桌上那点暖气的向往，居然无师自通地当起了讲究人，学起人家定时上菜的伎俩，并可以精准到和妻儿回家的时间读秒同步。

当然，代价是反复问她们回家的时间，有点婆婆妈妈的，显得不够爷们儿。

但相比于得到的那份暖意，我觉得值。

这下你该知道，父母为什么那么恐惧饭菜凉了吧？

Me too！

世界上最难吃的鱼

我童年住的小街上，有一座桥，老家方言念作 shàn shī 桥。关于它的名字，有很多种说法，有说是善人施舍修的，应读善施桥，也有人说修桥者劝人常三省吾身，故应读三思桥，也有说因为桥两头有三座茅厮[1]，故而得名三厮桥。在几个名字里，认同最后一个的，似乎最多。足见恶趣味更易于流传，也不是今天才有的。

在桥边临河的小院里，住着洞洞娃一家，全家五口，爸爸妈妈和三兄弟，洞洞娃排行老三，和我年纪相仿，与我交往更多一点。

洞洞娃的爸爸是一家单位的炊事员，做得一手好菜，我这辈子第一次看到火龙蹿进锅里还不慌不忙炒菜的厨师，就是他。这对厨师来说当然只算是寻常小技，而对于只看过蜂窝煤炉咕嘟菜的我，惊为神技。

洞爸最拿手的菜，就是独鱼。

“独”是老家方言的发音，如果按老字典，应该是左边一个“火”，右边一个“笃”的繁体写法，电脑字库里似乎没有，所以就用同音字代一下。具体方法，有别于煎炸焖蒸煸水煮和煨炖等传统做鱼技法，介于干烧和软烧之间。这是多年后我凭记忆乱猜的。童年的我当然不懂这些，只知道洞爸做鱼的时候，空气中的气味，以及院子周围小猫小狗的表情都不一样。

[1] 即厕所。

那时候，善施桥下的河，还是可以抓到鱼的。洞洞娃三兄弟，都是捉鱼好手，无论是撒网，扳罾还是用虾笣，都能把鱼捞起来，大的卖钱，小的送猫，独留中不溜的七星麻鱼和桃花斑，剖洗干净，交到洞爸手上，不出十分钟，便满院生香，变出一锅美味的独鱼，热气腾腾摆在饭桌中间，全家人喜气洋洋，一人一个空碗，嬉笑着吃鱼，用手拎起一条鱼，筷子夹住两边，轻轻一捋，白花花的鱼肉就翻卷着落入红灿灿的汤汁中，端起碗来，饭一样扒入口中。吃完了，往汤里捞上一把白面，稀里哗啦一阵吸吃，整个院子都洋溢着一股幸福气息，色香味形声，全有。

但这样的场景没有维持太久。

在洞洞娃和我差不多十岁那一年，一场无妄之灾夺走了洞爸的生命，那是一场无法不令人惊诧的灾难，甚至充满了搞笑色彩——那天中午，洞爸忙过之后，像往常一样泡杯茶仰躺在马架子上睡午觉，一辆汽车从他面前经过，轮胎硌起一块石子，子弹般飞溅起，直入他张起的嘴中，堵住咽喉，憋闷而死。这事成为外西街百年来几大未解谜案，人们至今说起，仍感到骇人听闻。

洞洞娃没爸爸了。

那座充满香气和笑语声的小院，像被人掐了线的电视机，顿时没了气息。

不再有热火朝天的炒菜响动，不再有喊端菜抬凳子的吆喝，不再有妖怪的手那样看不见摸不着却挠得人鼻子和心眼发痒的菜香，不再有四时准点流着口水来守嘴的小孩和狗狗……

不再有独鱼！

最后这一条，是最关键也最要命的。洞洞娃三兄弟和他妈妈，都离不了这一口。

现实的情况是，爸爸的所有菜，菜谱上都有，唯有独鱼，是他自创的，用了哪些佐料，腌烧程度如何，以及汤汁中究竟还有些什么，火候如何把握，没人知道。

世上的事，奇就奇在，越是得不到，越容易心心念念。

在父亲去世一个月之后，洞妈和她的三个儿子，决定做一锅独鱼，以此来怀念洞爸，并开始新的生活。

那天，善施桥下的鱼，似乎也愿意他们如此，成群结队进了他们的网，小半天就装了满满一盆。太大的和太小的，都重新放回河里，只留十多条巴掌大的七星麻鱼。

最先拿炒勺的是洞妈，她站在锅前沉吟了半晌，转身把勺子给了老大。

老大鼓起勇气走到锅前，端起鱼，又放下，拿起菜刀，又不知该切啥，一脸求助地看老二。老二的表情，比他更无辜。而老三洞洞娃，则一脸羞愧地埋头往炉下添柴，烧得一屋子乱烟。

大家突然都想哭。后悔父亲在世时，没有认真看过他炒过一回菜，老父亲在厨房里奔忙的身影，像空气一样透明。他们从来没有想到过父亲会以那么突然的方式与他们告别，像熟视无睹的空气突然消失。

早知如此，就该多看一眼做菜时的父亲，至少知道那些可口的菜，是怎么样来到我们的嘴边，其间又走过了什么样的路程。

那天，生起的炉火灭了几次。一家人在炉前回忆父亲独鱼的细节：有没有加藿香？酸姜是先放还是后放？勾芡时加没加面粉？糖汁和醋哪个先放？还记得老头往里加了鸡蛋清，但是在哪个节骨眼放？

几个人努力回忆，分歧、争论、摸索、探讨，最终煮出一锅又咸又腥焦煳不均的混合物。

那是世界上最难吃的鱼。

之后很多年，他们一直努力回忆，并向许多师叔和前辈讨教，虽然不再是一锅糨糊，但从来不敢叫它独鱼。

再后来，他们就不再捉鱼捞鱼了。

善施桥下的鱼，并没因为他们的不捞而延缓灭绝的命运。直到最近几年城市改建，桥与河也都消失了，变成一条林荫路。

我每次从那里过，都会想起洞爸和洞洞娃，以及那一锅世界上最难吃的鱼……

zy

我这几十年，各种奇异的吃货见得多了，但杨洪生，绝对算其中最奇特的一个，他为一种食物痴迷颠狂的境界，在我的视野范围内，短时期之内，还无人能及。如果不信，就听我慢慢讲来。

杨洪生1976年4月出生于绵阳魏城镇。1992年初中毕业到德阳二重读技校学机械加工，毕业后在一家军工企业上班，活不算太多，工资也不算太低，虽然比正式职工少拿上千元，但比起他能去的乡镇企业或私营摊摊，也是最好的选择。之后，与在长虹集团打工的一位女孩谈恋爱结婚。如果按照正常节奏，接下来，他会一眼望得到底地生娃、供房贷、喝点小酒打点小麻将，每天无所事事地泡杯茶，感叹生活的平淡和无奈，不甘心又无能为力地看着镜中渐渐老去的自己，感叹岁月仓促，人生匆忙，老天不公。就像身边许多前辈和同辈那样，安然地过一辈子。

但这并不是杨洪生的性格。结婚的第二年也即当父亲的第一年，他做出了人生的一个重大决定，放弃那个许多人羡慕而自己却越来越食之无味的工作，开始一段新征程——跟一位亲戚到宁波打工。

本以为凭着自己的技术和肯钻研的精神，可以在宁波找到一个不错的工作，谁知第一个月就卡起了——那里所有工厂都是月结工资，这意味着他必须自己备下一个月以上的生活费才行，但他却没有。于是，他到结工钱比较快的码头去帮人搬砖，一来二去，干了一整年，居然攒下了两万元钱。这是他人生中的第一桶金。

第一桶金好比种子，肯定不可能拿来做馍吃。他用那两万元钱，买下一台二手机床，开始接活。第一单，便是所有同行都不想接的硬茬活，大家以看笑话的心态介绍来的一个又难又赚不到钱而且要求颇多的零件加工活。约好七天后交货付款，而此时，杨洪生和妻子口袋里，只剩十四块钱，当时的盖浇饭，要八元一份。杨洪生靠每天一个五毛的面饼，妻则几乎只靠喝水，度过了这辈子最艰难的一星期。之后，交货，货主很满意，同行也渐渐愿意把不想啃的难啃骨头交给他啃。加工生意渐渐上路，不到两年时间，就从一台机床干到了十台，还有了一辆二手的客货两用车。

以上是这个故事的背景，序幕稍稍长了一点。接下来言归正传，讲讲杨洪生那个关于吃的轰轰烈烈的故事。

在每天吃一个五毛面饼的日子里，杨洪生的菜，便是想象。照理说，拳头大一个饼子，填进他的口，跟泥牛入海没什么区别，根本无须再加调味料啊菜啊什么的奢侈品来刺激胃口。但无奈人是高级动物，想象的开关也不是想关就能关的，特别是被放置在特定的氛围和场景中，自然而然就会触景生情。人在异乡，举目无亲，两口子喝水度日，把“热得快”烧坏都无人借的情况下，尤其如此。

就像卖火柴的小女孩在火柴的微火中看到烧鹅和祖母那样，杨洪生在白面馍上面，看到了臭黄荆凉粉。

那是家乡后山坡上长出的一种野草做成的凉粉，那草的叶子闻起来臭臭的，摘下来洗净之后，用开水泡再用木棒捣碎，便会流出浓浓的果胶，果胶凝固之后，切条抖上酸水和辣椒香葱，便是上好的美味。村里人都喜欢吃，但绝不让别人知道自己喜欢，因为在老辈人那里，这野草叶又叫“观音草”，是没有饭吃的时候临时拿来充饥的，其性质有点像“观音土”，所以，爱吃这种东西，是丢面子的事情。村里人家做臭黄荆凉粉，都是悄悄地背着人，像在做一件神秘的事情。

在异乡举目无亲的那些日子，杨洪生发现，家乡在他的脑海里，已简化并缩小成了一碗臭黄荆凉粉，那酸酸辣辣的滋味，那绿绿凉凉的质感，那由口入心一路爽滑激起肠胃战栗的惊喜，让他的整个世界，包括那淡而无味的白馍和异乡，都变得鲜活起来。就像是在沙漠中断水几天的路人对泉水的想象，可以激发起人心中生出的愿望和期待。臭黄荆可以入药，祛心火消无名肿痛，大概就是这个原因。

在很多个夜深人静被虫鸣和自己的心跳声扰得无法入眠的日子，他的脑海中，就会亮起一堆碧绿的臭黄荆叶，那是他放牛时，趁小伙伴不注意，东一把西一把，悄悄捋进书包里的。其实，他大可不必做贼一样，因为小伙伴也在做着同样的事。他们在满山的臭黄荆树下悄悄捋，像在大海中偷海水一样滑稽。但大家心里似乎都有个结，即使看到对方的口袋鼓得像吃饱了的小猪，而且知道里面装的是什么，也不会点破彼此那点小小的虚荣。

臭黄荆叶拿回家中，通常是妈妈洗，姐姐生火烧开水，洪生则打杂，随时听候调遣，舀一瓢水或递一下笸箩簸箕之类。厨房里灶烟缭绕，宛如晨间仙雾，大人们奔忙其间，空气中有一股甜滋滋的气息。

嫩绿鲜活的臭黄荆，跳入水气氤氲的盆中，宛如仙女跳入瑶池，溅起一阵银铃般的水声。木棒浩大而沉稳的转动，掀起一圈一圈的水浪，半是引诱，半是逼迫地将那些藏在叶纹里的绿色挤压出来。锅里的水，顿时变得由青到翠，直到幽暗深沉的绿，如一汪深潭，千年也照不进阳光。

用筲箕将渣和汁分离，绿绿的汁液淌进筐箩，摊平，散开，像一张透明的翡翠大饼。大饼有灵性一般，四面扩张，直至最后一滴绿汁流完。筐箩放到后院洗衣台上，既不让鸟，也不让邻居看见。

很多个黄昏，杨洪生都是坐在晾衣台边，手里拿着课本，盯着筐箩下的水珠发呆。他发现，每一滴水珠里，都有一个夕阳。

天黑了，水也不滴了，凉粉也做好了。

撕下半透明的凉粉，用刀切成条，拍几瓣蒜，切几只红椒，浇上坛子里新舀的酸水，再撒上几颗刚从田里摘下的香葱，红白青绿，酸辣咸香都有了。这份便宜得近乎卑微的吃食，所有成本，几乎就是人工。而在那时，人工几乎是可以忽略不计的。但这便宜背后，却有一种宝贵甚至奢侈的东西，就是亲情与和睦。这也是杨洪生多年后才悟出来的——全家人能一起做吃的，至少表明这个时间段，家里没有吵架，也没有出现让大家愤怒却又解决不了的烦心事。据说有些人家，两口子吵架想和好，就做凉粉，你烧火我搅水，你一言我一语，冷战自然就瓦解了。这有点像陈忠实讲的白鹿原上小夫妻们做搅团。

远在千里之外，杨洪生整个人都浸泡在回忆中，像茶叶浸在开水，情不自禁，不能自已。到最后，整个世界，都变成一碗凉粉，浸泡挤压翻转扭动着，让他焦灼、紧张直至渴望。这是一种飞蛾向往火光的感觉，或者说此时的他，就是一只巨大的飞蛾，渴望着一团火撞向自己。

在那份不能自控的激动里，他干了这辈子最惊悚的事情，开上他的小货车，一路穿州过县，历时24小时19分，行程1972千米，从宁波奔回绵阳。到家的时候，天色微明，他拎着筐上山，采了满满一筐臭黄荆，和奶奶一起，泡叶搅汁沥水晾干凉拌并满满地吃上三碗之后，一抹嘴，开上车，一路冲回宁波，整个行程，历时3天，仅过路费就用了1920元，油费近2000元，这对于初创业的他来说，也不算小数，虽然已走过了靠开水白馍度日的最艰难的日子，但也远不敢轻易干花几百元吃一顿饭的奢侈事。

但他却用几千元，吃了一顿臭黄荆凉粉。

这还不算神奇。

在之后的几年里，他把做金属加工挣到的钱，甚至加上金属加工厂本身，都投入了臭黄荆凉粉的制作和研发中，包山种植，设计自动化生产线，历经了各种想象不到的艰难，终于将当年令人们不好意思承认喜爱的食物，变成一种在市场和餐厅里渐受欢迎的产品。最艰难的时候，连他请的农民工，都不忍心为他干活，认为从他那看不到希望的事业里挣钱，不地道。而这个时候的杨洪生，就背着一瓶水一袋饼干，一个人到几百亩田里去除草，累了困了，就在坡上睡一觉，他也因此看到了许多不一样的星空和朝阳。

正是凭着这种“不要脸”的精神，他把他的臭黄荆以及果胶衍生品，做得越来越为更多的人知晓。央视等媒体还做过许多报道。就在他挺起身子准备大干一场的时候，新冠肺炎疫情来了……

但我知道，依他的性格，肯定不会屈服。这也是我在写这本书时，一定要采访他的原因。

加油，洪生！

zy

被一碗面改变的人生

2014年8月3日，云南鲁甸发生6.5级地震，8月4日，我前往灾区做志愿者。在火车上遇到一位中年人，他也是去灾区参加救援的，听我们聊救灾的话题，于是引为同道，热情地加入我们的聊天之中。我们聊得颇为投机，直至饭点也不忍停止，于是硬拉我们到餐车吃饭，说要代表昭通人民谢谢我们。

老总姓谢，名鸿煜，是昭通人，在成都经营着一家不错的公司。但他更愿意提及的，是他在民间公益救助组织蓝天救援队的身份，他对自己和小伙伴们在历次救灾中的故事如数家珍，让人在大开眼界之余，心生敬佩。

说话间，服务员为我们送来了食物，一盘回锅肉、一份炒青菜和一碗煎蛋汤，还有三碗香气扑鼻的蒜香醋汤面。谢大哥一看到面，宛如在千里之外的异乡遇到从小一起长大的邻家小妹，眉眼间流露出一股掩饰不住的惊喜与爱意。他一面吞咽着口水，一面拌着面，五官似乎已被面蒸腾起的香气激活，自在地散发着愉悦的信息，满足感宛如一颗石头溅活一池春水。

火车餐车上的食物，你懂的。即便不说苟且，也不至于让一个见多识广的老板动容如此。

谢大哥似乎看出了我的疑惑，随即讲出了一个与面有关的故事——他讲的不是一碗普通的面，而是一碗改变了他整个人生走向的面。

谢大哥家在山中，自幼没出过远门。每日游走在一眼能看得到底的村子里，就像《海上钢琴师》里那个从不下船的怪咖琴师，对于整个世界和认知，都局限在有限的范围里。在这里的人们眼中，读书的意义和价值都不大，一个学习成绩好的孩子的价值，还不如一个善打弹弓或砍柴有力气的孩子。

13岁，小学毕业，他面临一个选择——要么去30里外的乡上去读初中，要么跟着当木匠的父亲学手艺，继续在村子里给乡亲们修门造窗。父亲确信，这门养活了自己大半生的生计，也足以让儿子挣得一碗饭吃，不出意外的话，还可以养家糊口传宗接代。与那些世代种田的人相比，木匠毕竟还算是受尊敬的手艺人。

那年暑假，他便开始跟着父亲学木匠。

开工第三天，姨父要到邻近的宜宾拉竹笋，要带他去帮忙押车。

虽然跨了省，但距离并不远。他和姨父坐车，小半天就到了筠连县。中午吃饭时，姨父为了省钱，把他带到城外路边的小馆子，点了两碗面。不多时，老板娘便把两碗热气腾腾的面端了出来。那是两碗蒜香醋汤面，红红的油汤黄黄的面绿绿的菜叶和葱，面上顶着肥瘦正宜的肉臊子，空气中顿时弥漫起一股淡淡的酸辣气息。

不能不承认，这是他十多年来吃过的最好吃的一碗面。在他的家乡，面虽是主要食物之一，葱姜蒜和酱油醋，也还算是不缺，但却没有人能调出这样一碗色香味俱佳的面。更令人感觉憋气的是，这只是县城一家小小的饭馆。就这，已经彻底地打碎了故乡十几年给他的所有新奇和自豪。

他想：离家乡仅60公里的一碗面，就这么异样这么神奇，不知道在更远的地方，还有些什么值得惊叹的东西？

一想到这里，他就忍不住想回到学校，他的想法，是先把初中文凭拿到，等身份证到手，就到远方去打工，看外面的世界，吃各种各样的面，见从未见过的人，听闻所未闻的故事。

谁知一不小心就考了高中和大学，学了土木工程，先在单位上班，再自己创业，一路走到现在。至今，他仍坚定地相信，自己的命运，是由那一碗面改变的。

zy

极品名酒

阿梅第一次偷酒的时候没有觉得自己是在偷，她只是觉得自己是对那些即将被倒进泔水桶的好酒进行了一次拯救，这些几百元一瓶的酒如果随着泔水一起倒进猪圈里，不仅太糟践东西，而且对猪的健康也不利。

这个想法是阿梅进餐馆当服务生的第一天就有的，但真正下定决心要将桌上酒杯里残剩下来的酒收拢，然后装入自己随身带来的小酒壶，最终别在腰上带回宿舍，却是半个月之后的事。在这15天中，阿梅仔细观察，发现酒楼对酒杯和酒瓶中的剩酒，大多是信手倒进泔水盆里的，但如果瓶中剩的酒还多的话，领班会把酒连瓶一起收起来，晚饭时拿到后面厨房里和大师傅们一起分享。

阿梅不会喝酒，但当她知道经她手中倒掉的那一小杯晶莹的液体，每一杯的价值都相当于她一到两天的工钱时，她就开始有点下不去手了。她觉得让这一杯散发着芬芳气息的醇醇液体混入污浊油腻的鸡骨头鱼脑壳之中，确实是一种罪过。更重要的是，她的眼前，还闪过她父亲那双混浊的眼睛。父亲一生嗜酒，长年喝的都是一元多钱一斤的烧酒，他的酒杯中，永远都没有香味，只有些刺鼻冲人的烧锅气息，而且，越喝眼睛越浊，直到这两年，干脆就看不清东西了。

阿梅记得自己在很小的时候，就听父亲无限神往地说到过一些酒的名字，五粮液、茅台、剑南春、汾酒。像一个从未娶过老婆的光棍讲仙女的故事那样垂涎欲滴，无限倾慕。那时，阿梅就稚声稚气地说过：

“等我长大了，挣到钱，一定买给你喝！”

阿梅长大了，但挣不到钱。好不容易到这家餐馆来打工，一个月的工资，不吃不喝也买不到一瓶酒。

“买不起咱就不买，几十年没喝过好酒也没死啊！”父亲总是这样劝她。她也觉得父亲说的话没错。至少，在她眼见着各种好酒倒进泔水桶之前，她觉得这话没错。

但是，当她看着眼前那些衣着光鲜面放油光的人像开矿泉水一样开着各种各样她这辈子都买不起的名酒时，她就觉得有点憋气。特别是看到那些人像灌药一样相互捏着耳朵掐着脖子，说着半真半假的气话激对方多喝一点，还撒得满身满地都是酒。阿梅觉得很心痛，她甚至很怪异地在心里算账，撒进脖子的，20元；倒在地上的，20元；剩在杯里的，40元；吐进茶杯的，10元。

算着算着，她竟有一种想哭的感觉。她觉得，自己如果不把这些酒装回瓶里，简直是一种罪过。

之后，她便在自己管辖的雅间里收酒。她给自己定了个规矩，只收残酒，不拿瓶中的酒，免得领班和厨师没酒喝而发现。

即便这样，她的收获也不小，在短短一个月时间里，她就收集了满满四大瓶，约有二十几斤酒，分类装在宿舍床下的大瓶子中。这些酒，在领班的一次例行查房中被搜了出来。按酒店管理条例，阿梅偷酒，开除并扣罚全部工资。

酒被抬走了，据说倒进了厕所。阿梅背着行李，落寞地离开了酒店。出门时，一个平时常对她傻笑的服务生悄悄塞给她一个瓶子，里面装着刚才销毁酒时偷偷留下来的酒，他说，里面茅台五粮液和剑南春都有，是一瓶极品名酒。

泪光中，阿梅为半个月之后父亲六十大寿时能一口喝到这辈子一直梦想喝到的几种好酒而轻轻地长叹了一口气。

去年10月，我随《川味》剧组赴重庆酉阳拍绿豆粉和酉水豆腐乳。剧组一行在龚滩和酉水河的河湾村待了七八天，拍了许多美景美食和奇妙的风土人情，也经历了不少有趣的事情，而其中尤以下面这件最为奇异，也最让人感触良多。

拍美食节目最大的幸福和痛苦，就是所到之处，当地的接待人和厨师们，会倾尽全力，把最具特色和说法的美食，毫无保留地端上桌来，让大家的眼耳口鼻舌，都为之一爽，但这当然对血脂血压和减肥事业是不利的。剧组好些小伙伴，天天矫情着说快要吃出公伤了，并且常常对着秤，尖叫着发誓说下次吃饭时一定要相互提醒和监督。而“下一次”真正到来时，菜一上桌，色香一撩，之前的理智和誓言，便摔成一地碎片，几乎所有人，都轻松地放弃了刚刚咬紧牙关的抵抗。

之所以说“几乎”，就是因为剧组还有老薛。

老薛是航拍摄影师，祖籍北京，三十多年前来成都，面对无坚不摧的川味，他愣是像一块拒绝融化的冰，不仅不投降，甚至连被同化的机会也不给——同化的前提是接触，在这一点上，老薛从意念到肠胃，是高度统一，以至于到最后，一碰辣和麻，就会起过敏性的生理反应。

所以，每次饭前，老薛都会提醒服务员，为他做一份不加辣椒和花椒的素菜。

于是，一桌全红的酉阳酒席，就会出现一份不加花椒辣椒的土豆丝或青菜。酉阳地处渝湘黔交界的地方，土家菜味的火爆，也是声名在外的，而老薛的要求，恰如一场洪水中的清流。

但之后的几天，神奇的事发生了。

从第一天，桌上的菜全红全辣，一副毛焦火辣的样子，到最后一天，桌上的菜，变成青一色的白味，一副云淡风轻禅味十足。餐馆还是那个餐馆，老板还是那个老板，厨师还是那个厨师，端菜的胖小妹还是那个胖小妹。

但饭菜却发生了颠覆式变化，完全彻底反转，桌上连豆腐乳上的都是不加辣椒的。

究竟发生了什么？

大家也发现了这个问题，一问究竟，原来是老薛每天上菜前的小叮嘱，起了作用。他虽然只是悄悄叮咛，不想给大家添麻烦，但这叮嘱反复出现，强化了厨师对我们这桌人“不吃辣”的印象。于是，从最初的一份不辣到两份三份，再到五五开，直至全清汤。这时，其余九个喜欢吃辣椒的人，开始不适应了，而之前，大家对变化并不敏感和在意。

由此我想起多年前在一本书上读到的一句话：“少数人的执着与坚持和多数人的不在意，会推动世界往前者所希望的方向发展。”这是一本讲犹太人饮食偏好对欧美饮食习惯产生的决定性影响的书。

面对那桌清汤寡水的菜，我忽然觉得确有那么点道理！

由此得见，多数人也不可太随意啊！

到民工村做客

早年，我写过一篇《请客未遂的民工》，讲的是一位民工大叔拎着菜到报社办公室找一个胖记者，要请他吃饭，感谢他为自己讨回了工钱，但因为报社装修光鲜的办公室里没有炒菜工具而最终没有搞成。

那个胖记者其实就是我。而那顿饭最终其实是吃了的。

我做媒体工作有几个原则，其一是当编辑时不收作者的礼物；当记者不吃被采访对象的饭。并不是清高，而是为了少些麻烦和求个心安。做了二十多年社会新闻，我还敢暴露自己住家的位置及喝茶游逛的行踪，底气便在于此。

那一次之所以是个例外，是因为那位民工在报社办公室找灶台的情景太酸涩，如果太过于拒人千里，就不是谦虚，而是不近人情了。

我们约好，两天后休假时去他家，他想了想，惶恐而高兴地点了点头。我之所以没有快刀斩乱麻地陪他到楼下找一家小馆子让他了却心愿，主要是因为，城中心任意一家苍蝇馆，于他刚刚收到的那一点工资，都算是一张血盆大口，不咬死都要咬残，于心不忍。另外，我当时正在写一部剧本，涉及民工村，也想再回去看看。

在确定我不是敷衍之后，老头拎着篮子高兴地走了，临别时，我不好意思地问了他的姓名，他说姓尤，春兰家具厂17个讨回工资的民工之一。

两天后，我交完稿子如约去到红花堰。此地距火车北站几公里，早年是民工聚居地。我坐公交转摩的来到与老尤约好的巷口，他已经等在那里，脸上的表情和身上的新衬衣都有些局促不安。

我递上两瓶大曲酒，之前在超市买酒时，心中有些小踟蹰，本想买好一点的，但价格稍感有些压力，当时，剑南春虽才一百多，但已相当于我一两天的工资。我虽然顶着记者的名头，其实只是没住在民工村的民工而已，每月靠稿分[1]吃饭，于是，买了标价温柔得多的大曲酒。老尤坚决推托，与我好一番拉扯，几乎已引起路人的围观，在我佯怒要走的情况下，才悻悻然收下，嗫嚅着说："这么好的酒，我这辈子还没喝过呢！你太客气了！今晚我们把它喝了！"他说话的神态，让我心里一阵酸楚。

这当然让我有少许心安，因为只有这样，我才感觉这是来赴一场朋友之约，而非帮了一点小忙就来蹭饭吃白食。

七弯八拐转进一条一线天般的深巷，天一下子就黑了，只剩高处灰蒙蒙的一线光，巷子尽头，隧道一般地反射着晕眼的亮光。冲出亮光，是一片田，显见是已统征但尚未开发，被周边村民用来再利用搭建的临时建筑。石棉瓦顶，旧砖做墙，门窗是再生利用，形状花色各异，三横一纵，宛如一个大写的"E"。横排四五间，纵排十几间，都是单门单窗几户一个水龙头，门口锁着自行车或水果小吃家什，有的门口堆着纸箱。一个小孩趴在纸箱上面写作业，看着老尤过来，欢快地打招呼。

走到第三横尽头的拐弯处，老尤说"到了"，远远地，我闻到一股豆豉炒腊肉的香气。老尤的妻子正在一个崭新的电磁炉上炒菜，旁边的蜂窝煤炉上，一个砂罐正突突突地往外冒着热气。不远处拐角的

[1] 以前的新闻记者以"稿分"作为考核方式，每篇稿子有相应的稿分，每月按照稿分领取稿酬。

空地上，已支起一张折叠桌，桌前已有几个和老尤一样黑黄肤色的男人在抽烟等待，看着我们来了，不约而同地站起身来，递烟的，端凳子的，热情而紧张。这让年纪比他们短一半的我，也有些惶惶然了。

几番推让，我被按在了上座，不容挣扎和拒绝。老尤打开我带来的酒，对同伴们喊："今天咱托曾记者的福，开个洋荤，喝盘大曲。"大家欢快地应和着。有人伸过碗来，被老尤挡了回去，说："今天斯文点，我刚买了酒杯！"大家于是又一通哄笑。

桌上的菜，我是熟悉的，颇有点像我妈妈早年请客的配置，除了葱花是绿的之外，全是肉。褐白分明的卤猪头，红黄相间的麻辣鸡，白色的炖蹄花，再加金灿灿的炒腊肉和粉嘟嘟的老香肠，还有一碗排列整齐的甜烧白，上面晶晶莹莹地散落着一堆白糖……

这是老尤这样的民工的经济实力和想象力所及的最高档次的一餐饭了。我虽然刚刚查出脂肪肝，吃太油腻的东西上腹和背心会疼，但还是欢快地捻起一块甜烧白，闪闪喂入口中，嚼出一片油香。那烧白是用绿豆沙做的，与我们这边的红豆洗沙不同，多了一些清香气。

我们就从甜烧白聊开，接下来是酒，是故乡。几杯酒下肚，大家都不那么局促了，除了夸我送的酒好，便是对之前帮他们讨工钱的感谢和回溯，而这是我最不想聊的话题。因为我知道，那天如果不是劳动监督部门出场，也没戏，我只不过是去现场做了0.5分的稿子挣了五十元工钱而已。而他们坚持，如果我不到，劳动部门是断然不可能到的，之前二十几次讨不到的原因就在于此。于是，我就不再言语，只是惴惴不安地听他们端着酒杯，把一堆堆令人脸红的大词砸过来。好在，我沾酒就脸红，看不出窘。

其实，他们比我更窘。我从他们局促的端酒姿势和每次捻菜之前都会认真地把筷子舔干净这些小举动中感觉得出来。我乡下的小舅舅，每次进城来吃饭，都会这样，引来姐姐们的教训。而此刻，我的感觉不是恶心，而是不好意思，总觉得是自己的到来，给他们添了无端的麻烦，让他们在难得丰盛的食物面前，失了大快朵颐的乐趣。平常在工地或民工食堂，他们打着赤膊一口菜一口酒一撮花生一口烟的欢乐场景，我是见识过的。而此刻，大家显得很拘谨，像是吃龙虾和兔儿脑壳不许用手掰，没了灵魂。

天有点闷热，我率先脱掉T恤，露出白胖胖的肚子，老尤要去拖风扇，但因为线不够长而作罢，于是也跟着脱掉了衬衣，那不常穿的硬领，已让他烦躁多时，一脱开，顿然有豁然开朗的感觉。同桌几个兄弟，也纷纷脱下令他们不舒服已久的外衣，顿时，饭桌上俨如五个荞面馍围着一个白面馒头，气氛一下便轻松欢快起来。我觉得从这一刻起，酒席才算真正开始。

那天晚上，我喝了很多，并且重新明白了已失传了许久的敬酒的最初意义，所谓敬酒，并不是油腔滑调地整一大堆虚假而美好的词，让你尽可能地喝晕喝倒喝断片儿喝趴下喝得把之前吃的喝的全吐在回家的路上，以此获得征服的乐趣。最古老的敬酒，是在好酒不多的情况下，克制住自己想喝的欲望，而诚心诚意地将瓶中的好酒尽可能多地倒进客人的杯子里，言语不多，眼色诚恳，举手投足每一个细节里都透着庄重。

那天，我喝了当记者以来七八年都没喝过的量，但头脑却没有昏沉，听他们讲了许多故事，他们几个，有的当过乡村代课老师，有的当过赤脚医生或会计，基本都属于乡村中的能人，是老尤觉得能够撑得起与我这个“文化人”一起喝酒而让他不失排面的人，他们有的是为儿女挣大学学费，有的是为老伴挣医药费，来城里打工或开小店。赤脚医生的按摩店和兽医的宠物诊所，现在已经上路了，一个月能挣好几千。他们本人总是低调而谦逊，而旁边的伙伴，总能把他故意隐藏起来的高光点补白出来。

那天晚上的酒和桌上的人，以及尤大娘最后端上来下饭的糟黄瓜，都是令我难忘的，以至于很多时候，我在写文章时，会时不时想起那一张张只有一面之缘的脸和一份份熟悉的饭菜。他们变成了我笔下那些为生计挣扎却保持着乐观与希望的人们，我后来成为“民工作家”，与他们有关。

不久后，红花堰就拆迁了。那片“E”字形的房子，只推了半小时。我是在电视新闻中看到拆迁的。在装载机下，那些石棉瓦和旧砖筑成的小屋，像岁月河流中一小颗泡沫，眨眼间烟消云散。

电视机前的我，在泪光中突然想起那晚半醉之时抬头望天的场景，原本想试试郊外是否能看到星星，但目光所及，只有被都市夜光灼烧得彤红的云。而云下那几点灯火里，有一点，就围坐着我们……

这场景，偶尔会进到我的梦中，让我恍然醒来时，口中鼻中，还有一丝隔年的酒香……

事隔多年，老尤和他的老伙计们，想必也还好吧？

如果《西游记》没有九九八十一难

从小，我就爱看人做饭，无论是家对门建筑公司伙食团李爷爷蒸馒头，还是家门口汤圆摊的黄婆婆揉汤圆，抑或隔壁的陈红小姐姐扯面疙瘩，小食店上班的幺伯榨荞面，以及善施桥边易大娘炸油豌豆和城门洞口大肚子厨师煮烩面，我都看得津津有味。

这当然有守着锅边转，想混点吃的下嘴的原始冲动。做饭的大多有展示欲望，一旦好吃的起锅，除了自己尝一嘴之外，忍不住会给观者来上一坨。这有点像画画的画完一幅作品，想给人展示一下。我们邻家有位大叔，常常让我们看画，而整个童年，我都觉得他的画，没有锅里的吃食好看。

除了守嘴吃点小便宜之外，我是真心觉得做饭好看——土豆在刀下唰唰唰切成片，然后扑克牌一般摞起展开，再唰唰唰几刀变成丝；洁白的面捏成两根细条往油锅里一放，便散着金黄的泡沫长成一根胖大的油条；白花花的肉片，倒进锅里噼噼啪啪一阵爆响，片刻间就变成了花瓣儿般散着油香冒着油泡的灯盏窝回锅；一坨湿面放在盆底，很快就胀满整个盆子，抓起来一阵搓揉，成团成条乱刀斩成块，放入蒸笼，不一会儿就变成酸香四溢的巨大馒头，光滑的皮下一个个酸爽的蜂窝眼，每个眼里，都写着几个字：来吃我呀！

据说人有一种渴望看到变化的愿望，所以对一眼能看得到结果的变化，非常着迷，而做菜，就是这种看得到“变”的事。一个萝卜或一个辣椒，从囫囵的纯生状态，到鲜香的成熟，只需要几分钟最多十几分钟。

而在所有做菜人当中，我最喜欢看的，是赵二哥。

赵二哥是我的邻居，他的父亲是供销社炊事员，他接班，也当起了职业厨师，他在家中排行老二，上有一个哥哥，已出外地上班，下有三个妹妹还在读书。做饭这活，多数时间落在他肩上，他乐此不疲。

有人说，老天爷仁厚，总会给每个家族派一个天使，这天使最大的特点，就是爱做吃的，并以此为快乐的事，经常呼儿嗨哟忙活半天整得满头大汗，自己不吃，看大家吃高兴了，比啥都开心。

赵二哥就是这样的天使。他不仅爱做菜，而且在做菜的过程中，搞出许多好玩的事。比如，经常给菜配音，一拍蒜一声惨叫，包子一熟就自报家门说我是孙二娘家的包子，看谁敢吃？神态音调，都甚为有趣。这对于还没有看过米老鼠和唐老鸭的我，有一种异乎寻常的诱惑。我从小到大满嘴跑火车，至今还有一边做菜一边跟洋葱和西红柿开玩笑的毛病，都可以溯源至他。

我常常穿过幽暗如山洞般的小巷，去二哥家的小天井，总能看到他在厨房里忙活。屋檐下木板搭成的临时厨房细长而黑暗，把门前忙活着的他衬得光明而鲜亮，身后炉子里时不时冒出的热气，灵动而鲜活地演绎着生活的气息，并定格在我幼小的心灵中，那时，我还不知道生活的滋味是什么，但我总觉得眼前的景象，让人很舒服。

二哥喜欢一边做菜，一边讲故事。故事中，尤以《西游记》中的人物为最多，孙悟空猪八戒唐三藏白骨精……他的故事，最有特色和魅力的，就在于跟眼前的事物能挂上钩。比如刚从炉洞里逃生的小猫、险些溜进下水道的黄鳝，以及煮煳了的米饭，总能引出一两段与《西游记》故事相关的小段子。等我长大可以自己看书，通读“N”遍《西游记》之后才知道，许多故事都是书上没有的，是他骗了我。

但这并不妨碍我的脑子里，装了许多与萝卜白菜有关的西游故事。而其中，有一句话影响了我一生，成为我的座右铭，每遇艰难挫折，自动在我脑中“刷屏”。

那句话，是二哥常说的，而且主要是在遭遇不顺利的时候——有可能是菜烧煳了，有可能是切到了手，有可能是蜂窝煤被米汤扑熄了——他都会自己对自己念叨：“没事没事，如果《西游记》没有九九八十一难，那该多么无聊？”往往，这话一说，他的眉眼顿时放松，而旁边试图指责他的人，也顿然失了生气的兴致。

此后几十年，我每遇艰难，这句话就会不请自来，抚慰并陪伴我渡过难关。我知道这与阿Q颇有相似之处，但对于安顿自己的心灵，却有异乎寻常的用处。回望自己经历的那么多险些过不去的坎，最终都变成了值得回味的人生故事，我至今依然乐观坚强地活着，都与此有关。我发自内心地感谢老天爷把赵二哥送给人生初期的我，让我自幼对苦难和挫折，有完全不一样的认知。

几年之后，二哥交了女朋友，那个圆脸的大姐姐，抢坐了灶前的位子，充当起新的听众和观众，把我们给挤了出来。我对她，一直不喜欢，这不仅仅是因为她抢了我的位子，而是觉得二哥在她面前不再讲《西游记》，而是装起了大人，一点都不好玩！

好男人不帮老婆做饭

我自幼的偶像赵伯有一句口头禅：“好男人绝不帮老婆做饭！”这句话的震撼效果，不亚于我说：“我打麻将从来没输过！”这种大喘气式的语句，重点往往在揭秘式的下半句——打麻将没输过，是因为从来不打；而不帮老婆做饭，是因为从来不觉得做饭铁定应该是女人的事。这话现在说，当然不算突兀，放在几十年前，就有点前卫了，那个年代，好多家庭，女人甚至连上桌吃饭的权利都没有，只有在厨房里洗洗涮涮忙活的义务。

好些男人宁愿饿着肚子在街边等老婆，也不会进厨房摸一下锅铲。

赵伯是孤儿，被一家卖牙牙饭的人捡着抚养，尝尽了人间的辛酸和苦难。这样长大的人，长大后要么尖酸刻毒欺心可恶，要么宽大仁厚慈心善目。很庆幸，赵伯成了后者，这使得我的童年记忆里，多了许多鲜活的温暖画面。

在我有限的眼界里，外西街平和安详的家庭并不多，除了小城文化名人潘爷爷和从上海流落到此的张婆婆，这里的人家，大多易燃易爆易胆大——黄三毛等几大火药库，自不必说，寻常人家偶尔鸡飞狗跳，也是寻常，就是大年三十晚上团年，一家人吃年夜饭，全年矛盾总爆炸，掀桌子扔碗也不在话下。在这个居住面积逼仄的贫民区，要找炸毛的由头，不比在树林里找落叶简单。

相比于潘爷爷家的宁静清高和张婆婆家自己家

人吃饭都要用公筷的壁垒森严，我更喜欢赵伯家的烟火气。

赵伯和王孃育有五个儿女，他们一家七口住在我家隔壁的小巷里，虽然居住面积也不大，但因为是独巷独院，屋外的空间要松活些，故而不显得拥挤。更重要的是赵伯的宽厚与王孃的善良与热心，五个儿女性格各异但都很喜纳人[1]，而且各有绝技：赵大哥爱读古书上的故事；赵二哥喜欢摆玄龙门阵；三姐喜欢各种新鲜玩意儿，麻将和录音机就是她引入外西街的；四姐是学霸，找她帮忙讲作业是我们往外跑最不易被家长拒绝的理由；五姐是外西街的时尚担当，能歌善舞且喜欢新潮，迪斯科、蛤蟆镜、牛仔裤等潮物都是从她身上打开缺口冲进外西街的。

这样一个家庭组合，不招孩子们喜欢是不可能的。这里成为整个外西街的娃娃乐园，是自然而然的事。

但除了娃娃之外，大人们却不太愿意和赵家打交道，特别是一些不太喜欢做家务事的男人，不仅自己不去，而且还不喜欢自己的老婆孩子去。因为这些人一看了赵伯做饭菜的场面，自然就会对家中从不进厨房的男人们提出疑议甚至质问，而通常都会引起一场摔锅砸碗的争吵，才能弹压下去。为了家庭安宁，最好让她们少看赵伯，这有点像娃娃们为了少挨骂，尽量不要让妈妈看“别人家孩子”的成绩单一样。

与许多厨师从来不在家中做饭不同，赵伯虽然是供销社的炊事员，但从来不觉得在家中做饭是牛刀杀鸡。相反，他觉得给妻儿做饭，是最应该也最快乐的事情。每天饭菜做好，一家人端凳子的端凳子，摆碗筷的摆碗筷，菜饭上桌，热气腾腾，欢声笑语，这种稀松

[1] 四川方言，表示招人喜欢。

平常的画面，却是赵伯感到珍贵无比的。在这样的场景面前，他脑海里常常闪过的，是多年前一个人睡在四面来风的牙牙饭席棚的条凳上病得快要死了的场景，那之后的每一天，他都觉得是赚到的。特别是娶了同样是苦命孩子的王孃，王孃为他一口气生下五个健康活泼的儿女，他更是幸福无比。虽然生活同样穷困艰难，但想想当年那个在绝望孤单中什么都没有的自己，他觉得自己已经赚到了。而他觉得唯一能报答的，就是尽自己的能力，让王孃和孩子们吃好。他不觉得在外面忙累完了，回家就该泡杯茶瘫在躺椅上发号施令等着妻儿们伺候，像外西街许多人家的男主人那样。他反而把做六七个人的小家饭，当成一种劳逸结合的休息，每一根菜里都有爱意和感激。而世界上任何一件事，只要给它赋予了意义，就变得强大无比。

赵伯就是在一种强大得近乎于信仰的力量下，为他的妻子做了一辈子饭菜。她当年嫁给他的重要理由，就是他做的菜好吃。

当然，王孃也不是恃宠而娇的懒女人，五个孩子干净健康地长大成人，背后的辛劳，也不是三言两语说得清楚的。她在家庭里的付出，永远是低调而琐碎的，人们记住赵伯在灶火炉烟里奔忙时，往往会忽视饭后王孃在厨房里洗锅刷碗收拾残渣的场景。而每当这个时候，赵伯就会抽个小板凳，点上一支烟，坐在厨房门口和王孃聊天。那是他们难得的独处时光，即使谁也不说话，也觉得暖乎乎的。

那是我自幼就心向往之的美好家庭形象，不鲜艳妖娆，却朴实安详。而人生，有95%的时光，都是这样平静淡然的。

厕所背后有个肖麻辣

偶尔回老家，和老友们茶聚，时不时就有人会提起肖麻辣。

回故乡，就是回往事。肖麻辣和他开在厕所背后的那家麻辣烫小摊，便是我们共同的青春记忆，我们生命的一部分。

肖麻辣最早的串串店，开在县城中心最热闹十字路口的公厕背后，往东是电影院，往北是县政府，早年的衙门。往南是县城唯一一条长街，县里仅有的几家开夜堂的茶馆小吃，都散落在此，出街往南一直走几十公里，便是省城。

肖麻辣门口的那个厕所，是县城第一座冲水厕所，这点很重要。虽然只是槽坑公用，水箱装满才自动狂泻一次的原始粗放型水厕，但比起金汤遍地的传统茅厕，已干净百倍。这才使得厕所背后开麻辣烫成为可能。可以说肖麻辣的存在，是小城公共设施提升的一个标志性成果。

公厕正面临街，男女入口及收费台都在前面，背后原本规划用来做粪池的位置因冲水装置的到来而变成无用之地。后面的房子正好将此拱卫成一片小天井，顶上拿块塑料布一遮，便成一方小天地，一个案台两个锅灶，几个盆子一堆签签，便成了一家小店。那时没有城管，肖麻辣与周围邻居是怎么沟通的，这一点不得而知，反正每天从黄昏热火朝天干到凌晨，也从没见有泼水扔菜帮子丢砖头抗议的，连奇怪的假咳也没听到过几声。

所谓串串香，实际是火锅的一种变形，就是把火锅拆零了卖，这是市场不发达消费能力不足时的一种变通，就像香烟拆开了论支卖，最极端的困难时期，还出现过论口卖的情况。对于八十年代初大多数人家来说，炒上一大锅火锅料，再加上五椒八角，灌上通夜熬制的骨头汤，排上七碟八碗毛肚鸡胗鸭肠黄喉，简直是奢华到冒烟的事情，99.9%的人是没办法实现的，于是出现了用竹签把食材穿起来，放到大锅汤料里煮熟，然后分而食之的形式，这样就可以一锅熬万家，人人都可以解馋，按签签数计费，以形式论，叫它串串香，以味道论，就叫麻辣烫，如果不穿签签按份卖，就叫冒菜。这几种形式，直到火锅普及甚至进入一人一锅，依然存在并保持着旺盛的生命力，主要还是因为它价廉物美，且有形式感。捏一把签签，杵进翻天冒滚的香辣汤锅里煮熟，捞出来拎着一片一片，把辣嘴烫舌却鲜香无比的菜从签签上撕扯下来，再咕噜噜一口冰凉的啤酒冲刷下去，冰火纠结从喉咙管爽到肚脐眼，那感觉简直不摆了[1]！

肖麻辣第一次接触麻辣烫，是在省城。当时他正因为单位改革让他去他不喜欢的岗位而愤怒异常，攒了一肚子气要到有关部门去发泄。在火车北站，纷乱扰攘的人海中，突然飘过来一缕异香，鱼钩一般将他的鼻子挂住，喉头一紧，腮帮子一酸，嘴里便包满了口水……

这是肖麻辣第一次被麻辣烫拿住的场景，与之后多年我和小城众多年轻人被他拿住的场景相似——被抓住的鱼儿，居然在钓钩上满心喜悦，兴奋莫名。听老板说，卖一天可以赚一百多元钱，那可是在二十世纪八十年代，大学生毕业才56元一个月啊。

访也不用再上了，几串麻辣烫下肚，这世界少了一个牢骚满腹的

[1] 四川方言，表示好得不能再好了。

上班人，多了一个鲜香四溢的个体户。特别是营业的第一天，他数了数箱箱里的钱，虽比省城火车站的摊逊色，却也相当于以往上班一个月的工资，他就觉得自己为那个痛不欲生的工作到处上访的样子像个瓜娃子。

但他还是发自内心感谢那次上访，让他碰到了麻辣烫，从那天起，肖麻辣这个名字，便与他一生相随。

肖麻辣的串串店，是小城真正意义上的“深夜食堂”。之前，商业局门口有家“通宵服务部”，卖点香烟糖果或药品，但生意很萧条。在那个每晚两点路灯就会准时关闭的年代，半夜还在外面行走的人，多半非奸即盗，被称为“夜不收”。这是长辈们咒骂不肖儿孙的最刻毒语言，非到气毒了心不会骂出口，足见当时半夜出行是多么大逆不道，何况还呼朋唤友，喝酒吃肉撸串串？

肖麻辣可谓开了风气之先，与他几乎同步，小城的舞厅和歌厅开始营业。小城里那些对新鲜事物充满好奇心的红男绿女们，曲终人散意犹未尽之时，到肖麻辣的摊前继续增进感情，发展成男女朋友并顺利结婚的情况也常有发生。我同龄的朋友们，有好几对都是循着这样的感情路径发展的。当然，也有许多失恋故事，与此有关。

因为是一个人在经营，肖麻辣的菜品种类并不多，大抵是肉片、鸭肠、鸡胗、午餐肉之类几个肉食，再加上土豆、魔芋、笋子、莴笋尖、豆干之类的素菜。最具特色的，是苕粉，用水发好放在盆里，要吃时捞上一把，放入漏勺放进火锅汤料中，煮到半透明，热气滚滚翻到碗里，加入蒜泥、酱油、醋、味精和香油，放几颗当天炒的黄豆，迎头撒下一大把红头小香葱。那小香葱一定要县城西边大泉坑种的，那里水土甚好，盛产上品叶烟，种出来的葱也自然异香扑鼻。

肖麻辣的经营方式也极具特色，每次吃完，他总是让食客自己数签签报数，报多少就收多少，一副江湖儿女耿直豪爽的架势。这对于当时的食客无疑是一次灵魂冲击，那时许多饭馆还在先买票后吃饭，唯恐客人少交钱或吃了偷跑的市场氛围下，突如其来的信任感，让大家不当好人都不好意思，绝大多数人都不会乱报。偶尔有占小便宜习惯了的，凭惯性虚报了数字，也跟做了贼似的，顿时失了许多快意——吃麻辣烫与喝酒，没有自在的心境，还有什么意思？人们来这里不就图个自在快意吗？这份自在在当时，和午夜的串串香一样，是稀缺的东西。

很多年来，我都在想，如果要写一部川味版的《深夜食堂》的话，主人公非肖麻辣莫属。这片只有二十几平方米，放着四张小桌的小小空间，曾是小城最早的文艺沙龙，文青聚居地。那些在长辈眼中喜爱生计以外艺术的人们，像生了六个指头那样，躲在各个角落，却在深夜里稀稀拉拉地冒出来，在这里弹吉他唱歌，聊海子和尼采。孤独的吉他手在这里碰到更孤独的鼓手，组成小城第一支电声乐队；热爱诗歌的文学青年发现派出所那个威严的警官脱掉制服却是个口若悬河的诗人；爱跳霹雳舞的小波，第一次从厕所背后溜起了滑步，并滑到了不远的大街上，完成他的第一次公开表演，并从此滑向了北京；有一肚子主意却没有本钱，天天被人嘲笑的梦想者，在这里灌下一杯壮行的酒，义无反顾地出门往南到成都当起了策划人；写下了一大堆歌曲没人唱的小哥，与外来演出的歌舞团演员一拍即合，携手出去闯荡了大半个中国……

这里成了一个小小的舞台，每天都在上演生活之剧：这一桌两个小青年正在相互喂菜谈婚论嫁，那一桌刚刚离婚的男子一杯酒下肚在怀疑人生；治安联防队员追了半天小偷一无所获来吃碗粉补充体力，迎面就看到刚刚漏网的“鱼”在角落里喘息未定；这边几个小青年在商量合伙去创业，那边两个老同事在耳语着单位的是是非非。店内的场景与氛围，与锅里翻滚的汤料一样，酸甜苦麻辣，每一样都有一点。善于调味的肖麻辣知道这些味道缺一不可，这是他的秘密，即使公开，人们也不一定信。

不独是那一锅汤和那一帮人，就是肖麻辣本人，也是一个五味俱全的混合体。作为小城最早的夜市摊主，据说他赚了上百万，但这些钱似乎又被他拿去输掉了。他一个人创下的金字招牌，最终没有像许多后来崛起的串串香品牌，成为酒楼、连锁店或者上市公司，卖牌牌赚加盟费都挣得盆满钵满。后来很多人的创业念头和计划，也许就是在他的摊上发起甚至碰杯启程的，算起来应该是他的徒子徒孙，而他至今依然守着租来的两室一厅民房，一如既往地接待着前来怀旧的人们……

很多次，朋友们都邀请我说去回味一下，我动过念也想去，但好几次抬腿之时又止住了自己。是因为害怕那个老去的肖麻辣打碎对往事的记忆，还是不想接受那个没有厕所作为挡箭牌的肖麻辣？连我自己也不得而知。

闻菜识男人

大三那年，阿琳面临一个很多漂亮女孩子都遇到过的问题——两个男孩同时喜欢上她，他们无论是相貌、家境、学习成绩、性格，甚至穿衣风格和言语的幽默程度，都不相上下，选择哪一个，都让她有错过另一个的遗憾感。

这件事让她挺烦恼，因为马上面临毕业分配，选谁，其实就是选什么样的人生道路，许多实际问题，由不得她不考虑。她脑子如乱麻一般，理不出一个头绪，必须要有个人帮她捋一捋。

闺密和妈妈，显然不行。虽然她们有强烈的参与意愿，但这意愿越强烈，越危险。

那就只剩下一个人了——外婆。这个二十世纪四十年代生于上海的大家闺秀，一生处事干净利落，从无婆婆妈妈气，是她唯一崇拜的同性，从小到大，亲眼目睹或耳闻了老人诸多令人佩服的事情。特别是在婚姻方面，她不仅亲自找了个好老公，而且为五个儿女都提供了营养丰富的择偶意见。听了的，都很幸福。唯一不听的四姨，婚姻就很糟糕。外婆当年从喝酒的一个小动作，就认定四姨带回来的那个人是渣男，而且疑心病重，容易心理扭曲，因而苦苦劝四姨，但她没听，最终把自己和生活，都搞成一片废墟。

阿琳把自己的烦恼，支支吾吾地给外婆讲了，还谎称是帮朋友请教的。外婆看她的表情，早已明白了八九分，但并不点破，只是让她回去，叫她的“朋友”给两个追求者布置一个任务——为她准备一餐饭。吃完之后，来把细节告诉外婆。

男生甲，为阿琳煮了一份猪脚炖花生和一份烧椒拌皮蛋，外加一份白糖渍番茄，配上一小碟豆腐乳，高高兴兴地端到平常他们爱去的公园小草坪，乐呵呵地看她吃完。阿琳发现，那天的白米干饭，既干爽蓬松，又芳香扑鼻，细问才知，小甲是用萝卜榨汁蒸的米饭。

男生乙也很用心，他从学校小食堂专门做接待饭的老师傅那里学了油焖大虾，还专门去海鲜市场买了两只包子那么大的闸蟹，蒸熟，用保温屉装了，送到寝室来还热气腾腾。配菜是一盘蔬菜沙拉，沙拉酱也是专门去市里买的进口货。配了一瓶白葡萄酒，外加一红一黄两个奶油蛋糕。这一桌花费了小乙大半个月的生活费，引得宿舍围观的室友们一阵感叹，如果当时有观众投票这个环节的话，他的胜利无疑是压倒性的。

外婆含笑听她讲完，说：“如果我在年轻的时候，也会投票给小乙的，又浪漫又温馨的创意，费尽心思的努力，简直堪称完美。但我现在年纪大了，总喜欢站到完美的背后去看看，就像往开屏的孔雀背后去看看，不是我心理阴暗，而是几十年人生经历告诉我，所有东西，皆有因由，光明面越大，阴暗面就越大。凡事多个角度看看，总能看出许多新奇的花样。比如堪称完美的小乙的这顿饭，他忽略了一个重大的问题，便是你自小就对海鲜过敏，主菜又是虾又是蟹的，足见对你这位客人的了解严重不足。你们同学几年了，应该同桌吃过饭，他连这个都不知道，要么是因为粗心，要么是因为对你关注度不够。

“第二点，他的所有用具，很精美，但都是借来的。这说明这些东西，并不是他生活的常态，就像一个人，身高1.75米，用尽全力可以摸到两米多，然后就把这偶尔的高标，展示给你，让你误以为这是他的高度。这说明他内心是贪慕虚荣的。当然，把自己最好的那一面展示给人看，以求给大家好一点的印象，也不算什么错。关键是这种摸高状态，会加强你对他的期待感，你会将这作为衡量他的一个标准，他会因此而更累，他会将那种自己给自己增加难度的摸高式追求，当成‘付出’，难度越大，心理期待的回报就越大。而一旦这种‘摸高’不能持续，你们会因为真相的显露而失落——他会觉得你挑剔，而你会觉得他变了。

“第三点也是我最不喜欢的一点，他将饭送到你的寝室。从表面看是方便你，而骨子里却是显摆和宣示。这有点像在校门口摆蜡烛求婚，给别人看的成分多于内心想表达的成分。一旦顾及别人的眼光，那势必变成一场表演，甚至成为一种绑架，借周围人的力量，让女方在情势所迫之下，做出并不完全符合自己本心的选择。男人用一百天讨好女人，而女人用一生去奉还，这样的模式，我不喜欢！

“反观小甲，他做的菜平淡无奇，但你自己想一下，无论猪脚炖花生还是烧椒拌皮蛋、白糖西红柿、萝卜饭，哪一样不是你最喜欢的？电热杯炖猪蹄，酒精灯烤辣椒，亏他想得出来。善用这些日常用具说明他在生活中是个会想办法、常做家务，并且能从中找到乐趣的人，这一点非常重要。生活是什么？柴米油盐吃喝拉撒，既琐碎又具体。没有一点耐性和兴致，是很难把一个小家营造得温暖有趣的。人生99%的时间，就是在平淡甚至平庸的生活里度过，找一个什么样的伴，非常重要。会做饭的男人，大概率不会是渣男，但他们通常斗不过能说会道擅做台面活儿的渣男。他们会因为不够潇洒帅气而被发好人卡。而女人们长大，是看男人穿围裙觉得挺帅气美好的那天……”

外婆一口气说了一大篇，把阿琳听得都呆了。她在心中暗暗赞叹，外婆的洞察力，真是神了，凭着自己描述的两顿饭，直接把两个人的像都画了出来，而且那么准确。当天夜里，她就作出了选择。多年以后，在一次饭局上，她给我们讲了这段故事，以怀念已经故去多年的外婆。她说：“老外婆对菜的领悟能力，让我度过了足够美好的半生！”

她的身边，头发花白的老甲，像少年一样腼腆地笑了一下，把一坨小小的猪蹄，悄悄夹进她的碗中……

春娟嫁给章老三之前，是城外五里村的农民。章老三没有工作，但有城市户口，可以吃商品粮，尽管在城里过得人嫌狗弃的，但在春娟面前，却像个老爷，饭来张口衣来伸手不说，还说一不二，自以为是，每次对话总是以一句“你晓得啥子”开头，以“城里头的东西你不懂”结尾。而每说起这些，春娟就不再言语，她发自内心地觉得，乡下人确实比城里人懂得少，比如第一次开电灯，她总是担心开关上吊着的那根麻绳会串电烧到她；第一次看电唱机，她小心翼翼地拿起唱片对着光照，想看看里面是不是有个唱戏的人。这些都成为章老三百说不厌的笑话，每当这个时候，春娟也会觉得自己蠢：“为什么连这个都不知道呀？”

其实，无论从长相到人品，章老三都配不上春娟。有人甚至将他们这桩婚事，与武大郎和潘金莲作了对比，并且得出了结论，除了身高之外，章老三没一样比得过武大郎，武大郎的勤劳本分与善良，章老三身上是没有的。而春娟无论长相身材都胜过潘金莲，为人处世待人接物和恪守妇道这些方面，更强过金莲千倍。这种显而易见的差异，被一张城市户口给抹平了，这一对完全不般配的人，因为那一张纸，而被拉扯在了一起。而配不上对方的章老三，还觉得对方配不上自己。

这种不可思议的事，发生在二十世纪七十年代，简直一点违和感都没有，连当事人春娟本人，也没觉出其中的不妥来。每日勤扒苦挣，四处打零工挣钱，或从娘家搬米搬菜回家，做好端上桌，紧着章老三一家子吃，他们还一边吃一边嘲笑她种种与城里不一样的做菜手法，天一句“你不懂”，地一句“你们乡坝头”，搞得春娟心里十分郁闷。她觉得在城里做饭，还不如在乡下煮猪食，同样是饭来张口，猪却不会说这么多难听的话。

七十年代末期，政策有松动，私人可以自己做生意了。春娟看邻居易三毛的妈妈大清早去乡下4分钱一斤买来的萝卜，拉进城摆到家门口，一角钱一斤，小半天就卖完了，十几元钱就到手了，那可是八级工人一个星期的工资。春娟见到收入最高的，就是隔壁的毛三爷，八级电工，腰上挂一排工具，枪一样威风，走哪都是别人羡慕和佩服的样子。以前春娟也佩服他，但最近改佩服易三毛的妈妈了。她决定也学她的样子，回老家拉菜来卖，她出马，连4分本钱都不用花。

易三毛的妈妈一看多了这么强劲的一对手，自然是不愿意，就悄悄给春娟说：“瓜女子，你那么心灵手巧，做的菜又香又好吃，不如去开个馆子，哪用得着起早贪黑去整菜，跟没嫁进城有啥区别？”

易妈妈号称“‘话’眉子转世”，天上的麻雀都哄得下来，一个老实巴交的春娟，哪经得住她轰炸，一句话，连标点符号在内51个字符，却戳中春娟几处痛点——春娟进城以来，还是第一次有人夸她心灵手巧，而且还下血本表扬她做的菜能达到开馆子的水平。最重要的是，嫁进城里，确实也应该有嫁进城的样子，至少不用天天在地里去和菜打交道。

春娟于是打消贩菜的想法，一心打起开馆子的主意，这当然又成了章老三的笑柄。他说：“你那个脑壳，跟易婆娘斗，人家把你卖了，你还帮她数钱！开馆子？人家是抽狗下茅厮。”

抽狗下茅厮的意思，大致与捧杀同义。但春娟却并不理会这些。

和章老三相处了七八年，她渐渐不像最初那样，对方一笑话她，她就闭嘴或止步不前了。很多事例表明，章老三并不总是对的，而自己也并不总是错的。吃商品粮的也并不总是比种粮的聪明。

小饭馆在各种阻力下，很不顺利地开业了。

因为没钱，租不起好店面，春娟就以每天管三顿饭为代价，在小巷深处一个杂院里摆开了生意。小院的主人是个孤老，平日一个人在院子里数自己的心跳声也数得烦了，正乐得有点人烟气。春娟来院里架上锅灶，烟熏火燎，人声喧哗，每日里好茶好烟，三顿暖食，早晚两头有热水洗脸烫脚，被祖宗般敬着，乐得跟个神仙似的。

这事被章老三看了，笑得如喝醉的熊，说春娟脑子不好使，找了个鬼都不上门的老院子，还免费给人家当孝子！

春娟并不理他的茬，只管捅开炉灶，排开菜案，开始做生意。

春娟的饭摊，每天只卖四样东西：一份卤肉，一份凉拌猪肺，一份回锅土豆，外带一锅白水菜。几样菜加上油色鲜亮的蘸碟，色香味都有，三四元钱一套，白米饭敞开舀，三四个人吃，人均一两元钱，这在八十年代初，也算中档消费，但因为味道好分量旺实，深巷中的小院也别有幽趣，很快就打出了名气。小店没有招牌，人们沿袭着老规矩，就喊它作“章老三饭店”，“章老三家的”开的饭店，肯定叫“章老三饭店”噻。

章老三看着每天哗哗的钞票，闻着窜来荡去的酒香和肉香，也动了心思，一改往日不屈不挠的架势，将躺椅往饭馆里一端，每日泡上茶，二郎腿一跷，与孤老房东并排坐着，当起了跷脚老板。

偶尔茶喝累了，他也会起身来指导一下工作，无非是挑剔哪里哪里做得不对，但春娟嘴上应承着，却并不照着做，因为章老三出的主意，和他的为人一样，很馊。

比如，他对春娟总用二刀坐墩肉做卤肉很不理解，觉得那样成本高没啥利润。其他部位也照样可以卤，人们照样锵起锵起地端。比如，他觉得心肺汤来来回回连洗带泡要过六次水，又是芡粉又是白醋地洗，太过于烦琐和费水，洗三次就可以了，哪个吃得出来？至于凉拌，一定要用当天早晨带露的小香芹和敖平的头锅醋，也是自找麻烦。白水菜里的嫩南瓜一定要婴儿脑壳那么大的，而且一定要用拳头砸开，也是在装神弄鬼。

他最有意见的，就属回锅土豆。那个年代，哪家人不会做这道菜？他就自认为是做这道菜的高手，顶瞧不顺眼春娟的谨小慎微：选土豆，大的不要小的不要，只选中不溜的；选好之后，居然用刷子洗，一洗二洗不过瘾，还要三洗；大家都是煮，唯独她用蒸，蒸之前还装疯迷窍用刀在土豆腰上车一刀；熟后下锅炒，大家都用的几毛钱一斤的生酱，也就是辣椒打成泥再加盐拌匀，晒两天即可，她却要用熟油豆瓣，而且一定要她妈妈亲手做的。一个一个选辣椒，泡胡豆制霉豆瓣，又是好酒又是好油，还丧心病狂地往里加了牛肉末和汉源贡椒，再晒上一两年，那成本算下来，赚个铲铲的钱啊？你们乡坝头……唉，没生意头脑啊！

春娟并不理会，依然我行我素，她始终不忘妈妈多年前教她的一句话，再粗糙再简单的饭菜，你只要用心做，就会好吃。这世上没有穷吃食，只有懒饭菜。懒饭菜不是给人吃的！春娟觉得这话说得很有理，于是认认真真地打理着小饭馆，大到进米进肉，小到盆景摆放方向，都一丝不苟，认认真真，不管章老三的疯言疯语。

几年后，房东去世，将房子遗赠给春娟，但因为春娟没城市户口，房本上就只写下了章老三的名字。章老三凭此更觉得自己居功第一，没他饭店根本开不下去，混存在感的意识越来越强烈，每日什么都不干，被人章总章总地叫着，好酒好菜吃着，钱柜里的钱想拿多少拿多少，但却总是不过瘾，总想让春娟听他的经营之道，张嘴“乡下人”，闭嘴“你不懂”，直到有一天，春娟脸上带着如释重负的笑意，把离婚申请书摆在他面前……

小院子，连同“章老三饭店”的招牌，春娟都没要。她在小巷对门不远的地方，开了一家饭店，大大方方地在招牌上写上自己的名字——“春娟饭店”。有人建议她写上几个小字——原“章老三饭店”，她坚决不干。

章老三终于可以按他的思路，经营“章老三饭店”了，直接效果是员工走了一多半，顾客几乎走完，全去了“春娟饭店”。

“春娟饭店”经营得越来越好，不仅卖川菜，还卖小城难得的海鲜，后来扩大店面，做起了包席，春娟后来嫁给县里一个学校的校长，还忙中偷闲在年近五十的时候，生了个大胖小子，之前，她和章老三在一起，始终怀不上，一说这事，章老三就说是她的问题。

她饭馆里被点得最多，并且最让人难忘的，始终还是回锅土豆……

善恶豆腐

老友杜阳林的小说《惊蛰》，在《十月》杂志发表后又出单行本，销行和反响都不错。这部作品最大的优点，就在于它的朴实和真挚，这与作者本人的性格很相合，里面的许多故事，压根儿就是作者积压在心中多年，从痛苦中升华出来的。苦难不值得讴歌，但从苦难中挣扎出来的勇气，以及看透生活真相之后依然对世界保持着善意和真诚的心，值得歌颂和赞叹。我喜爱高尔基的《童年》和岛田洋七的《佐贺的超级阿嬷》的原因，就在于此，我认为《惊蛰》和它们，是同一类型的作品。

在《惊蛰》中，有很多精彩的故事和细节，令人震惊和感动。我最喜欢的，是主人公凌云青和妈妈做豆腐那段：

村里的福喜婆婆办寿宴，要做豆腐。依乡俗，这活儿一定是找村里最心灵手巧的人干。福喜婆婆的媳妇嵤儿（听这名就不是善茬）拎了半袋豆子，送到云青家，请云青的妈妈帮忙做。云青妈第二天一大早就起床，和八岁的云青一起推磨熬浆点卤压模，一通忙活。古语有云，做人三大苦，打铁撑船做豆腐。推磨熬浆，烟熏火燎，总是让人疲累消磨的事情。大豆磨煮出的香味，让终年吃红苕加酸菜的孩子们口水直冒。大一点的孩子尚可以自制，小的就有点馋相毕露口水滴答起来。特别是最小的弟弟云白，父亲去世时他才一岁多，现在也不过五岁多，看着刚出锅白嫩嫩的豆腐，不知是何方仙物，但嗓子和眼睛里都快伸出小手的样子，让人看了于心不忍。这眼神对于拖着五六个孩子的寡母，何尝不是凌迟的刀。依她单薄的身体拼死拼活，最终也只让全家混个红苕半饱，哪有余力奢侈到有大豆做豆腐？因而，她这个公认的做豆腐高手的小儿子，到五岁了居然不认识豆腐，他垂涎欲滴的样子，让她痛苦难言。

但她还是咬咬牙，硬着心肠把孩子拉开——豆腐是别人的，她绝不能动！照说，豆腐做大做小，至多是个水分压得松和紧的事，手松一点点，给幺儿尝上一口的裕度，就出来了，但她坚决不干！在她看来，豆腐的口感和自己清白做人的口碑，比天还大。

大姐看不得五弟的馋相，趁母亲不注意，在豆腐还没凝固的时候，挑了胡豆那么大一块，捧在手心里，悄悄塞进小弟弟的口中。

那一块没有调料的白豆腐，宛若仙丹一般，让弟弟瞬间看到天堂。他的整个身体，宛如透了光一般舒展了起来，紧紧抓住大姐的手，小猫一样舌头软滑的将最后一丝汤水卷进腹中。

总算吃到豆腐了！这个从早晨在睡梦中就勾引并折磨着他的香味，充满了全身。

虽然意犹未尽，但看到母亲严防死守的样子，他也不存奢望了。大姐悄悄让他躲出去玩，并且承诺待会给他豆渣吃。按乡俗，做豆腐的报答，就是把豆渣留下。

云白欢欢喜喜地跑出去玩了，不想竟惹下一个泼天大祸。

吃好东西不给小朋友说，等于没吃。五岁的云白，吃了一小块豆腐，开心得不得了，陶醉且不无夸张地向小朋友们描述那块白色的小东西的爽滑、清香。孩子们大多吃过豆腐，对他的快活，不以为然。但旁边一个大人，却从中听出了是非来。

这个人是村里著名的长舌妇，天生有一双看万物不顺的眼睛，尤其对女人，横竖都不舒服。比她差的要踩，比她好的要骂，总没个平和的时候。福喜婆婆做寿，请了云青娘而不是她做豆腐，自是让她妒怒异常。小云白的欢喜，无疑成为一把鲜亮的刀子，可以拿来搞事情。

她一把拎起云白的耳朵，一副大义凛然的样子，冲向凌家，要来代福喜婆婆主持公道。

一个娃娃一块，五个娃娃加老娘，这窝丧尽天良的贼，还不把豆腐吞进去一半啊？

她叫嚷着，斥骂着，成功地将胡豆大一块豆腐，搅成一个比天还大的争执。

豆腐东主啬儿也闻声来了，她原本对给婆婆做寿，心有不甘，借势一通骂闹，还天经地义地把筐篓中的豆渣收了回去。

凌家母子从天不见亮就起床推磨烧火熬浆压豆腐，忙活了几个小时，结果却只收获了一个贼名和一地眼泪……

生活，对这家人的凌辱和折磨，至此为最了。人心之恶之浑，让这间小茅屋里的所有人都陷入绝望之中。

如果故事到此为止的话，也未免太过于悲伤。

就在一家人一片茫然地在家中饮泣的时候，门外蹒跚着走来一位老人，那是福喜婆婆，手里端着被儿媳抢走的豆渣，和四四方方一块豆腐，放到桌上，拍拍坐在门槛上发呆的云青妈妈，什么话都没说。老人从年轻时就守寡，独力养大一儿一女，知道那滋味。

老婆婆在家里，也不是说得上话的人，她是以不办寿席为抗争，从儿媳手中夺过豆渣来的。

那天，凌云青吃了一顿拌着眼泪的辣豆腐和豆渣。隔着书面，我都能感受到，那份醇香，那份欢快和那份忧伤……

抹嘴肉事件

宽窄茶馆里传出一个段子，说本街某人家贫，常食不果腹，但因为虚荣心强，不愿被人瞧不起，就在过年时留了一小片腊肉，藏在橱柜中。每次出门，他就用腊肉来涂涂嘴，其性质颇似女士们涂口红，主要起个美容的作用，表明自己不仅有饭吃，而且还能吃点荤腥。这本是一个于别人并没什么妨害的小小谎言。但弱者维护面子这件事本身就充满了喜感，就相当于一个人在拼命挣抢和守护一个自己根本没有的东西，而且用那么奇葩的方式，这自然就让人充满了无限好奇。

闲人们于是开始寻找故事的原型——茶水喝多了，嘴巴味淡，嗑瓜子嚼糖费钱，不如嚼是非过瘾。

经过一番摸排，重点嫌疑落在四个人头上，他们分别是志超老人、羊清正、刘苕娃和朱疯子。

志超老人因为当过旧社会官僚，到老时无依无靠，吃的头痛粉比饭都多，天天都想死却死不了，跌跌撞撞活到八十几岁。

羊清正是小学教员，因为脾气执拗，而实力又支撑不起这份执拗，于是在小学校里教着既没油水又没存在感的副科，偶尔愤怒不平发作一气，总会像冲着弹簧墙扔石头，每次发火都打在自己的脑壳上。

刘苕娃早些年做生意，赚了满满一枕头钱，后来查投机倒把，把他的枕头没收，还让他去蹲了十多天学习班。这之后他再不敢说“生意”二字。

朱疯子是评书艺人，因为茶馆不许讲评书了，而他本是老猪开门全凭一张嘴，一下子就没辙了，只有偷偷跑到公园城墙背后给人讲《三侠五义》，偶尔插两句《金瓶梅》。

以上四人，均属抹嘴肉的重要嫌疑人，并不是说整个宽窄巷子只有这几个穷人，事实上，比他们穷的人还有很多，但愿意为脸面费心思做点小动作的，只有他们。

于是，闲得牙痒的侦探们，开始了他们的侦察行动。这本来不是什么难事情，喊一个腿脚也闲得发慌的娃娃趁人不备时跑到各家灶房扫一眼，穷人家的灶房又不是什么禁地，也没设什么防备，一眼望过去，啥秘密都看清楚了。四家看完，要不了二十分钟。

于是他们叫来周飞飞，让他火速到这四家厨房打探，看看碗柜和墙壁上，有没有挂小片薄腊肉。

周飞飞得令，一路鸡飞狗跳地冲了出去，不一会儿就飞马来报，说四家屋里，都没发现小片腊肉的痕迹。

周飞飞腿脚虽快，但脑壳却很笨，狂牛般冲进灶房东瞅西找，人家问他找什么，他说找腊肉，抹嘴的那种。不一会儿，整个街道就传开了，除了当事的几家嫌疑人，大家都像是听到一个神奇的新闻。生活沉静如一潭死水，总得有些小石子来打破一下沉闷，如若没有，来几只周飞飞也行。

被看热闹这几家，可不这么想。首先愤怒的羊清正，毛发倒竖像一只梧桐果般冲到大街正中，指天抢地大骂周飞飞"球莫名堂"[1]，吃饱了没事做可以去洗煤炭。周飞飞的妈也不是好惹的，见自己的儿子受骂，提个擀面棒就出门，与羊清正大干三百回合。从质问她家儿子吃饱了跟他有什么关系——"你给过他一颗花生还是胡豆？"——进而扯到羊清正待业在家的女儿吃不吃得饱。最后怒不可遏地飞起一脚，踢飞了羊清正家门口的撮箕。

[1] 四川方言，指没什么意思，多对人表示不满时使用。

羊清正的辩白行动，和他以往对命运所有抗争行动一样，除了搞得自己一脸狼狈，便再无任何意义。

志超老人倒没怎么专门解释，只是在此后的几天里，拿出一叠肉票来，找邻居崔婆婆、易大娘、张幺妹换糖票和豆腐票。他说自己很多年之前就信佛，不沾荤腥了，肉票于他没什么用，早些年怕人家说迷信，不敢声张，这两年宽松些了，而且又出了抹嘴肉这档子事，就不妨告诉她们。

这几位原本就是街上著名的快嘴，得了便宜，不出十分钟就把这个消息传了出去。

一向吝啬的刘苕娃，有史以来第一次请客。他把当年做生意的大锅拿出来支到街边上，买来一大桶猪血，勾上蛋清，红彤彤倒进开水里，焯出粉嘟嘟的血旺，用刀划成块，舀入碗中，撒上葱姜蒜末和青红辣椒，淋上酱油醋和芝麻，一路香气挨门挨户送到每户人家，笑嘻嘻地请人尝鲜。让每一个怀疑他经济实力的人消除怀疑，并猜想当初割尾巴时，是不是他还藏起了另一个装满钱的枕头？

此事竟意外打破他对“生意”二字的恐惧，那天之后，他就支起小生意摊，直至多年后开成了一座刘氏血旺饭店。

何疯子觉得刘苕娃这种做法很窝囊，人家说你，你还招待他？老子偏不！他借钱买了一只卤鹅，砍成一大包，一口酒一坨肉，从上街吃到下街，每碰到一条狗，就扔上一坨，看到人，则一脸不屑地哼上一声……

事后查明，整个事件，是朱边花一手策划的。抹嘴肉是他在别家茶馆里听来的古书上的笑话，为了引起众人关注，故意说成本街的，于是有了这茶杯里风暴式的一段小故事。

此事一晃就过了几十年，当事人大多已作古，或不在宽窄巷子居住了，也少有人记得这茶杯里风波样的小事，但我每每看到腊肉，就会想起大家为这没来由的风波，认真而纠结的表情……

借家过年

1983年，我14岁，读初二，那一年的除夕是2月12日。早在几天前，父亲就给母亲说，今年春节，他打算向领导申请值班，从除夕到初三。母亲坚决不同意，说家家户户都在家团团圆圆过年，而他却要在最关键的四天值班，不行！

父亲附在母亲耳边小声说了几句什么，仿佛往蜡像上吹了热风，母亲刚刚还愤怒不满的表情，瞬间变得柔和了，还高兴地点头表示认同。这是我记忆中唯一一次父亲用言语说服母亲的场景，速度之快，配合度之高，一生少有。

父亲的计划，是带着我们全家一起去值班，一起在厂子里过年，届时，厂子里只有我们一家人，整个厂子都是我们的了！

如果你没有一家四口在13平方米的房间里挤住多年的经历，你永远不会明白父亲那句话对母亲的诱惑有多大。父亲所在的分厂厂区，是离主厂区几里地的一个独立王国，宿舍、食堂、浴室和电视机，一应俱全。一想着电视机前不是数以百计的人头，而只有我们一家人，甚至还可以一边吃东西一边看，母亲、我还有弟弟，都变得异常兴奋，恨不得把最后几篇日历撕掉，让除夕快快到来。

我永远记得2月12日早晨我们出发的场景。父亲一辆加重自行车载着全家，我坐前面，母亲拎着一大篮吃食，和弟弟一起坐后面。我至今也非常奇怪那一辆自行车，怎么就把我们全家给装下了？唯一的解释就是那时候我们都太瘦弱，而父亲的脚与腰还很坚强。

自行车碾着白霜在水墨画一样的风景里穿行了十三公里到达父亲的厂区。果如他言，厂区只有我们一家人。巨大的厂房因为机器没有轰鸣而显得异常奇怪，而它的对面，一排小二层砖楼因为有烟囱和电视天线而显得很温馨。

我们选了电视机所在的会议室落脚，这里还有乒乓台、藤椅沙发和茶几，最适合生活。平心而论，我们并不知道真正的生活应该是什么样子，只是凭直觉感到稍稍舒服一点而已。

爸爸教会妈妈打开电炉、碘钨灯和电视机之后，就去巡视厂区了。妈妈拉开包裹，把她积攒了大半年的宝贝吃食，一件件小心地请出来，在茶几上次第摆开。一瞬间，那些猪头、香肠、米花糖、花生瓜子和洗沙、汤圆、油菜头，红红白白黄黄绿绿铺了一桌，在碘钨灯强烈而温暖的光照射下，发出绚烂而美丽的光。这些平日里深藏于小屋各个角落里，与我们的小爪子躲迷藏的小家伙们，这辈子也没想过会以这样的方式走完它们在世界上这段小小旅程的最后一步。食物的最高理想，就是被吃掉。而被谁吃、怎么吃和在什么地方吃，还是各有讲究的。

看得出，那年除夕，我们的食物们也很开心。

在这些食物面前，妈妈也很高兴。做了小半辈子饭的她，第一次不用在横撞屁股竖撞腰的昏暗憋屈环境中做饭，电炉里通红炽烈的炉丝发出的热量，比灰黑的蜂窝煤炉里发出的恹恹火光给力得多。遗憾的是会议室里没有炒锅，不能显出她炒菜的手艺，她只能用腊肉香肠炖一大锅汤，往里加入萝卜、白菜和豆腐还有粉丝，边吃边捞，形似乱炖。妈妈乐呵呵地说是火锅。她就算说是鸳鸯锅，也没人反对，因为那时的我们，没能力知道火锅是什么样子。

我和弟弟终于近距离看了电视机，虽然不许伸手摸，但偶尔趁大人不注意，去掰一下频道或旋一把亮度对比度按纽，也很兴奋。我们还首次在用网子而非砖头做隔断的木头桌上打了乒乓球，因为没有突如其来的小沙粒硌球转向，我们在水泥台上练出的球技，居然施展不开。

细细回想起来，那一年春节，是这辈子我与父母和弟弟难得的一次团聚，没有外部环境的干扰，也没有各种原因的缺席和不得已，甚至没有烟花爆竹。在孤悬于田野中心的这片小小灯光下，母亲往锅里添着菜，父亲坐在热气蒸腾的汤锅前，一口酒，一口菜，眉眼之间荡漾着满足的笑意。我和弟弟，难得地有了玩食物的兴致，你往我碗里捻一个鸡屁股，我往你碗中扔一块猪脸皮，然后是以筷子为剑的一番击打追逐。父母这时都没有像平常那样制止和呵斥，因为任我们怎么打闹，也不会像在家中那样撞倒水桶和打翻油瓶。原来，对穷人家来说，饭桌前的嬉闹，也是件奢侈的事。

那一年是春节联欢晚会第一年，李谷一连续唱了好多首歌曲。我的爸爸妈妈，也创造了四天没有吵架的超级和平纪录。我和弟弟，第一次不恐惧冬天洗澡，洗完之后，在值班室的大床上，快乐地翻跟斗，也不在乎爸爸妈妈在什么时候悄悄地离开我们，闪进爸爸那间平时住着四个人的单身宿舍……

这是我第一次体验到宁静与安详，是多么地美好，这段记忆，在我的人生温暖事件排行榜上，排名靠前。我们在借来的会议室里，过了一个梦幻般的新年，所有一切都是借来的，唯我们的快乐不是。这种价值观，影响了我的大半生，多年后，我能在租来的房子里摆出月饼，邀妻儿赏月，根子就发源于此。

东西可以借，但欢乐一定是自己的。

我们脚下的山川河流，眼中的清风明月，何尝不是如此？

回老家，总喜欢陪妈妈到大广场走走，看看周围嬉笑的人们，以及妈妈电话里时常提到的一起跳广场舞的老太太们。广场舞我并不喜欢，但七十多岁仍像只卡通胖兔子一样伸胳膊踢腿的妈妈，我喜欢，这至少表明她的身体状态还不错。再没有比这更让我开心的了。

我们坐在石椅上正聊着，一个胖胖的中年妇女走过来，和母亲打招呼，并且亲热地叫我的名字，看我有些惶惑，就自我介绍："我是冰儿啊！"

冰儿姐？

我仍然有点蒙——把眼前这个胖胖的女人形象与我记忆中小萝卜头一样的冰儿联系起来，比把大象装进冰箱容易不到哪儿去。

但胖胖的脸上，眉眼之间，确实也有几分似曾相识。

我对冰儿的记忆，是和一辆煤渣车绑定在一起的。

煤渣车是川西常用的架架车，一对轮子架两根粗木，横向钉着一些木板。木板上叠放着两层萝筐，底层四个，上层三个，筐里结结实实地装着煤渣，黑乎乎的，把架子车的上上下下染得漆黑。煤渣里偶尔有玻璃化的残渣，在漆黑的渣堆里发出幽然的蓝光，让煤筐和架子，在沉闷和肮脏之中，还隐隐藏着几分料峭的杀机。

煤渣车脏黑如许，拉车的人，也白净不到哪儿去。小时候看纪录片《亚非拉》，第一个反应，就是砖瓦厂的拉车人，冰儿的爸爸刘叔叔，便是其中之一。

我人生最初对“苦难”两个字的直观印象，就来自刘叔叔。他在明晃晃的太阳下拖着黑色的煤渣车挣扎着向前行进，套车的皮绳深深勒进他的肩膀，额头上的血管，像几条小蛇，在黑汗泥垢里挣扎缠斗。他的头发竖立着，每一根头发都被汗水浸得饱饱的，反射出令人心里发紧的亮光。特别是看的人正在树荫下喝着凉水或啃着刚从井中捞出的西瓜，这时就莫名地会有一种痛苦和罪过的感觉。而为了缓解这种感觉，脑子里就会闪出另外一个声音：“没事没事，他们是坏人，活该受这个罪！”砖瓦厂拉煤渣的，大多是劳改出来没单位要的人，故而，我们有此一念。

但看到八九岁的冰儿姐和她四五岁的弟弟用一根小绳绑在车辕上，同样挣扎着咬牙往前拉时，这声音再强，也没什么说服力了。因为它无法让我们明白，这两个与我同龄的孩子会犯什么样的大罪，该受如此惩罚？

妈妈和冰儿的母亲是卷烟厂的同事，对他们的家事比较了解，她说刘叔叔原本是军人，在西北一保密单位工作，参与了一项很了不起但不能说的事业。多年后解密知道是原子弹试验，大半辈子咳嗽的毛病，据说都与青春时的那段保密工作有关，这情节有点像前两年拍摄的《我和我的祖国》里张译演的那段催人泪下的故事。

转业后回老家，刘叔叔被分在公安系统，他是个老实本分的人，被安排到看守所天天跟犯人打交道。每天按部就班，公事公办，即使在纷乱的年代，也还算能平静地过日子。妻做得一手好菜，还为他生了一儿一女。如果没有发生后面的事，他断然不会成为我心目中苦难的代名词。

这一切，与一碗腊八粥有关。

对，你没听错，是腊八粥，每年腊月初八，许多人家里都会熬的一种粥，川西风味是用香肠和红白萝卜加花生白菜熬熟之后捏些面条进去，浓稠软糯，香气四溢，让人端起就放不下碗。特别是小孩子，饭量平添三五倍，肚子胀得跟个小皮坛子似的，大人要硬夺才能抢下碗来，他还意犹未尽地把勺子舔得干干净净。

就是这腊八粥，让冰儿的爸爸刘叔叔陷入万劫不复的深渊里。

那是六十年代最后一年，腊八那天飘着雪，天色阴得像块脏抹布，连狗都躲了起来。看守所里更是冰得令人牙颤。

刘叔叔那天值班，家里给他送的是腊八粥，刘婶是本地解放前最知名的酱园老板的女儿，跟父母学得一手上好的调味手艺，熬一锅可口的腊八粥，自然是不在话下，配上祖传的腌酸菜酱黄瓜和水豆豉，那是可以让人把自己的舌头吞下肚去的。刘婶平常都不送饭的，但这天熬了腊八粥，半天的功夫可不能白费，于是用分格提盒盛了粥装了小菜，用婴儿棉被包了，迎风冒雪送到看守所。到时眼睫毛都白了，看得刘叔叔满眼是泪，心中大念："今朝与君同淋雪，此生也算共白头！"

刘叔叔把粥盒打开，一股香热的气息像仙气一般把冷硬的空气冲开，整个值班室便浸在一股难得的人间烟火气中。要知道，这地方最缺的就是这种东西。

刘叔叔舀了一口粥，进嘴。

"呜……"

耳边传过来一声怪叫，吓得他差点把勺子扔了。

定定神，发现声音来自隔壁，而不是粥。

猛然想起，那里还有一个人，原是政法系统的干部，好像犯了什么事，不宜与普通人犯在一起，临时关在那里。

怪哭声来自那里。

这人先前也打过交道，也算见面熟人。

刘叔叔问："你怎么了？"

"今天是不是腊八？"

"是！"

"你在吃腊八粥？"

"对。你在哭什么？想吃？我分半碗给你！"

"我……我想我妈了。每年她都会熬一大锅，我就一碗一碗地吃，吃完再铲锅底，锅底铲完舔勺子……"

刘叔叔赶紧把饭盒往后推，生怕对方隔门伸出手来给他夺了去。

那人继续哭："可惜今年吃不成她老人家熬的粥了。"

刘叔叔安慰他："只要老实交代，好好改造，出去了就可以再吃！"

"但她病了，病得很重，不知道能不能熬过这个冬天，我好想去看看她，见她最后一面！"

那人哭得像个孩子一般。

接下来，他跪了下来，求刘叔叔让他去见见妈妈，这很可能是她老人家最后一面。

事后多年，刘叔叔回忆说："照平时，他就是哭得再伤心，说得再可怜，也不会打动他。但不知为什么，那天他满脑子都是自己小时候围在灶台前，看着妈妈煮腊八粥的场景。锅里丝丝缕缕的香气，让整个世界都变得很柔软。"

他的心也变得软软的，像被鬼摸了脑袋一样，把那人送回家去看了母亲，还喝了一大碗腊八粥。

本以为这是神不知鬼不觉地做了一件好事，谁知那人的妻子为了表明立场坚定，也为了替自己的男人找一个立功机会，向有关部门举报了这个事情。刘叔叔不仅丢了工作，还进了监狱，出狱后找不到工作就到了砖瓦厂拉煤渣，成了我记忆中最苦最惨的样子。

冰儿说，刘叔叔是前几年才去世的，终年62岁，这倒出乎我的意料——凭他那未见人先听到咳嗽声的身体，我以为他早就不在人间了。他的晚景还算不错，还得到了国家给的特别补助，以表彰他们当年在西北的贡献。直至去世那一年，他都有一个奇怪的习惯，每年腊八节，熬腊八粥时，都要往里面扔几片黄连……

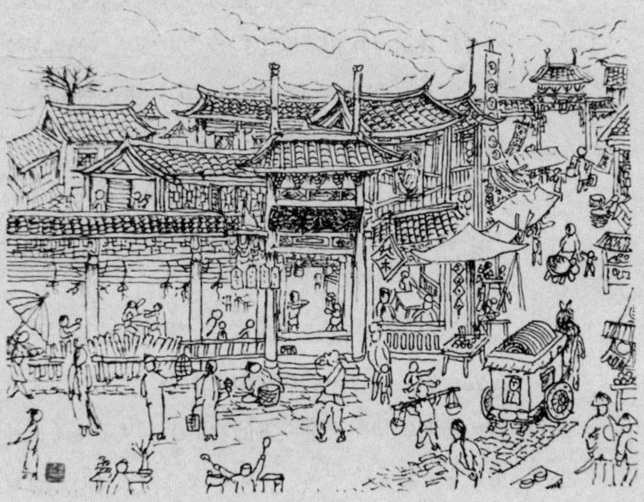

重庆黄桷坪美院正门对面马路下有一条通往江边的梯坎路，路两边顺着坡形积木一般搭着许多房子，纵横交错，逶迤蜿蜒，很有古雅气。

小街中部半山腰上，有一间半圆房子，三面临江，视野极开阔，被大家称为望江茶园，由一个年迈的老婆婆打理，卖5毛一杯的沱茶。茶园所有器物，以及老板娘的脸，都有一种历经岁月的包浆感。这里因此成为美院师生最多的地方，这巨大的吸引力，也附带把我这个正在隔壁电技校学电气检修的编外文青吸了过来。虽然，那时的我，每月生活费只有37.5元，一杯茶差不多要花去一顿饭钱，但我却心甘情愿花这5毛钱，在那里坐上小半天，享受我这辈子离艺术家最近的时光，与他们喝同样的茶，享同样的江风……

不对不对，这还不是最近。离艺术家更近的，是在五十步之外……那家狗肉店。

狗肉店开在茶馆坡下的弯道上，从茶楼阶梯往下走三十九级台阶就到了，店不大，独独一间，有点像乡下的土地庙，蹲在茶馆旁，像是为它站岗。当时有部电影《三十九级台阶》很有名，大家不约而同地称它为“三十九级台阶”。

店老板是个中年男人，长年穿着衬衣和西裤，皮鞋擦得锃亮，一副随时都可以关上店门去参加舞会的架势。饭馆只卖三菜一汤，三菜是粉蒸排骨、凉拌三丝、红烧狗肉，一汤是牛尾汤。喝酒的还可以另甩一盘花生米。汤与菜，各有滋味，但多数客人，却是冲着红烧狗肉来的，那里的主要特色是狗肉。吃狗肉在八十年代中后期，还不算犯讳的事，那时候，社会还没进化到宠物可以被当成家人的地步。

我那时也是要吃狗肉的，而且对它情有独钟，觉得它肉质细滑，骨头脆嫩，滋味特别。在需要肉票的时代，邻居或长辈们馋肉了，就跑出去用套绳套狗或用狗弹子炸狗，到手后用干辣椒和蒜瓣烧好，热腾腾端出来，笑呵呵打趣说："快吃快吃，吃了不得喃尿[1]……"好多地方都有这样的说法，认为狗肉可以健肾壮阳。这也许是狗肉受欢迎的重要原因。

"三十九级台阶"的老板，烧狗肉用的是传统的川菜手法，没有什么花头。冷锅冷油烧开，豆瓣、花椒、香辛料和蒜下锅爆炒，狗肉下锅淋上点高度白酒，肉熟之后放点胡萝卜，起锅来几段葱和香菜。任何一个具备初级川菜烹饪技术的人，都可以做。

虽然手艺平常，但狗肉是稀缺之物，再加上有各种疗效之类的传说，自然有客人趋之若鹜，每天一大锑锅烧狗肉，连汤都卖得干干净净，小小店铺里，四张小方桌，流水席一般川流不息的食客，还有拿盅盅打包带回家的。八毛钱一份，我粗算一下，光是卖狗肉，每天就可以赚我两个月的工资，还不算五毛一碗的蒸排骨，四毛一碗的牛尾汤。老板每天优哉游哉一副游手好闲的样子，半点都不奇怪。

虽然钱不多，但我在狗肉店里的出勤率却不低，因为我把有限的钱，集中优势火力用到嘴上来了，我也因此与老板熟络起来，并在狗肉店里结识了许多狗肉朋友，有画画的、搞音乐的，也有弹棉花和修鞋的。

---

[1] 即尿床。

大家来自五湖四海各行各业，为了一个共同爱好，走到一起来。

当时，四川和重庆还没分家。说重庆人是四川人，他们也不反感。四川人自古就有“茶钱各给各，龙门阵打伙摆”的传统，在空间并不大的小狗肉店里，茶杯变酒杯，气氛更是热闹欢快。大家手中端着啤酒、白酒或随身带来的泡酒，把龙门阵摆得飞天玄火。酒精与狗肉的热度，加上彼此并不知道名字和身份的自在，自然如夜航船上一般，信马由缰。花的麻的，荤的素的，上可以侃天地日月国家大政，下可以聊柴米油盐鸡毛蒜皮。很多陌生的名词和概念，我都是在这里听说的，好多风流艳趣的鬼故事，以及《三言二拍》《金瓶梅》之类书名，我也是在这里听得血脉偾张的。在这里，打牙祭绝不仅仅是牙齿和舌头的事，耳朵和脑袋，也跟着沾了光。

老板原是附近发电厂的工人，因为不喜欢上“三班倒”领死工资，不顾家人反对，扔了铁饭碗，跑出来做个耍耍生意——上午耍，下午做，晚上卖，优哉游哉。因为卖的是稀缺产品，整个黄桷坪方圆几公里，只有他能顺利找到狗肉。杀狗的是他儿时的小伙伴，前些年坐班房出来，在大渡口边边上帮人杀鸡杀鸭子，偶尔也捅一头羊或牛，主要业务，还是杀狗。每天杀一条，把最好的肉留给他，这使得“三十九级台阶”能够依靠这点稀缺资源，一路顺顺当当地做着独家生意。周围火锅店小面馆豆花饭，竞争激烈但没有特色，都没有他赚钱。

谁也想不到，这么红火而惬意的生意，会在某一天戛然而止。但这一天，却异乎寻常地快速来临了。

有一天，我还是像以往一样，把家里寄来的粮票在农贸市场卖掉，乐呵呵地来到“三十九级台阶”，对老板说：“来一份烧的。”烧菜只有一种，大家不言自明。

但今天的烧肉，却不是我要的那东西，既没骨头，也不嫩滑得一丝一丝的，而活脱脱一股牛肉味。不，那压根儿就是一份烧牛肉！虽然也不难吃，但却有一种被骗的感觉。只听说挂羊头卖狗肉，不承想今日体验了挂狗头卖牛肉。要吃烧牛肉，来路上至少二十家，更香更便宜的多了去，又何苦吭哧吭哧多走二里路？

这个疑问和不爽，邻座也有。因为是老买主，大家也不客气，直爽爽地问了出来。

老板说今后再也不卖狗肉了。

大家再三追问原因，他于是给我们讲了两天前的经历：

那天，他像以往一样骑着摩托车到大渡口去取狗肉。因为头晚上喝多了啤酒，尿胀醒了，比平时出门得早一些，到江边时，正看到发小在杀狗。他平时拿的都是成品，所以也没什么感觉。那天来卖狗的，是个农妇，背个背篼，说是家里有病人，要去捡药。她手上牵了一条黑狗，一看就是营养不良的样子，不情愿地被拖着，眼神很绝望。

开价20元，还价10元，最终15元成交。

农妇接过钱，交出狗绳。

发小接过狗绳，操起一根铜棍。发小杀狗，从不用刀，用铜棍打后脑勺，既不用捆狗，也不担心挣扎反扑，闷声一响，一击致命。不流血，不少秤。

黑狗已闻出了杀机。周围浓重的狗血味让它寒毛倒竖。它无奈地看看女主人——这个世界上唯一还能保护它的人，刚刚把它命运的绳子递到了屠夫手上。

发小抬手就是一棍，直奔黑狗的后脑勺。

黑狗闷声倒地。

发小丢开绳子，去拿剐刀，准备剥狗皮。

在他转身的那一瞬，黑狗突然蹿起，一阵烟似的逃到江边。

那家伙原来是在装死。

发小因为它瘦弱，再加之轻车熟路，也没太在意。结果被它溜了。

黑狗站在江边。前面是江水，江水那边是它再也回不去的家。

身后，是屠夫和它的女主人。

屠夫挥舞着刀，要让农妇退钱。

农妇不想还钱，但恐惧刀。

黑狗无助地望着女主人，脖子上汩汩地流着鲜血。

屠夫说："不退钱也行，你把狗唤回来。"

农妇迟疑了片刻，开始唤狗：

"虎子，过来，我们回家！"

黑狗迟疑着，那眼神，绝对是走到绝境的人才有的——已经没有希望却想有点希望的光。

显然，它听懂了"回家"。

它眼前甚至已闪过跟着主人回到那个破败的家，没有骨头和大鱼大肉，但至少没人用棒子敲它的头……

但它的主人，骗了它。

当它小心翼翼地回到主人身边，任由主人拎起绳头时，迎接它的，不是疗伤和爱抚，而是另一记重击。

《人证》你们看过吧？对，就像人证中那个混血娃娃找到亲妈，张开手喊着妈妈扑过去时，迎接他的不是拥抱，而是一把尖刀……

老板说这话时，眼圈都红了。

这是他不再卖狗肉的理由。

再后来，不出半年，小店就关了门，不知道是因为老板竞争不过周边的菜馆，还是某天早晨去屠宰场又碰到了杀牛？这些年，在美院脚下卖狗肉，听艺术家们说酒话，听出人文情怀来了，他开始自己为自己设限。有底线的人，路往往更挣扎一些。

此事一晃就过了三十几年。自那以后，我没再吃过狗肉。有一年我到重庆出差，迂道去黄桷坪看看。

美院还在，且愈见崭新和豪华了。而对面的望江茶馆和“三十九级台阶”已荡然无存，只有长满野草的半圆坪坝上，稀疏散落着一些长满青苔的砖石，像我的记忆。

不知道那个老板，和我曾经的狗肉朋友们，现在可好？

小面馆里的奇迹

那一年，木头到北京办事，由于事情的麻烦程度超出了预想，盘缠很快用尽。当时没有手机支付之类，即使是最快的电汇，也要两三天时间，眼见着就要山穷水尽露宿街头了。

盘点包袱里所有资源，加起来抵不了一宿住宿费。首都的消费，哪是他所在的十六线乡镇能够想象的？一份菜的价钱，在他们那里可以做半桌席。

他想给老支书打电话，但想想让他老人家走半天山路到镇上邮电所去汇钱，就有点发怵。隔壁牛大爷，就是去赶集时踩虚了脚，摔下山去的，找到时人都硬了。他可不想让老支书去冒这个险。况且，他知道，老支书已把村上仅有的现金交给他了，如果要再找钱，不知道该卖什么了？

作为村里仅有的手脚不缺脑子还不算太傻的年轻人，木头常常被支书委以重任，当成接班人来培养。村里手脚和脑子比他灵动的，早就进城去挣大票子了。虽然并没有几个真正挣到大票子，但至少从样子上看像是大变了样，穿的戴的和说话的语气，已和从前大不一样。这在村里，就已是巨大的出息了。

老支书却不这么看。他常常拍着木头的头说："真正有出息，不是开辆二手摩托逃进城里去，而是把咱这山村建得更漂亮，让大家住在这里比城里还舒服！"

这话他给村里所有孩子都说过。听进去的，只有木头。这成为木头头脑不太灵光的证据——别人给他画一个大饼，他饿着肚子听得津津有味。

一想起饼子，木头的肚子，顿时翻江倒海地躁动起来。

在离家数千里的北京大街上，除了咕咕乱叫的肚子，木头已一无所有。

他从灯河一般的大街上，走到小街，小街上有许多小吃店，上面的价目表，让他不好意思抬头。

终于走到一家人最少的小店，那店看起来像个传达室，只放着三四张小桌子，灶上的大锅里，正晃晃悠悠地往外散发着热气。炉灶前一位须发皆白的老头正在收拾碗筷。

木头想看菜单，没有。这让他的心里更没底——兜里只有5元现金，被捏得像出水的咸菜。

他问："老板，面，小碗的……多少钱一碗？"

8块！

不要炸酱不要调料不要臊子和葱，只要面，多少钱？

老人停下手里活计，抬头瞄了木头一眼。很快，他确定了木头的窘境，不是在戏弄他。于是一摆头说："坐吧！"

老人给他打了一碗面汤，面汤里放了几颗葱，看起来碧绿碧绿，闻起来香得让人抓耳挠腮，端起一喝，一股暖意从唇齿到喉咙，一路滑进胃里，四散着奔向四肢，让他空而冷的身体，重新暖和充实起来。

很快，一大海碗面条端了出来，那面条一看就碱水很足，把汤也染得黄黄的。面里卧着几片莴笋叶，入水汆了一下，很劲道的样子。面上顶着一撮干辣椒，炸得脆脆的，散发出一股火辣辣的气息。

这是家乡的小面做法。难道这么巧，在千里之外遇到了老乡？

老人忙完，点上烟杆坐到他身边，一张嘴，果然是四川人，虽与他家隔着几好个县，但终究一笔难写两个川字，特别是面前这碗川味十足的小面，让他顿时泪流满面。

老人十多年前来北京打工，后来年纪大了，没工地要了，在工友的帮助下，开了这家小小的面馆，居然把儿子供到大学毕业了，他打算再干几年，挣几个养老钱，就回老家去……

那天晚上，老人留他在小店歇息，在面汤锅氤氲的暖气中，听老人说了半宿四川梦话。

第二天一早告辞。木头摸摸自己那皱巴巴的5元钱，实在拿不出手，就把自己带在身边无聊时刻着玩的一只木头烟斗留在桌上。从小，他妈妈就告诉他，人要感恩，不能占别人的便宜。虽然自己这块从柴垛上随便捡来消磨时间的木头值不了什么钱，但一路雕来，也费了一些心思，老头用子弹壳做的烟杆，已经破了，肯定用得着。

他一路走着，心里的歉意，稍稍平和了一些。他不知道，自己的命运，从这一刻开始即将发生彻底改变。

“喂……”

他听见身后有人喊，回头，是面店老板，手里拿着那个烟斗，说:“你落下东西了。”

“那……那是送你的！”

“这么贵重的东西，我可受不起！”

“不贵重，我自己刻的小物件。”

“可这木头……”

“木头是柴火堆上捡的。”

“你们用这烧饭?”

“对啊，烧出来的饭可香了！”

“是香啊，这木头在这里论克卖！比金子还贵。你们居然拿来当柴烧啊！”

老人心疼地跺脚。

木头惊得下巴都要掉下来了，像有人用木榔头砸了头一般，晕晕乎乎的。但他还是不相信，或许是老人看走眼了吧？

老人说有一个玩木头的生意人，喜欢他下的小面，常来他店里吃面聊天，教了他许多木头的知识，他手上那个烟斗，光木头至少值好几百块，而且雕功还不赖，至少还可以加100元。

木头摇摇头，有点蒙。但看老人认真的表情，不像是在骗他。

老人说：“你若不信，我马上叫他过来给你鉴定！”

老人拉着他到小卖部打电话，拨电话前再三叮咛木头，不许说是烧饭的！

不一会儿，一个穿皮衣的中年男人匆匆从背后的小区冲过来，鼻里口里都喷着白烟，一脸兴奋的样子。

卖面老头把烟斗给他看，说木头是他的侄子，来北京送货，这是样品。

中年男人仔细端详了那个烟斗，敲一敲，嗅一嗅，摩擦摩擦，没说价格，只问：“你还有多少？”

木头张嘴要答。

面老板抢在他前面，说：“不是很多，每个月能有二三十个。”

我全要了！价格您说！

木头又想张嘴，但确实不知道该说多少。

面老板说：“曹总是识货的人，您直接给个价！”

皮衣男有点不好意思，一咂嘴说：“500元一个，如何？”

木头胸口一嘣咚，一个好字差点喷嘴而出。

面老板又一次抢在他前面说：“孩子初创业也不容易，好多东西都不懂，还请曹总多指教多担待着点！”

曹总有一种心思被人看穿的尴尬，笑笑说：“那就800元吧！你每次来送货，路费我出！”

面老板拍拍木头的手，示意他可以点头了。

木头于是点头，一叠钞票就热噜噜地塞到他手中。人生的第一桶金，就以一种奇怪而懵懂的方式，落入了他的口袋。这不是那一两千元的事，而是给他指明了一条路，让两天前眼前一抹黑的他，突然眼放金光，看到了往前的方向。

他拿出两张钞票，感谢面老板。事也不办了，径直要往车站订票回老家。他来北京，原是找一家慈善机构赞助村里修路的，现在不必再去找了，路就在家家户户的灶屋里……

面老板也没推辞，帮他电话订了票，并写下地址，希望他今后常来。他们后来果然成了叔侄，老人的面馆，成为木头的中转站，后来干脆改成了木头文玩店。

我认识木头时，他已是身价不菲的商人，不仅带着村里做文玩加工，还到处包林，做高级木头生意，赚了不少钱，他常常感叹自己运气好。而我觉得，如果当初没有感恩之心，吃完面抹抹嘴拍屁股就走，不留下那一个烟斗表示谢意，也许就没有今天。

这显然不是运气那么简单。

土火锅

我这辈子最不堪的经历，恐怕就要数刚到省城在一家内部刊物杂志社打工的那段日子，每天被创收和征订任务追得逃无可逃，主任每天敲着桌子狂喊："不管你采访了多少人写了多少文章编了多少稿子，只要没把广告拉回来，都是屁！"

这话对于将"编辑记者"这个名字看得很神圣的文学青年来说，无疑是一种侮辱和冒犯。我理所当然对他充满了无可奈何的敌意，直到看到总编敲着桌子，对他说着相同的话，才对他稍有原谅——对于同是文青并且已是作协会员的他来说，拉不回广告订不出报纸，照样也是屁。这个生存法则，刚出来打工的我还不懂。

我们是按编辑记者的条件招聘的，却按广告和征订任务考核。所有收入和福利，都与之挂钩。这相当于招聘的是牛，却要当成猫来使，不仅要其负重，还要能抓耗子，完不成任务，就不给草吃。

那时的我，初到省城，举目无亲，能力和专长与工作不匹配，你说要我写几千字的文章，虽不说倚马可待一挥而就，但关门埋头狂敲个小半天还是可以搞定的。但这只是个屁。真正让我去找个客户，让他花几千元发个广告或订几十份刊物，我则只能像小狗咬天，不知道该从哪里下嘴。

编辑部的同事们，无论老幼，包括那位天天像传声筒一般向我们传递焦虑的主任，都一样。他的口号是："我睡不好觉，大家都别想睡好！"

单位在一个老小区里租了个三室一厅的房子当宿舍，并不是发善心，而是因为大家工资收入实在太微薄，租不起房。如果连住处都没有，基本的生产保障就都没有了。这其实跟老农为牛搭一个茅草棚是一个道理。

那套寝室，铁打的营盘，流水的编辑记者，前前后后住过三十多人，人多时八九个，少时四五个，根据当时的效益和用工需求而定。于我而言，那不过是个睡觉的地方，平常大多数时间在办公室，那里有当时难得一见的空调和可以上网的电脑。我经常被领导催着出门骑车在街上装着寻客户，所以寝室的逼仄和拥挤，我倒是无感。那时我还没落下失眠的毛病，躺在拖拉机上也能鼾声大震。所以，领导关于睡不睡得着的话语，于我而言只是穿堂风过耳，并没什么实质的打击作用。其他几个年轻同事，抱着此处不留爷，自有留爷处的心态，不可救药地与领导天天重复上演破鼓与重槌的那点故事。

所有人中，只有来自川南的胡小妹对领导的威胁很在意，每一次被叫骂之后，至少两三天吃不香睡不好，主任说的话，往往会像泡了辣椒的酒或鞭子，让她的脸上和身上，留下剧烈反应的印记。对这个难得的对自己的话还有反应的下属，主任当然不浪费，薅羊毛逮着一只薅，什么重话难听话，都往她身上招呼。虽然是隔山打牛指桑骂槐的老话术，但作为隔在中间的介质，山和桑也不是那么好当的。因此，胡小妹成为宿舍里不多甚至唯一失眠的人。而她缓解焦虑的办法，就是拼命努力改变，使自己成为领导希望她成为的那个样子，至少表面上是。

领导希望她拉广告，订刊物出去。于是她努力地打电话，哪怕芝麻绿豆大小一个希望，甚至捕风捉影地看到一丁点儿希望，她都紧紧抓住不放，一路狂奔地追下去，像追影子的小狗一般，让人既感动又悲哀。

与她同屋的小羚说：“为了拉广告，这女子啥子事都干得出来！”

这一点，我们几个都相信。当时编辑部处于最低谷，宿舍只住了五个人。我年长，受照顾住个小单间，两个小男生一间，两个小女生一间，大家相互以武侠人物称呼，有“铁手”有“无情”，胡小妹的名字叫“追命”。这也许与她平时工作的执着状态有关吧。接下来的故事，就与此相扣。

有天下午，小羚在QQ上对我说：“有情况。”

我问什么情况？

她神秘兮兮地打出一串字：“你发现没，‘追命’这几天一到中午就消失了……”

办公室里大家都正襟危坐，只有键盘嘀嘀嗒嗒地诉说着八卦。

“也许人家有什么事。”

“我怀疑她是和人约会去了。”

“她那么大的人，约会也正常啊！”

“但她毕竟刚毕业不久，在这个城市里人生地不熟，也没个朋友，万一遇上渣男或有妇之夫怎么办？万一不小心再在肚子里装坨肉，那就麻烦了。像我的一个同学那样，一辈子都毁了。这还不是最可怕的，最可怕的是……”

小羚说得很焦虑，我也跟着紧张起来。在那屋里我最大，不由自主地把自己当成了一个家长。

我嫌打字说话慢，把座椅往后一推，附在小羚耳边轻声问：“你是听到啥动静了？”

格子间另两头，腾地冒出两个头：

“你们是在说‘追命’？”

那是我们同屋的另两个小男生。刚才键盘也敲得哗哗的，看来也不是在工作啊。

一个说听到她打电话约人吃饭。

一个说看到她和一个男的一左一右在街上走，神秘兮兮的。

是追求者？年龄不像！

难道？

小羚噫地吸了一口凉气。她想起前两年她和一位拉广告的女孩合租，那女孩就经常在外面喝酒，夜不归宿。有一次大清早，甚至从她房间里走出一个打哈欠的男人。都是她的客户。她说的最可怕的，是这个！

这傻妞不要走火入魔，变成这个样子了。

几个文青，都有写小说的想象力，东拼西凑，很快画出一幅小白兔入狼窝的图景。大家觉得，应该为这个最小的妹妹做点什么。

那天晚上，大家不约而同地聚在一起给胡小妹讲故事，这个讲渣男如何骗少女，那个讲坏客户用业务哄销售上床的招数，还有讲钓鱼不能把自己当钓饵的笑话或寓言。

胡小妹听得咯咯咯地笑。那笑声像个白铁盾牌，所有精心想好的劝导之言，都叮叮当当稀里哗啦掉了一地。临结束，那鬼丫头竟然白痴般地一笑，傻傻地对我们说："明天，你们可以晚上8点之后回来吗？我用一下屋子，有点事！"

几口老血差点同时喷到天花板上。

我们几乎相信了，这个死女子已经堕落成了我们担心的样子。而且还明目张胆地要在我们眼皮子底下搞事情。

小羚臭着脸，已经开始担心自己床铺的纯洁了。

第二天，胡小妹照样中午就消失了。我们不约而同地开始担起心来。各种想象不堪入目地闪现在我们的脑海中，最不济都是一个色狼业务员口水滴答地摸胡小妹那还没怎么见过世面的小手。

难道我们真的要听她的，8点之后再回去？那岂不是黄花菜都凉了。

那怎么办？

两个小男生怂恿，让小羚装马大哈忘了时间，冲回去看个究竟。我们跟在后面，十分钟她还没下来，我们就冲进去。

大家的脸上，竟然莫名地有了一些兴奋感。

这这这，明明是一场拯救行动，怎么倒像是一场好奇心驱使的“捉奸”。或者二者兼而有之吧？

我们串鼠[1]一般快速而无声地溜回宿舍，中途还买了几样菜作道具。按预定方案，小羚先上楼，十分钟后没动静，我们就上。

十分钟后，果然没反应。于是上！

爬上楼，捅开门，一幅与我们的想象完全不一样的画面，轰然撞进我们的眼睛。当时的感觉，像正被猫追的乱窜的老鼠，突然一个急停，叉腰站在猫的鼻子尖前面……

一向凌乱的客厅，难得地干净起来。桌上还铺了蓝布，空花瓶里去年的积灰老蜡梅枝已不见了，换上一束喜庆的玫瑰。花旁是个小碗，倒扣着当烛台，上面放着一支娃娃造型的蜡烛，娃娃的头上顶着一丛火，轻轻摇曳着，像风中飘散的金色发辫。

桌中央放着一个小火炉，炉上放个大土陶锅，像个小孩子托举着一顶大帽子。陶锅有点像北京的涮羊肉锅，中间开口冒火，周围是汤锅。汤锅最外沿，是一圈豆腐，第二圈是西红柿，第三圈是午餐肉，第四圈是切成长条的肉丸子，上面还散放着鹌鹑蛋和葱花，红的黄的粉的白的绿的，在烟气的陪衬下，煞是好看。

胡小妹见我们回来，很意外，说：“不是说好的8点后回来吗，怎么

---

[1] 首尾相接的老鼠。

6点多就回来了？”

男室友“铁手”说：“8点回来，恐怕生米都煮成熟饭了！”

胡小妹没明白他的意思，正色地说：“今晚做土火锅，不煮饭！”

小羚一脸无奈地说：“没说火锅，说你呢！你今天这架势，是想把自己烫进锅里给人当菜吧？”

“有菜了，厨房里还有一盘！”

胡小妹继续迷糊，让人忍不住想上去敲她的头。

她好像感觉出大家神色的异样了，说：“哦，对不起对不起，我做火锅没通知大家……我这不是做业务很难，想请客户吃饭又请不起，才想出这办法的。这省城街上啥都有，唯独没有咱们乡下的土火锅，那天从杂货店过，看有这个土钵钵，就买了一个，请人吃饭，就说亲手做的土火锅，保证独一无二的好味道，连锅在内，花了五十元钱，我是不是很聪明？”

“靠，还有这种业务饭？那些公款吃溜了嘴的金主爸爸们，会来吃个鬼啊！”

胡小妹一脸正色地说：“我妈说，只要心诚，豆腐都能吃出肉香。我请的是同乡人，她们在城里吃不到家乡的土火锅。只是不好意思，难为你们了，没提前给你们说清楚，我只买得起这点菜，等业务谈成了，提了佣金，我专门给你们做一顿！”

小妞笑兮兮地说着，但我的鼻子却酸酸的。

我一抬手，示意小羚，趁客人没来，我们赶紧撤，成全一下胡小妹，看她能不能用这简单到寒碜的业务饭，为自己拉来一个什么样的希望。

我们心领神会地一点头，鱼贯着准备出门。

这时，门铃响了……

门口站着一个胖胖的中年妇女——那天胡小妹请的客人之一，

不，确切地说，是到场的唯一一个客人，老家也在川南，与胡小妹家邻县，被硬生生地拉成了老乡。她在一所中学当老师，进门就替另外两个同伴请了假，说她们临时有事来不了。

面对这硕果仅存的客人，胡小妹很高兴。她用眼神示意我们坐下，冒充另外的客人。我们也半推半就，咽着口水坐下来。小羚怕菜不够，又溜进厨房把我们买来做道具的菜洗净切好，端了出来。

胡小妹一场精心筹划的业务餐，变成一次计划外的宿舍聚餐，那中年老师，也不像常有什么业务餐可以参加的，走亲访友一般，吃了一顿家乡的土火锅，给我们讲了很多童年的趣事。看得出，在这座大城市里，她得到了很多想要的，也失去了很多拥有的。而她很怀念那些失去的东西。

那天夜里，我们都很轻松，那个冒着热气的土火锅，像是一个出口，让我们从笼子里钻出来，长长地放肆地呼出了几口气……

这顿不成样子的业务餐，最终还真谈成了业务——那位老师用班费给全班每个同学订了一份我们的刊物，还帮忙向邻班的老师推荐，最终完成了216份，比胡小妹的任务整整多了116份。我们几个都分了几份十几份不等，去应付任务。那个交周报的周末，主任第一次没有敲桌子……

眨眼二十年就过去了，我们当年打工的那家内刊社，连同后来工作过的正规报纸社，都消失得渣都不剩了，我们几个也各奔东西，不再有什么联系。去年在嘉陵江边拍片子，店主为我们端上来一锅正宗土火锅，看着上面那红黄粉白绿的色彩，我突然想起这段哭笑不得的往事，对着袅袅热气，轻问一声：

小妹，你……还好吧？

江水无语，只埋着头匆匆往东流去……

1999

吴亲婆的汤圆

在我记忆里，最亲切的老婆婆形象，除了我的外婆之外，就是吴亲婆。吴亲婆是我二伯的岳母，我堂妹艳子的外婆，她在我的童年记忆里，留下很多温暖而美好的画面。

吴亲婆家在城西外的五显庙附近，离我家大概有五六里地。这段距离，对于童年时代的我来说，也不算太短，但这并不妨碍我经常一个人甩着一双小腿，出西门穿马路跨铁路绕洞上机耕道，沿着田边的羊肠小道，冲到她那被小溪和竹林环绕的家中，被她当成贵客，从脑壳到脚，隆重招待一番。

最初，我是冲着肉去的。二伯是屠宰厂的工人，常有便利弄到许多不要肉票的肉食，连肝肉、下水、剔骨肉、肝腰什么的，这对于全家加起来一个月只有两斤肉的我们，自然是富足到豪横的境界。二伯家厨房里、饭桌上永远有土豆烧肉和盐煎碎肉，鼎锅里一指厚油层包裹的大骨炖萝卜，于我没有见识的眼睛和胃，宛若天堂。每一次去乡下，都会吃得小肚儿滚圆，回家时，吴亲婆还会用芋儿叶或南瓜叶，为我包上一个鸡腿或几坨肉，让我带给没有来的爸妈和弟弟。我爸妈来乡下，也会给我们带。

对于我的到来，吴亲婆是发自内心欢喜的。吴亲婆一生坎坷，生了九个孩子，清一色是女儿。这在重男轻女观念很重的乡下，承受的该是多么重的心理压力和负担。她的身心，可以说是饱受了摧残，像一座千疮百孔的老房子，对天上偶尔飘来的小鸟或地底偶尔钻出的小老鼠，都抱以一种宽厚与喜悦。她将客人们的到来，当成“不嫌弃”，她辛勤劳苦一生，最终只有这么一点小小的期待，足见世风中的那些看似不经意的言语和眼色背后隐藏的观念，有多可恨。

我永远记得吴亲婆做饭的样子，她先挽一个草圈，把火点燃，放到早已码上小柴片的灶口，顿时，暗黑的厨房，便有了一片温暖的光。厨房里原本黯淡的各种物件，因为这点光而鲜活起来。据说灶火对乡下的房子很重要，如果哪家不住人或炉灶里断了火，不出多久，房子就会破败甚至垮塌。这里主要的原因，是灶烟升起，可以杀死屋顶梁木里的蛀虫，一断火，虫子就得势了。

这些小故事，当然是吴亲婆讲给我的。灶前的我，像所有小孩子一样，想帮忙烧火，实际是玩。通常，吴亲婆是不让小孩接近火膛的，因为之前她家遭遇过火灾，几间茅屋被烧得片草不剩。唯独对我，特别宽待，她允许我拿火钳把柴块或豆秆往灶洞里放。

我受的优待，绝不仅止于此。她常常会专门为我做一些平常不太做的菜或吃食，比如豆花或毛豆，如果家里的鸡下了一个双黄蛋，也会特意留下来，等我哪天来的时候，煮熟，揣在围裙兜里。看到我时，她就像变魔术一样掏出来，一亮相，在我的欢喜雀跃中，满脸成就感地笑。那是一个在田间和灶屋里劳碌了一辈子，连几里之外的县城都很少去的乡下老人难得地发自内心的欢快。

作为一个蹭吃蹭喝的不速之客，我不仅没被看成“乞食者”，还被当成贵客，除了因为吴亲婆的善良之外，还有一个原因，就是我那张从小就被父亲斥为“把天上的麻雀都能哄下来”的小嘴。我会像一个有眼缘的观众，在唱戏人最得意的那段唱腔后面，恰到好处地喊上一个“好”。每一次吴亲婆特意做的菜背后，我总能吃出它的不一样，并且吃得油光灿烂心满意足，最后不忘说出一个好吃来。比如烧排骨之前，她特意用酱油和五香粉腌了半小时，凉拌胡豆时特意去田里扯了茴香，细细地切，做豆腐时特意用刀把豆瓣细细地宰了一遍，而炒肉丝时，特意用泡过葱和姜的水调芡粉把肉浸得饱饱的……这些，我都吃得出来。而同桌的大人小孩，却没觉出异样来。这也许就是所谓的熟视无睹吧，又或者大家各自忙于自己的杂务，无多余的注意力观察并注意到这些，也没有那份闲余的情商将它表达出来。

而我这个小小的闲人，却完全能体会到吴亲婆的这些苦心造就的细节，并且把它说出来。这让吴亲婆在低头劳累的时候，小小地体会到了一丁点儿的欣慰。

我最喜欢的，是吴亲婆做的一种汤圆，把黑芝麻舂碎，用猪肉油包裹着，塞进糯米粉团里，煮时往水里砸上一块生姜，起锅时半瓢凉水一激，青花亮色。一咬之后，油香四溢，软糯中透着芝麻和猪油的香，冰糖的甜，还有少许没有化完的糖渣的质感，软中有硬，让牙在咬到软质的汤圆时，也体验一下咯咯吱吱的感觉，吃到嘴里，甜到肚脐。之后再来一小碗乳汁般的汤圆水，原汤化原食。通常这个时候，忙活了半天的吴亲婆，就坐在磨出包浆的门槛上，拿出烟袋，吧嗒吧嗒地抽烟，看着我的表演。在她的灶屋里，我曾一口气吃下63个汤圆。汤圆肯定不大，但63这个数字，足以让我和吴亲婆开心很久。我们俩，都乐于把它当成一个奇迹，将它保留下来。

一晃，四十几年过去了，我至今仍记得，那天空气中淡淡的叶子烟气息，远处，是轻风穿过竹林的声音，近处，吴亲婆患了半生支气管炎的呼吸声，时高时低……

厨师被骗去传销之后

一说起“坏事变好事”这句话，我就会想起朱建忠，江湖人称“成都河鲜王”，他做的各种河鲜，硬是如鲤鱼跳到菜板上，巴适得板[1]。

朱建忠老家在重庆长寿山区，两岁时父亲患病失去劳动能力，他上有两个姐姐，下有一个妹妹，从传统意义上讲，他就是这个家里唯一的顶梁柱和希望了。

16岁那年，他从一个亲戚家的老电视上看到广告“学厨师，到成都”，这为原本在读书这件事上看不到未来的他，指明了方向。他想：学厨师，至少不会饿肚子。他那些当乡厨的亲戚们随时可以抓两片肉塞进嘴里的场景，对常常饥肠辘辘的他来说，充满了诱惑力。

怀揣着姐姐们拼凑的100元钱，他离开了家乡，车费花了16.5元，靠着剩下的80多元钱，他要在成都撑三个月，虽然那时馒头才一毛多钱一个，但他每天只能吃一个，经常饿得半夜睡不着。为了节约公交费，他每天从东门三瓦窑借住地，步行三四个小时到西门外的培训学校。

三个月后，家人凑齐了几百元学费，他才从培训班毕业，被安排到餐厅上班。当时正是粤菜入川，川菜受冲击陷入低潮的时候，许多传统川菜馆生意不景气，厨师们的生活状态堪忧。朱建忠在成都、新疆、青岛等地辗转五六年，吃尽了苦头，受够了挫折，虽然厨艺也精进了不少，但总感觉看不到前途和出路，

---

[1] 四川方言，指妥帖、舒服，此处指河鲜做得好吃。

总希望能找到一个来钱更多更快的机会。而就在这个时候，有位老乡约他去广东，口水四溅地讲他发现了一辈子最大的机遇。他当时并不知道，这是所有传销固定的套路和说辞。

带着巨大的期望，他借钱买票赶赴广东，但进门一分钟就发现气氛不对，想往后退，已经晚了。

之后便是无休止地听课洗脑，看那些从天南海北来的人操着各式方言，眼里闪着相同的光，诉说着发财的梦想，而实现这个梦想的方法也很简单，就是不断打电话从四面八方拉人来。

但打电话和拉人这两件事，对他来说都很难。当时的他，极其不善于表达，即使与熟悉的人说话，都紧张得脸红到脖子，更何况与陌生人甚至异性交流。因为这个原因，他更愿意待在厨房里，和不会说话的油盐酱醋打交道。工作了这么些年，也没建立多少与厨房无关的人脉，更不要说去给别人打电话，告诉别人天上掉馅饼的好消息，用自己都不太相信的话语把别人哄过来。让更多人像自己这样，困在异乡的出租房里，大眼瞪小眼地着急。

因为会做饭，传销的组织者们也没太为难他，他也乐于躲进厨房里，干自己熟悉的事，虽然厨房里只有土豆和白菜，但他愣是凭着职业本能和兴趣，将它们变得不一样。多年的厨师生涯，让他养成了不满意的菜绝不从自己手上端出去的习惯。哪怕是传销窝点里的大锅菜，他做得一点都不苟且，无论是择洗，还是剁切和烹炒，甚至佐料的搭配和菜的火候，一点都没有落魄的痕迹。虽然此时，他正走在人生的低谷之中，而手脑中那些不肯淡忘的厨艺，便是那沉沉黑夜一般的前路上一线渺茫的星空。

在做菜的过程中，他认识了一些同命人，这些人，各自的经历不一样，但有一个相同点，就是对自己的现实处境不满意，对未来有强烈改变的愿望。而且坚信通过努力，可以改变。

朱建忠在很多年之后回忆说，被骗到传销窝点，本是一件坏事情，但这件坏事让他得到最大的启发和收获，就是树立起了“只要努力就可以改变”的信念，虽然传销者的初衷并不是如此，但朱建忠的理解，却并不一样。

除此之外，他还发现，人的口才和表达能力也非常重要。看着那些几天前还是家庭妇女、木匠或会计和小公务员的男男女女眨眼之间就变身为口若悬河的讲师，他无限羡慕，并且隐隐约约地觉得，自己除了切菜做饭之外，也能做点什么。于是有意识地打破自己的羞涩，和来自四面八方的人聊天交流，与他们由陌生到熟悉，甚至敢直接和陌生人搭讪交流，表达出自己的诉求，聆听对方的反馈，通过反馈回来的信息，找到下一步对话的线索和依据，一句话一句话地建立起沟通的桥梁。他发现，自己一说话就脸红口吃的毛病，悄悄地消失了，即使打陌生电话，也不再担心听筒里会蹿出老虎来咬他一口。

在那里，他还留意到一个重要细节，就是所有的人，都重视包装，即使口袋里连一个馒头的钱也没有，却要把最好的衣服穿在身上，涂上最好的化妆品，一脸刚吃完鲍鱼宴般的满足。在这个酒香也怕巷子深的时代，把自己的优点和长处夸张性地像旗子一般亮出来，吸引同频的人以最小的沟通成本和在最短的时间与你达成合作关系。这一点，对以往的朱建忠来说，都是陌生甚至排斥的。他从小听得耳朵都起茧的，都是“有麝自然香”“把钱穿在身上不如吃进肚里”之类的观念，也一直没有搞明白，一个厨师把衣服穿漂亮一点，跟菜的品质与味道有什么关系？

但现在，他搞懂了。

三个月之后，他找了一个不得不离开的借口离开广东。这时的他，已不再羞于与人交流，并且在心中，暗暗确定了未来的方向——用一种全新的眼光和方式，去发扬和完善自己喜爱的厨艺。

我和他认识的时候，他已经成为名声赫赫的特级厨师，而尤以河鲜为绝。不仅经营着几家不错的河鲜店，还出版了十多本川菜教科书，从调料到做法，一应俱全，令人刮目相看。他的培训课，线上线下，反响爆好。我听他讲课，隐隐约约能感受到一些熟悉的东西。那是在传销中学到的表达方式，这一点，他并不讳言。

有些技能，如同武功，可以用来行侠仗义，也可以用来恃强凌弱。用的方法不一样，属性也不相同。关键是用者有没有感悟和认知的能力和福分。在这一点上，朱建忠无疑是幸运的。

張鸭子

故事得从25年前一场奇异的悲伤新闻说起。

那一年，川东某县一辆跑“野的”的轿车拉着一个孕妇往医院去，在距医院200米的地方，被运政稽查拦住——非法营运，轻者上万罚款，重则没收汽车。

车上孕妇即将临盆，痛苦不已，司机求运政先高抬贵手，放他把人送到医院再说。而运政觉得这可能是为了逃跑的托词，像小偷被抓往肚子里吞刀片一样，只是苦肉计，坚持不退让，双方僵持一个多小时。最终，孕妇和肚中的一对双胞胎没有抢救过来，一尸三命。

孕妇家人当然不服，打电话给媒体。那时网络还不发达，媒体的曝光还是主流。面对这样惨烈的事件，稍有一点血性的记者甚至主管，都要拍案而起。省市县各媒体记者纷纷冲往现场，采访场面热烈而激动，家属的悲痛欲绝，司机的委屈无奈，围观群众的义愤填膺，以及现场执法者及其上级的闪避与推诿，立体、生动，全面且鲜活地被记录下来。

然而，去了十多家媒体，最终把新闻报道出来的，只有省里的一家都市报。这里面的奥秘，用脚后跟也想得出来。

那家媒体无端得了个火爆的独家，独自迎接了全国各地铺天盖地的夸奖与赞叹，同时也将面对疾风暴雨的疯狂反击。

省里的调查组很快就下来了，当时的主管领导，是后来被枪毙了的一位著名贪官，派的调查组组长，是一位刚退休的副厅级干部，还没出省城，就已定下了“反转”的基调。

调查组没去现场，更没有问当事司机和家属，在宾馆的空调房里，就已定下了“现场检查并没有一个小时”和“医生必须改口说孕妇死亡与来院时间并无直接关系”，最终得出“运政在执法过程中并无不当，新闻报道严重失实”这一结论，并且在饭桌上就开始拟报告稿。

事情被端菜的小妹听在耳里，恨在心里。

眼见着三条人命，就这么白死了。

但除了在阴暗处往菜里吐几泡口水，她又能怎样呢？

她把心中的憋屈和不平，在厨房里吐槽了出来。她听见不远处，一个铁锅落地的声音。大厨王大炮，把正在炒着的半锅菜，扔进泔水桶中。那是调查组组长亲点的火爆双脆，他是这家酒店的常客，最爱吃王大炮炒的这道菜，说省城的许多厨师都达不到这个水平。

王大炮脱掉围裙把手一抹，径直跑到三楼省城独家发新闻的都市报记者房间，把这个消息告诉了他们。此前，因为他们独家报道了这件事，王大炮专门为他们做了开水白菜坨坨鱼和火爆双脆，亲自送到房间，以表感谢。他与受害者没有任何关系，只是和服务员一样，单纯觉得孕妇死得冤而已。

记者们原已惴惴不安，听了这个信息，更如五雷轰顶。他们清楚，如果照这个调子写调查结果，再做做被害人家属的工作，许一个高额赔偿，附加一个改口的条件——“报道失实”就是板上钉钉的事情。他们的新闻生涯，也就到了尽头。这样的事，他们又不是没见过。他们的个人安危、报社的声誉，以及他们所信仰的“正义”，都将受到毁灭性打击。

现场一片沉默。

王大炮说：“你们现在已是菜板上的鱼，只等天一亮，就会被刮鳞去头开膛破肚下锅炸得外焦里嫩，送上恶人们的餐桌，与其如此，倒莫如板一下，也许还有一线生机！”

怎么板？四川话，“板”就是扑腾一下的意思。

王大炮说：“那就看你们敢不敢走一步险棋？”

记者们心想，反正也是死马当成活马医的事情，总不能连菜板上的鱼都不如。于是附耳听王大炮讲了他的计划……

王大炮说：“调查组组长那个老贼是个色鬼，你看他在大堂里眼睛盯着的全是女娃儿的腿。今晚他一定要去搞坏事，我们只要盯住他，抓个硬把柄，把他制服，事情就搞定了。只要他的报告不反转，后面的事就好整了。”

几个记者对他的思路和脑洞，大感惊奇。这完全是不按牌理出牌，却是快刀斩乱麻，把复杂困局简单化的一个奇招，围魏救赵，擒贼先擒王。

但问题是，“你凭什么就那么肯定他要搞事情？”

王大炮说：“晚餐的菜单上，有驴鞭和甲鱼血，这些都是大补，接待的不安排那些事，整这些干啥？那老贼以前来这里，只要点这几样菜，就不得消停。只是以往我不想管闲事而已，但这一次，过底线了！大不了不要这个工作，我也要帮你们！”

那天夜里，事情果如王大炮预料的那样，调查组组长半醉半醒地晃回505室，不一会儿，一个身材修长的女子甩着包包袅袅娜娜地过来按门铃，不到半分钟，门旋风一般开了，把女人卷了进去。

王大炮甩肘一个yes，带着记者们冲到事先留好的605室，从窗口爬出去，让记者把相机交给他，简单问了一下连拍和快门怎么按，就探身下去了。

那场景是极其惊险的。六楼虽不算高，但把他摔成饼却是不成任何问题的。墙外沿只有不到半尺的落脚点，他要踩稳，然后再俯身下去拍下一层房间里的画面，难度实在太大。

大家都屏住呼吸。一滴汗水落地都震耳欲聋。

王大炮几经挣扎，终于俯下身子，趴下，把手中的相机，伸向楼下的窗户。

轻细的快门声在众人耳中宛如闪电霹雳。

但楼下的响动似乎更大，那位老色鬼血管里的酒精和甲鱼血，早已成一江沸水，哪还听得见什么声音啊！

半小时过后，当王大炮和相机重回六楼，整个人已成了个汗人，摄影师检查相机，王大炮不看对象信手盲拍的片子，居然大多数都要得。抛开几张太过于真实的，余下的足以让调查组组长变成被调查对象。

摄影记者高兴地说：老天保佑，老家伙居然没把窗帘关严，要不然，就只能拍到点黑窗帘。

王大炮听了，笑而不语。其实他早给娱乐城那边的妹子放了话，今晚无论谁进了这间房，窗帘都不可能关得严实。王哥在这家酒店做了这么久主厨，这点话还是好使。

记者们把文件备好份之后，下楼去找调查组组长“汇报工作”。

汇报的结果，组长不顾工作疲倦，凌晨四点就回了省城，反转最终没有发生。

几名运政最终被判了刑，死者家属也得到了赔偿。整个过程，没几个人知道究竟发生了什么，更不知道在这个重大新闻中，还有一个不为人知的厨师和他那惊天的摄影作品。

作为一个顶不重要的陪客，我知道这个故事的原委，并且对王大炮敬佩不已。虽然知道事情的过程，也颇多不符合价值观之处，但如果不这样，那天的结果，又会是什么呢？

王大炮后来也没在那家宾馆上班了，据说去了省城，以至于我在外面吃到炒得好的双脆，就想跑去厨房看一下……

酱油

读了我的《父亲的发薪日》，一位读者朋友在微信上给我讲了这样一段故事：

我的老家，在什邡洛水镇青嘴山下，那里距镇子有三公里左右。早年还是机耕道的时候，觉得那段距离很远很远，坐村里最快的交通工具拖拉机一路轰轰轰地颠簸过去，至少要大半个小时。我的父亲在几十里外的什邡上班，每个星期六就会坐傍晚的闷罐车到洛水站，然后高一脚低一脚地走几公里夜路回家，背上扛个大包，嘴里唱着歌，一点都不像刚上了6天班的起重工，而像是英气勃发浑身充满力量的战士。他知道，在前方不远那片黑黢黢的竹林里，有一大群人正在热切等待他凯旋。

通常是人还没到村口，闻歌而动的孩子们就麻雀一般冲出去。这里面既有我们兄妹三个，也有同院的侄儿男女和邻居娃娃们。父亲的归来，不只是我们一家的欢乐，更是整个院子的节日。

川西坝子的院子，不是建筑意义的概念，而是一个群落的意思，几家甚至十几家人，依托一片竹林和水渠形成一套共生体系，通常是大院套小院，小院连别院，四合的三合的都有，与院坝水井和散落于旁的柴屋灶房或猪圈牛棚一起，形成一套名为“林盘”的生活系统。在这里常住的，不是弟兄姐妹，就是叔伯堂兄妹，即或没有血缘，在一起住久了，自然也就住出了各种各样的关系和缘分。大家屋宇相接鸡犬相闻，一家炒菜几家香，绝大多数时间都能相扶相帮和谐相处，偶尔也有你的鸭了啄了的我的菜，我的狗咬了你的鸡之类的琐碎纷争，但很快就会过去。

父亲被娃娃们围绕着，大点的接包袱，小点的抱着腿杆要抱抱，这个喊爸爸那个喊伯伯或姑爷，还有喊糖糖和果果的。场面宛如《西游记》里太白金星上花果山，被猴崽子们围攻的场景。父亲对此却不烦躁，反而很享受的样子。

母亲端出一直温在锅里的饭菜，隔壁的婶子或姨婆，拿过来舍不得吃的鸭蛋或鸡腿，叔叔们或拎酒或捧花生，喜喜欢欢地来，整个院子顿时鲜活起来，宛如过年一般。特别是有月亮的春秋夜晚，小桌子摆到院子中央，小孩子们得到了盼望已久的糖果小人书或彩色橡皮筋，女人们拿到了托父亲买的布料或香皂，男人们听到城里的新鲜事，老人们什么都不要，看着儿孙们乐，自己也高兴。父亲因眼前这一切是自己背来的，充满了巨大的成就感，虽然为此，他会付出更大的辛劳，在平日里更加节衣缩食克制自己的欲望。就像母亲说的那样："你爸爸这辈子没有吃过一种独食，哪怕是单位发的一颗水果糖……"

以父亲一个普通六级工的收入和能力，显然不足以承受得起身后这二十几个人的欢喜。但好在他的身后，有一座城，这个小县城，对于乡下的大人小孩们，已足够神奇。那里的许多普通东西，拿到乡下来，便是稀奇的圣物。比如伙食团里二两一个的大白馒头，背回村里，两家人一个，可以让六七个人高兴半天。一本小人书，一角几分钱，带回村里，从大娃娃到小娃娃，再到隔壁村甚至隔壁村的隔壁的小小娃娃们，都会高兴许久，简直要把它看得融化了。两分钱一米可以用来吸水的胶线和擦上脸就喷喷香的雪花膏，自然是小女孩和大姑娘喜欢的。单位医务室免费的小瓶酒精和蓝药水，还有几分钱一盒的清凉油，更是让老人们得了灵丹妙药一般地欢喜，头昏脑涨蚊虫叮咬，抹上之后一片清爽……

父亲，作为信使，把外面世界的精彩和欣喜，带给远离这些东西的人们。他于是成了精彩与欣喜的化身，这让平日里在工厂灰头土脸被吆来喝去的他，有一种羽化成神的感觉。这种感觉让他很舒服，这种舒服的感觉，又不断鼓舞和激励他去做更多事情，有的堪称神奇，有些在现在看来更是有点离谱。

比如熬酱油。

这件事，缘起于有一年，一个同事回德阳老家给他带回一瓶酱油。在那时，德阳酱油是了不得的特产，当时什邡和德阳还没通公路，需绕道广汉连山往返，所以颇费周折，这瓶背来的酱油，就显得更珍贵。而珍贵的东西，父亲一定是要带回家和大家分享的。但那一瓶一斤装的酱油，要分十几家，每一家也就只有一小杯了。母亲拿瓶子时，有一丝的踟蹰。父亲就安慰她说："评书里讲酒泉的故事，几坛子酒倒进河中，可以犒劳三军，不是图个喝醉，而在于有没有心！"

于是，院里每家灶台上，就多了一小杯德阳酱油。多数主妇并不知道它该怎么用，对于乡村人家来说，那算是稀罕的奢侈品，家里的食物，还没多到需要调味品的刺激才能消化完的地步，所以，酱油、醋、味精、花椒、胡椒、香料甚至豆瓣和香油，都是奢侈的多余物。乡下的调料，就是盐、生酱和酸菜水，咸辣酸都有了，简单而粗暴。

这杯奇怪的酱油的到来，令主妇们有点惶恐。但闻闻那香气，尝尝那咸味，平常被压抑的做菜灵感，突然就迸发了出来。这个往面碗里蘸上几滴，那个往凉拌胡豆撒上两点，往渍豌豆里舀一小勺，往烧萝卜锅中浇上几滴。奶奶甚至想起了久远的香糟猪蹄和胡辣汤，但因为没有冰糖和胡椒，于是改成了小米椒蘸水和油渣汤。油渣切碎，往开水里一撒，漂几颗香葱，再滴上几滴酱油下去，便成了平日难得一尝的美味。隔壁的三爷爷，突然像小孩一样，嚷着要吃酱油饭，往新蒸的甑子饭里浇上几滴酱油和黄菜子油，还没拌匀，就被几个小娃娃口水滴答地围住脱不开身，只得一筷子一筷子地往待哺小燕儿样踊跃张着的嘴里送去。吃到嘴里的欢喜着还要，没吃到的哭闹着喊叫，于是，整个院里又开始了一轮做酱油饭的风潮……

那天，整个大院，都弥漫着一股有别于平常烟火气的香味，那是父亲背回的一小瓶酱油带来的幸福气息。

也许是太喜欢那样的气息和氛围，父亲开始有意识地往家带酱油。但县城的酱油，多是勾兑的，既清汤寡水，又没有香味，并不是父亲想要的，而德阳又太远，为了一瓶酱油去奔波，很不现实。最后，伙食团的老李师傅教了父亲一招，往本地酱油里加红糖、盐和香料，慢慢熬炼，居然生成了外形和质感很像的冒牌德阳酱油，父亲也因此可以带两瓶三瓶甚至更多酱油回家。

眨眼间，几十年时间就过去了，故乡那座大院子，因老人们的消逝和孩子们的四散远行而变得沉寂荒凉，房子与竹都是有灵性的，一旦没有了人气，自然就破败萧疏了。剩下不多的人家，修了水泥房，宛如往老国画上贴了风湿膏，让偶有怀乡情绪的我们，不忍再往故乡多看几眼……

村里已有了小超市，无论来自德阳还是广东的酱油，都能买到，但吃到的人们，都觉得不是那么正宗。大家在异乡小聚时，偶尔会提起父亲背回酱油的那些黄昏。这时，父亲已离开我们十多年了……我永远记得父亲出殡时，即使在北京上班的堂弟和在广东打工的表侄女，都千里迢迢地飞奔了回来，加入长长的送葬队伍，全村无一人缺席。

这是父亲一辈子的人生，既卑微，又高大。这样的高度，我想我这辈子，是达不到了……

zy

尬酒

文友老姚在微信上对我说："那个人又在吹牛了，说接了一个嗨生意，帮某地编一本名人传记，说要挣十万。那家以前来找过我，开价八千，我没有干！"

老姚说得义愤填膺，而我心中却隐隐然有点酸楚的感觉。

老姚口中的"那个人"，是我先前在一家杂志社打工时的同事老祥，他觉得自己是诗人，也常写些分行文字在各种刊物上发表，但却常常因为把消息和特写分不明白而让主编骂他不会写文章，他也因此郁闷痛苦但最终却没有辞职，一副锦缎被做成了拖把的委屈感。常常向周围的人抱怨，这无疑像是对天吐口水，除了让自己不愉快之外，便再无别的用处。久去久来，领导更讨厌他，而同事们则给他取了一个绰号：老祥，祥者，祥林嫂也。

后来，杂志停办了，大家各奔东西。老祥进过几家媒体，最终都离开了，老总们好像商量好了一般，都觉得他不会写文章。

这让他异常愤怒。他觉得主编责编们大可以各种荒唐的理由赶他走，甚至双耳不对称之类，他都能接受，唯独不会写文章这个理由，太过于荒唐和具有羞辱性。

他于是更发奋地写，他发誓，要用一大堆作品，去打所有轻视过他的人的脸。

他这么想，也这么干了，但效果并不理想。

我曾被薅住看过几回他的文字，确实不足以承载他的理想。作为一个思维很发散的人，他笔下的文字，像一群活蹦乱跳的小青蛙，完全不受控制，偶尔表达一下情绪倒还可以，若真是要讲清一件事，便十分困难。当然，如果他站在旁边解释，倒也大致能描述出他想表达的意思，但出版社却无法给每位读者附赠作者一枚，让他一一解释。所以，他写的东西，很难被承认。此时，如果有人从旁断喝一声，告诉他不适合干这事，早点收拾精力干点别的正事，也许更好。就像我19岁时遇到《星星》诗刊一位好心编辑对我做的那样。但他没有遇到，估计早年遇到过，但可能怕引出血案，最终大家都隐而不发，含笑对他敬而远之了。

老祥出了一本诗集，非常开心地给我打电话，说要送一本请我雅正。我推辞不过，就说哪天抽空去取。

择了个无事的下午，我去找他，到他租住的地方，正遇上三五个也是来恭贺的人，请他签名之后，说了些恭贺的话，就准备走。同去的一个瘦子拦住我说："别走别走，新书出版，拿了版税，照例应该喝一杯！今晚咱们一醉方休！"

老祥也笑着挽留，他脸上颤动的笑容后面都挂着半斤尴尬，让我实在不忍心拂袖强去。同时，我也很好奇，他是用什么话语，让这几个人相信这本品相粗糙一看就是自费用丛书号出的诗集，能拿到一笔可观的版税？

这是一个让我后悔了多年的决定。

我们到他们常去的一家串串香店。老板是个左下颌有颗黑痣的瘦女人，见我们来了，熟练地端了清油红锅底料出来。老祥去隔壁副食店扛了一箱啤酒，老板娘面有不悦，却强作笑颜，递来开瓶器，半是玩笑地问："今天诗人又遇上啥喜事了？"

瘦子拿出诗集往老板娘眼前一晃，得意地说："出书了，吃票子了！"

老板娘顿时也跟着开心起来，殷情地说："哦哦哦，好事好事！开瓶费就免了，算我恭喜，下回你给我也带一本过来，签上名。"

"你免十元开瓶费，就要拿本书，净赚三十五，老板娘的算盘打来立起了啊！"

瘦子戏谑地与老板娘调笑开来。

老板娘一脸职业性的妩媚，冲他们一笑说："人家才不得像你那么不耿直。这本书怕是要挣好多钱吧？才不得像你那样斤斤计较呢！"

瘦子说："说出来怕把你吓倒，少说也要好几万。文化的东西值钱得很，你不懂！赶紧把好的东西往桌上端，今天现钱付账！"

老板娘高高兴兴张罗去了。老祥左支右绌，安板凳放油碟开酒瓶让大家坐，手脚和眼神都不在该在的地方。

这极可能是我的心理作用。因为我知道出书的艰难与尴尬，以及老祥的生存状态的底细，故而产生了紧张感，极其担心老祥像多年前看过的电影——《没有嫁妆的新娘》中的那个穷主人公，被一群贵族捉弄。那些贵族撺掇他倾尽家财办了一桌全是假货的法国盛宴，而他并不知道大家在消遣他，从头到尾装出一副大款的模样，还吩咐租来的仆人上"法国名酒"，其状滑稽好笑，又透心哇凉。那是我心目中最惨的人间惨景，我不希望老祥变成那样。

我这辈子参与过无数的尴尬酒局，但所有尴尬加起来，也没有那晚在那家小串串店里遭遇得多。以往的尬酒，要么是两人有误会摆酒冰释，要么是两个并不互相欣赏的人因为利益关系摆酒互赞。这些场面固然尴尬，但参与人数较多，且不必事事都要露脸表态。

装着什么都不知道，埋头吃喝，如一大堆乐器在合奏，你弄不弄出声响无所谓。

而在老祥的“庆功宴”上，总共就五六个人，基本上是独奏，而且，我因为是老相识，就不得不承担起证明人的作用，要不断地向这些后来者印证老祥自述的先前辉煌，其中的许多东西，我都是闻所未闻的，有些事，甚至与他们说起的相反。而在老祥不断的“不信可以问他”的逼迫下，我只有不断点头，尽量不拆台地维护着老祥的面子和自己心底那份不愿让任何人下不了台的善意。那场景，颇有点像喜剧杂耍，一个人不断地在前面乱扔东西，而他身后，另一个人疲于奔命地为他收拾残局，不让一个东西落地。

直至最后，他们扔出房子那么大个话题，我实在接不住了。那个话题是老祥及其诗歌在文学史上将留下什么样的意义和价值？

这种话题，不是二钱的酒量喝到一斤，是说不出口的。于是，满堂就乱飞起凡·高鲁迅莎士比亚和时下当红的许多网络作家的名字。这些人显见是读过一些书的，要不然也不会想出这么多的文学名人，但从书中汲取的智慧，却是有限的。但凡能读进去三五本基本的文学书籍，也不可能把老祥的文字与那些巨匠扯上关系，更不可能骨质软到为了一顿街边麻辣烫的款待，就投桃报李送出这么不知轻重的回礼，让我这个旁听者，如同鼻子里被人灌了辣椒油一般羞臊难忍，恨不得立马挖个洞钻进去。

麻辣烫锅里像煮着一群苍蝇般令人反胃。我用最后的善意，将所有不愉快的罪责，都推给了酒。酒像一把剪刀，剪开了紧箍在人们身上的绳子，将平时被拴得紧紧的那个狂放的自己，释放了出来。

瘦子是开二手书店的，和他一道来的，是他隔壁茶馆的堂倌，早年读过一些古书，还有一个是老祥微信上的网友，据说在一家文化公司写公众号文章，还有一个是老祥诗集的编辑，准确地说，是一家文化公司的销售人员，再加我这个失业的前媒体工作者，都不是活得轻松的人。几杯酒下肚，平日里绑扎得牢牢实实的伪装，以及最后一点脸面，就跟喷了水的纸一样，瞬间崩溃，露出内里各种的压抑委屈狂放与不服，借着一句句狂话，喷发而出。把求而不得的各种委屈和失落，变成不想不愿不干的狂傲。如果语言能换成实物的话，那张小小的串串香桌上，至少坐了三个莎士比亚两个李白一个苏东坡或汪国真，之所以提到后者，是因为他创造过诗集卖一百万册的辉煌，就算一本赚一元钱，乖乖！

众人因此又狂灌了一口啤酒，共祝老祥诗集大卖，赚它个一百万！

这让我差点落下眼泪来。我相信，为了这本诗集，老祥已付出了他能搜集到的所有资金，今晚这顿酒钱在哪里，还是一个问号呢。这祝福，有点像祝福一个二百斤重的斜眼女孩比迪丽热巴更苗条可爱，让人有痛感。

我不认为在座的各位，可以猥琐到为了一顿串串香说话不计成本到这样的程度。唯一的感觉，就是他们的酒已过量了。

世界上最尴尬的事，莫过于在同一张酒桌上，大家都醉了，而你独自清醒。我当时就处于那样的状态，并不是装清高，而是确实难以下咽。听着几个喝醉了的人互夸，原本是有趣而快乐的事情，但无奈自己不能脱身事外，以一个旁观者的眼光来看眼前的这一切，就像是明明知道眼前站着一只兔子，而强要被赞成老虎，是一件令人羞愧的事。更可怕的是，大家都这么说，你所知的真相，就变得不重要甚至恍惚起来。

坐在那里，我感觉他们撸完菜之后的每一根竹签，都插在我的背上。辣椒似乎已深入水蒸气之中，让我的眼睛和脸，一阵热过一阵地难受。

老板娘已习惯了他们的这种喝法，她因为没写东西，所以不会觉得难过，有时甚至还会凑过来掺和两句。她给我讲了几个人喝醉了的状态，有人会站上桌子念诗；有人在出租车沿一环路跑了三圈找不到家，最后又回到店里来求借车钱；有人抱着垃圾桶睡了一夜，起来后还对垃圾桶鞠躬说谢谢。他们一有什么高兴事就会跑来庆贺，但喝到最后都是以哭闹收场。

“他们酒钱菜钱常常赊着，但从不赖账。总之，这是一群可怜人。”

老板娘用轻松的语气，说出了最让人沉痛的一句话。

我把包里仅有的五百元留给老板娘，老板娘看看账单，说够了，后半宿他们基本不会添菜和酒了，我也可以早点回去，只是可怜了守门的老吴，又要陪他们熬通宵了！

我没有话别，悄悄地从柜台边挤身走出店门。

街面上已很清静，轻风如冰丝做成的纱巾，迎面拂来，让我躁热的脸和心境，都好受了许多，远处，有人撕心裂肺地在唱：“我们都在努力地活着……”

这时，我恍惚地感觉自己坐在多年前在电厂打工时常去的那家鸡毛小店，领了5元处女作的稿费，谎称50元，请小兄弟姐妹们吃了一顿卤猪耳朵回锅，大家欢天喜地夸奖并祝福我远走高飞。

算起来，应该有三十一年了吧！

幺伯最近遇到一件烦心事——在他摆卤菜摊的地方，莫名其妙地出现了一个竞争者，以奇怪的竞争方式，让他感觉很不舒服。

我父亲兄妹五人都是做餐饮的，开饭馆卖凉菜卤菜小吃的都有，用我妈的话说，去开一个大酒店，一个外人都不用请的，从掌火到跑堂到白案幺师，都不需要外援，大家各自都有一套。只是因各家都图自在，没想过集约发展组团出海，要不然的话，爷爷祖辈传下的小城名吃“曾鸡肉”，可能早就冲出县城地界，到更广阔的世界里攉城拔寨了。

幺伯做的是熏卤，其特色产品有熏牛肉、熏排骨、肉松、熏鱼、卤鸡腿鸡翅，最近几年交通方便了，又加了卤火鸡翅膀干碟串串之类的品种，很受小城吃货——尤其是夜啤酒一族的欢迎。

幺伯的摊，就摆在县中学初中部正门，故而好吃嘴们给了他一个亲切而简洁的定位：“初中部对门。”

幺伯的烦恼，与此有关。

据熟人讲，最近一段时间，在幺伯摆摊的地方，每天晚上都会出现另一个菜摊，其时间点，正好是每晚九点半幺伯收摊之后，卖的货也与他摊上的大致重合。一些先前吃过幺伯摊上货物的食客，半夜嘴馋来买过，吃着远不是那味儿。最初幺伯没在意，但架不住说的人太多，就有点上心了。一只苍蝇在面前飞，要不了人命，但它嗡嗡地飞来飞去，实在有点烦。

想想也是，在相同的地方，不同时间段摆出两个特色相近的摊，想不混淆也实在太难，这跟卖“康帅博”和“娃啥啥”有什么区别？

幺伯决定杀个回马枪，会一会这个李鬼。他老人家是个暴脾气，年轻时卖肉和人发生争执，一搪瓷盅给人头上扣出包子那么大个包。如今歇脾气了，给人搞个汤圆那么大的包的余力，应该还是有的。

幺婶当然知道他的脾气，以及由此可能产生的后果，于是说：“先不着急发火，今晚侦察一下再说。我们俩出面都不太方便，就请邻居帮忙，查看一下对方是什么来路，也好有个应对，免得直接上去老王见面，就没回旋余地了！”

四川有句老话：“家有贤妻，男儿不遭晃事[1]。”幺婶这一说法，像踩了刹车一样，迟滞住了幺伯的愤怒。他决定听老婆的，先托人去查看一下晚上来摆摊的，是个什么主？

幺伯要去找热心肠喜欢帮忙的李阿姨。幺婶却让他去找说话慢腾腾的吴婆婆。

那天晚上，吴婆婆等幺伯收摊之后，就摇着扇子到学校对门晃悠。不一会儿，一辆三轮车就出现了，车主是个瘦弱的年轻人，戴个眼镜，斯斯文文的，形象与他摊位上的鸡翅膀鸭脚和熏排骨严重不配。

吴婆婆就上去搭讪闲扯，小伙子开摊无事，也和她天一句地一句地闲聊。吴婆婆从庞杂的信息中梳理出一条脉络：小伙子是郊区农村的，原在外地读书，因为母亲生病了，辍学回家，白天在医院照料母亲，晚上出来挣几个钱，他的父亲在贵阳打工，收入高一点，就负责妈妈的医药费，他则负责伙食费，听人说初中部对门的卤摊好吃，就在家里试卤了一些，趁晚上来这里捡个漏，就算卖不完，还可以自己

[1] 四川方言，指倒霉事。

吃……

吴婆婆回报回来的消息，让幺伯一时无语。沉思了良久，他让吴婆婆晚上再去，把那小伙子摊上的东西，每一样买一点回来，挨个儿认真尝了一遍，尝得很仔细。然后拿出一张纸，在上面写了长长的几段字，其内容大致是卤水里什么香料该增、什么该减，糖汁应该炒到什么成色，如何判断油温，火鸡翅应该先码几成色的盐再下卤锅，红油里应该加什么大料，牛肉松应该用几号的铁刷。从学校毕业以来，他从来没写过这么多字。他说这个年轻人是聪明人，而且孝顺，应该帮帮他。

年轻人拿着那页字体嘈杂错漏百出的纸，哭得跟泪人样。第二天摊上的食物，就有了明显的改观。

幺婶说："我只是想不让你和人打架，怎么还把手艺都传给了人家？"

幺伯憨厚地笑道："你不让快嘴的李阿姨去侦察，而是让心慈的吴婆婆去打听，想要的，不是这个结果？"

之后的日子，幺伯每晚比平日收摊早一个小时，别人说起晚上那个小摊的事，他都会笑笑，说："是我徒弟！"

说小摊味道不对的主顾，越来越少。我很佩服幺伯的智慧与善意，但他总是把功劳，归给幺婶，他只是不想让"初中部对门"那个摊，变了品质。那孩子每晚守摊都在看书，肯定不会是我们长久的竞争对手。

半年后，小摊没有再出现。有人说，那孩子的妈妈已去世了。也有人说是出院了，他也就回学校继续读书了。

幺伯更愿意相信后一个答案。

这是我的幺婶去世前几年的事，一晃，十几年就过去了，但想着这件小事，我心里还有些小小的暖意。

zy

毛豆县长

在川南某县拍片的时候，蒙当地县长接待。本以为只是工作上礼节性地寒暄几句，不料这位老兄也喜欢摄影，早年还写过诗，于是他乡遇故知一般，兴致昂扬地和我们聊了一个多小时，直至饭点，于是顺理成章地跟他去吃了顿工作餐，也因此就有了这个故事。

工作午餐照例无酒，几个家常菜既朴实又不缺精气神——椒麻鸡、笋子肉片、炝萝卜丝和白水菜，红绿白黄，色彩鲜艳，冷热软硬，搭配适度，再加两个色香俱佳的洗澡泡菜和蘸碟，既不失礼数，又不显铺张。厨师知道我们是拍美食的，低调而有分寸地展示了厨艺。

席间聊到了我正在搜集的与食物有关的故事，县长说："我这半辈子，吃过的东西中，记忆最深的是13岁那年秋天吃的那顿毛豆：

毛豆就是大豆，各个地方的叫法不尽相同，在我们老家，它青的时候叫青豆，晒干脱壳之后，叫黄豆。通常是种在田埂或屋角的闲地上，也不需要怎么浇水施肥，土中拄一个小窝，扔两料种子撒一撮草灰再踩一脚，只要它没有被鸡和老鼠掏了去，到秋天自会长成一株结着饱鼓鼓果实的豆秆。果实上生气勃勃地长着绒毛，故而为毛豆。这东西只须用清水加盐煮熟，便是十足美味，如果再加上生姜、花椒、香料和干海椒，便是夜啤酒摊上的尤物，身价顿时就翻好几个滚。如果剥了烧鸡鸭或碎肉，更是不摆了。

那时候，乡下孩子没什么零食，即便是卖丁丁糖或脆米花棒的货郎，也只是一个星期才来一次，而一个星期我还不一定能攒得够一两分钱或鸡毛牙膏皮去换。我两岁那年父亲就去世了，母亲拖三个娃娃，家里穷得连垃圾都没有，基本就是零排放。别家孩子可以用来换糖的所有东西，我都拿不出来。我们家的鸡，原本就喂得少，等着从它屁股上抠油盐，哪敢杀来吃？我们家刷牙，从来不用牙膏，而是用一柳枝嚼破，蘸点盐对付。所以，乡间最平常最低端的鸡毛牙膏皮换糖，对我们来说都是遥远而奢侈的。

乡下孩子最大的痛苦和快乐，都是离土地太近。而土是要长东西的，从中也能掏出很多好东西，比如牛屁股后面的茨菇，树上隐藏着的桑果，河沟边的芭茅根，野地里的蛇泡儿果和老芋头，我们都搞出来火烤或生吃。我们还用瓦片炒过胡豆，用芋子叶包青蛙埋在火石上烧，用茅厕棚烤过红苕和玉米。总之，靠山吃山，我们像神农氏一般用嘴把村子周边能吃和不能吃的东西都标注了出来——哪家的主人更歪？哪家的狗跑得更快？哪种是芋头哪种是狼毒？都心知肚明。在吃遍这一切之后，我终于得出一个结论——就我们生活的范围之内，最好吃的，还是毛豆。

可以说，在读高中之前（也即是整个童年）我心目中最美味的零食，就是毛豆。

13岁那年，我读初二，正是吃长饭的时候，“半大小子，吃垮老子”，我这个没有老子的，就更难挨了。肚子里像有一台粉碎机，永远不知疲倦地疯狂转动着，什么东西下去，刺溜一声就不见了踪迹。然后，就是牵肠挂肚地饿，看到什么都能联想到吃的。别人放个屁，都能闻出是胡豆味还是红苕味。

那是一个昏昏沉沉的下午，暑假刚过一半，我无聊地在仓房的晒席上躺着，居然开始想念起学校了。这时候，树上的蝉的叫声，也饿痨饿虾的，一副想把整棵树吞下去的架势。

这时，住在邻村的同学三友和棒娃，跑来找我，显见他们也无聊得发疯，吆喝着约我去后山竹林里捉笋子虫。他们是想抓来打架，而我觉得那东西也许能吃，于是打起精神，跟他们一起去。

那天不知是天太热还是别的什么原因，笋子虫像是商量好的，躲起来不见我们。逛了大半天，凉鞋都走断了，也没见到笋子虫。棒娃提议找个地方生火补鞋，他把小刀片在火上烧红，轻轻一烫一捏，鞋子就黏合在一起了。火把草叶和笋壳，烧出一股香香的炊烟气，这个时候，连塑料凉鞋都显现出可口的样子。

三友提议找点吃的，我们于是分头行动。但这是竹林深处，没有玉米红苕，冒头的笋子倒是有一些，但没法烧来吃。就在大家悻悻然准备离开时，一片尤物，映入我们的眼帘。

那是一片毛豆，长在几窝竹丛之间的空地上，像是谁不小心漏了包袱，把豆子散落在那里，或是老鼠们忘记了的冬仓发了芽，总之，长得既杂乱又茂盛，枝叶之间饱鼓鼓的豆荚极具挑衅和诱惑地若隐若现，轻风一吹，撩人心魄。空气中甚至隐隐飘出熟毛豆的香气。

我们分工，三友拔豆子，棒娃捡柴，我地面熟，去找锅和盐。

我当然不敢回家拿，于是在竹林周边四处寻，找到两个瓦罐，但怕是装过死人骨的，不敢用，转了一大圈，在竹林边沿五保户金大娘的水缸边发现一个铝瓢，觉得可以做锅，又在她灶头盐罐里抓了一把盐，飞跑回去。他俩已扯好了豆子和柴，我们于是把豆荚摘下来，在小溪里洗了，捡三个石头垒在瓢下，点火加柴，不一会儿瓢里便热火朝天地冒起了热气。小泡翻大泡，青豆变黄豆，从生脆到半青涩，最后变得柔软。我们折竹为筷，从最初隔几分钟捻一个来尝，到后来频繁夹起，呼哧呼哧地吹两口，手指一挤，一颗或几颗青黄软糯的豆子，就从炸开的豆荚口中喷射而出，裹着盐水在唇齿间顽皮地一跳成泥，一路咸香，仿佛把整个山林都吃进肚里，口腔里，顿时充满了清香之气。

烟味和豆香，又引来几个在竹林周边闲逛和扯猪草的小伙伴，他们和我们一样无聊且饥饿，看见毛豆，也不问来路，五爪出笼，上手就整，也呼哧呼哧地吃了起来。

很快，瓢就空了。再扯豆子再捡柴，添酒回灯重开宴的感觉，虽然没盐了，但味道也差不太远。不一会儿，那一片豆子，便片甲不留，一棵立着的都没有了。

这时，天色渐暗，大家心满意足，各自散去。

我拎着瓢，准备悄没声息给金大娘还回去。但见瓢被柴烟烧得乌漆墨黑，于是到小溪边，扯点青草抓点沙，搓洗一番。就在我看着黑垢被草搓开，酸爽地冲走，铝瓢开始发出明亮的银光，忍不住想哼上两声歌曲时，一双大手，将我擒住。

抓我的是民兵排长尹大叔。他看见后山有烟，知道有人在点火，于是拎枪带人冲了来，正好抓住我。

我最初的“罪状”，是私自玩火。

接下来，是偷瓢。

再接下来，是毁了生产队育的大豆新品种。

鬼知道那片豆子地，是生产队引进的大豆新品种，要在竹林里模拟什么野生环境，结出种子来，明年好种，是花了大价钱的。

祸闯得不小啊！

尹大叔义愤填膺，愤怒地说我这是破坏生产罪。这样，好显得他的功劳更大一些。

小伙伴早已吓疯了，没一个敢跑出来看热闹。

我既愤怒又委屈还后悔，早知如此，何必去洗什么瓢还什么瓢？让它被水冲走了倒更干净。那样，我就和小伙伴一样，溜之大吉，而不必被人反剪了双手，像一只鸡那样被拎到晒坝上。一年前朱二娃把集体的茅厕棚烧了，就是这样被拎走的，至今没回来。

羞愧和恐惧，让我瑟瑟发抖，像一只即将被宰的羊，静等着灭顶的惩罚从天而降。

这时，人声杂乱，我最盼望又最恐惧的场景轰然降临——妈妈来了！

妈妈手里拎着两只鸡，哥哥和姐姐抬着一口锅，里面装着瓷盅瓦罐和水瓢，那几乎是我们家仅有的值钱的东西。

母亲一下跪在来路上，请尹大叔和乡亲们作见证，自己即使砸锅卖铁，也要赔上生产队的损失。同时，她也请大家看好，她决不会轻饶了这个闯祸的小畜生。

就在大家还没明白过来的时候，她已抢过旁边一个人手中的窄锄，高举过头顶，兜头向我砸下来。

看神情，她是要我的命。

锄头被一整天劳作摩擦得刃口铮亮，一道寒光，直扑我的脑袋。

只需轻碰一下，我的脑袋就会像个熟透的西瓜，嚓的一声碎成一片红光。先前我们在田里摘西瓜时，就这么干过。

我“啊”的一声惨叫。

尹大叔眼疾手快，一把接住锄头，反手一扯，就给我妈妈缴了械。

母亲并不罢休，反身又去抢别人的锄头。

这次大家都有防范，纷纷把锄头往后藏。

尹大叔大吼："大妹子，你不要这么整，整死了我不就成了帮凶？"

母亲并不理，继续寻找凶器，一副不把我砸成破西瓜绝不罢休的样子。

此时，尹大叔已从抓我的捕头，变成了保护我的卫士。

妈妈像疯了一般，去抢所有能拿来作武器的农具，锄头、铲子、镰刀、暖水壶。

人们当然不让她抢，并且开始协力保护起我来，毕竟，吃几颗毛豆，也不是死罪。

气氛顿时大变，我从一个偷吃集体种子的破坏生产犯，变成了"下次不要再犯"的孩子。瓢的失主金大娘也出来打圆场，说是借给我的。

我平时不算讨厌，母亲拖着三个娃娃，也颇引多数人的同情。于是大家都说好话，生产队长也顺水推舟，罚我喂三个月牛了事，我家的锅碗，依旧发还。两只鸡，留了一只充公，算是赔偿，另一只交给尹大叔作为奖励，他没要。

那天晚上，全家什么话都没说，大家都早早上床睡觉，好像什么事都没有发生。后半夜，我听到母亲房里，隐隐传来哭声……

从那一年起，我家比平时就多种了一倍以上的豆子，田边地角，房前屋后，到处都是。收获之后，除了背进城去卖钱换油，就是拿来煮毛豆，煮好之后，满满舀上一碗，热气腾腾，摆到我面前，每当这个时候，就是我感觉最富足的时候，直到现在都是这样。我心里一直有个疑问：那天下午，妈妈是不是真的不想要我了？但临到她去世，也没问出口。

“这就是我和毛豆的故事，不要让我们的厨师听到了，我一直没给他们说，就是怕他们知道了，走到哪里都是毛豆……”

县长话音刚落，一盘胖嘟嘟的毛豆，已热气腾腾地摆到面前。

哈哈，看来，“毛豆县长”这个绰号，他是甩不脱了！

樊雄是二十世纪九十年代末我到成都打工第一站的老板。以我这种天然不善于和领导处关系的失败性格，我们一起相处过一年多，基本还算相安无事，这主要得益于他的宽厚与包容——他办的那本行业杂志，在成都最早实现了无纸化办公，而且拥有一个与业务量完全不匹配的豪华资料室。他对员工的待遇也很重视，很超前地给所有员工解决了住宿问题。这是我在外打工二十多年绝无仅有的一次，足见作为一个文化人，他对同类们是悲悯和仁厚的。只可惜当时的我，初到成都，以为这些好都是自然而然的事，就像泉水中的鱼不会察觉水一般，忽视了这一切。加之从小到大，接受的教育都是“老板压榨员工”“资本为富不仁”之类，故而与他失之交臂，没有成为朋友，当然，也没有成为仇人，这已是我与领导交往的较好成绩了。之后，杂志停办，我们各自散去，四散于江湖，再没有了彼此的信息。只偶尔听说他做房地产去了，好像还做得不错。这些于我而言，像鱼儿听到鸟的消息，完全是两个世界的事。

不久前，老樊在微信上加了我，发来一部自传体的书稿。他知道我还在写作，想听听我的意见。一种久违了的惺惺相惜之感，从网间弥漫开来，那是现下已不多了的文友之间的亲切感觉，令我想起当年背着馒头和文稿步行几十里去山里访友的场景。

之后十多天，我不顾头昏和眼花，把樊兄的书稿看完。二十几万字，对脑眼衰退的我来说，也算是个不小的阅读工程。我也因此了解了一个原本二十多年前就应该了解的人。

那本书从祖辈的谱系开始，一直记述了老樊本人从一个因父亲被打成异己分子而贫贱痛苦的家庭中成长起来的种种揪心成长经历，宛如高尔基的“童年”般挣扎。异常贫困且艰难的生活境况自不必说，人见人欺的周边环境，也让人感到昏暗。而在贫贱到底万事皆哀的家庭内部，亲人们之间的执念和偏激造成的雪上加霜的内讧与痛苦，更是令人伤心。在他的人生故事面前，我一向自认为苦难的成长历程，简直可以说是幸运而甜蜜的了。

我一向认为，老天待人，总还是有一丝仁厚与悲悯，即使对再悲苦绝望的人，总还是要给一丝暖色调，而人生的魅力，也就在于此。即使是白毛女，编剧也给了她一根红头绳。所幸老樊的人生故事里，也有许多这样的亮色，如淤泥中沉积的金沙，在黑暗之中，熠熠生辉。

面鱼儿就是其中之一。

那是老樊的父亲因为多嘴而成为阶级异己分子的第二年、被发配到宣汉县黄金公社太平坝与一帮“黑五类”一起放排的事。一大帮身世年龄各异的男男女女，把上游林场里伐下的木头钉扎成木筏，顺江而下，漂至下游的木码头，就算收工。周而复始，无限循环，虽然日晒雨淋，但累皮不累心，无须像在单位里那般拘谨小心。而且，木场上下，连带头的基本上也是脑壳上有“帽子”的同类，大哥不必说二哥，也还算平等，在风疾雨劲的岁月之中，这也算是小小的一片清静之所了。

在这里，父亲碰到了母亲，而且还忙中偷闲地谈起了恋爱。

春天来了，即使再不会唱歌的鸟儿，也会哼上几声，何况七情六欲都健全的年轻人。母亲父母早亡，无依无靠如风中飘飞的蒲公英种子，单薄、清瘦，渴望找片土地落脚。而父亲与她年纪相仿，且是地区所在地大城里吃商品粮的人，至于是不是“黑五类”，都不特别重要。在生产队保管兼食堂负责人全正公公的撮合下，父亲和母亲都没啥意见，全正公公是个好心人，帮他们办好了所有手续，还破格多给了她半年的口粮——几百斤南瓜，作为陪嫁。

父亲当时已处在池塘之底，连怎样活下去，心里都没有数，无端被人们半开玩笑半认真地撮合，也就半推半就地应了这桩婚事。这种心态，有点像犹太人进毒气室之前吞下最后一粒巧克力，“片刻的甜也是甜，片刻的人生也是人生”。这为他们的婚事，打下了悲哀的底色。

众人张罗着为他们办婚事。从某种意义上讲，这实际上像一次“打平伙”，大家各出一点东西，集中在一起，人为地制造个节日，为漫长得无边无际的苦日子，打上一个标点符号，让它显得不那么悠长和绝望。

肉当然是没有的。大家合计合计，不如就做面鱼儿吧！

所谓面鱼儿，是川东流行的一种面食，通常是将面发好醒好，或搓或切整成细条，宛如小鱼一般，先放入油锅炸，然后再入开水汆烫，舀入调料碗中即可。调料以各地口味不同，各有差异，但葱姜蒜及刀口海椒花椒以及酱油和醋大致都是有的。只是有的先放，有的后放，有的地方是将面鱼儿用水煮熟，舀入碗中放佐料，然后用热油淋浇，有的地方因酱油醋不易得而用老坛酸水灌汤，都叫面鱼儿。这在碗里白货难见的困难时期，已是不亚于肉食的美味了。

十几个人凑几斤面，还不算太难。生产队宛如嫁女，自是承包了调料和桌凳碗筷。但油，泼在碗里或用来炸面鱼儿的油，却成了问题——当时城里人一个月半斤油，就是用筷子蘸来炒菜，也节省不下多少，何况用来办酒席？

父亲搜肠刮肚，想起一个在机榨油厂上班的远房亲戚，摇了半夜船，跑去找到他，说了来意。对方成分是地主，正下放车间改造，本不想惹麻烦上身，但想着结婚也是一件大事，于是答应帮忙想办法，让他几天后半夜再来，江边码头接头，手电光三短一长，其神色庄重如地下工作者一样。

几天后，父亲如约又划了半夜船，得到一罐菜油，有三斤左右。母亲念叨了一辈子，说那是这个男人这辈子送给她的唯一一份礼物。

油和面齐备，面鱼儿婚礼虽不排场，倒也还算热闹和喜庆。那天的州河边，人们点起篝火，在夕阳的余晖中炸面、煮面、吃面，满嘴油香地祝福两位新人，希望他们幸福美满，相伴一生。人们的贺礼，都是南瓜，唯一一样贵重物品，是一碗米。

之后不久，父亲运木任务完成，要回城。一条小船，载着新婚的妻子和她的半船南瓜嫁妆，晃晃悠悠驶进达县（今达州）城，开始了他们的新生活。

与王子和公主终于过上幸福生活的童话故事不一样，樊雄父母诗意回归的场面，联结的却是另外一场充满风雨、艰辛和挣扎的人生。那段两小时的航程，是他们夫妻这辈子最后一段和平相处的时光。

他们一起生活了五十八年，生了一儿两女，一生争吵、内讧，到七八十岁，才渐渐消停。而面鱼儿，是他们一辈子仅有的一点温情，像苦海中抛下的一粒白砂糖……

仇恨的饭桌

虹儿15岁那年，她的爸爸妈妈同一天跳进人民渠，从此再没回来。当时正值春耕，上游开闸放水，渠里水很大，虹儿没有看到妈妈是怎么下水的，但闻声赶到渠边时，她看到在水中搜救无果的爸爸冲她挥了挥手，猛烈地往后蹬了一下，义无反顾地沉入激流之中。她脑子顿时一片空白，一心只想着也冲入渠中，和爸爸妈妈一起消失，她冲下堤坝时，被看出她意图的邻居一竹竿拦了下来……

那一年我在县电视台当记者，接到报料后赶赴现场，报道了这则惨烈的新闻。当时，虹儿读初二，被这泼天大祸打得蒙了，我在完成报道工作之余，尽量安慰她帮助她。凭着这点交情，我们一直保持联系，看着她初中毕业就出来打工、学理发、进药厂，借着药厂培训时的一张结业证，到医药销售公司上班，从零月薪开始，做到年薪几十万，并且有了一个可爱的女儿。

这一百多字简单的人生经历背后所隐藏的艰辛和痛苦，都是常人无法想象的。她不说，我也不问，虽然她一直叫我哥哥，女儿也叫我舅舅，但有些隐伤，却不能轻易触碰。

直到有一天，我和妻陪她吃饭，她主动提起，这是当年我在采访时因为不忍伤害她而一直没有问的。

我一向认为，所谓的成功，不过就是有实力和勇气，面对人生中最不堪的记忆。虹儿的这一天虽然有点迟，但终于来了……

她给我讲起了关于父母悲剧发生的细节，她觉得她人生所有的悲剧和痛苦，都与奶奶的饭桌有关……

虹儿的母亲，是个要强的女人，在娘家时被父母和哥哥们宠着，总是阳光明媚地对生活充满了各种想象和憧憬。这些想法，有些靠谱，有些却并不符合一个农村年轻人的实际生活状态。在某些人眼中，对自己现实中没有能力得到的生活图景的向往本身，就是一种罪过。而她的奶奶，就是这种人。她对于儿媳妇每天脑子里转着的各种稀奇古怪的想法——无论是装城里人那样的马桶，还是送孙女读书，甚至对某个邻人的穿着和处世的评价——都有着天敌一般的反感和不认同。婆媳关系自然糟得一塌糊涂。而她的父亲，像所有在妻子和老妈之间两头挨箭里外不是人的男人一样，心力交瘁，无法自处，加之性格内向，天然不会用言语化解各种矛盾，以至于到最后，不得不蒙头躲了起来。虹儿觉得，父亲在渠里搜寻妈妈不得的时候，本可以活着上岸的。但他选择了彻底躲进水里……

分家，成为全家人唯一的共识。分家虽然免了些锅勺相碰唇舌纠结的麻烦，但却无法实质性地解决矛盾，就像医生给中箭人把肉以外看得见的部分锯掉，而把箭头给包了起来那样，久去久来，就更加恶化。

分了家，几家人却还在同一个院里。佛家讲人生七苦中，怨憎会，是非常令人难受的。奶奶和妈妈，两个既要强又看不顺眼对方的女人，彼此如芒刺一般长在对方的背上，对方的喜怒哀乐，都会反向牵动自己的喜怒哀乐。而两个女人斗法的场地，最多的，就是在饭桌上。

虹儿记得妈妈每次做饭，都会异常地在意饭菜的品相与质量。总是像一个随时可能被抽查作业的小学生一样，重视着锅盘碗盏，小心地把许多乡间不常有的外地菜，精细地做出来，齐整地摆在小桌子上。为此，她在干农活之余，每天会进城到农贸市场去批发一些奇怪的蔬菜水果，在家门外的小道上摆一个小菜摊。这种习惯，一直保持到她跳水离开人间的那一天。

虹儿永远记得，那个并不太大且有些破的小院子，因为屋檐下那桌鲜香美好的饭菜而变得温暖无比。绿的蒜苗白的豆腐黄的玉米，再加上乡间餐桌上不常有的糖渍西红柿，甚至午餐肉，颇有仪式感地装在特意从城里买回的鲜艳搪瓷碗中，一家三口，围坐在桌前，相互把自己觉得好吃的东西，往家人碗里捡。如果此时正好有风，把院中的树轻轻摇动，满院顿时轻响起一片阳光与树叶的碰撞之声，这场景，成为虹儿一生最常做的梦。

如果妈妈的心里，没有和奶奶较量的愿望，就堪称完美了。这个想法，在虹儿的脑中出现过不止一万次。

奶奶的饭桌，没有妈妈饭桌上那些新奇的东西。这并不代表她对这个战场不重视。她每天也是调集自己几十年积累下来的生存智慧和物质资源，把一张饭桌经营得活色生香，她的柴锅里，无论四季豆烧洋芋还是豇豆焖饭，总有一股奇异的烟火香；她的泡菜坛子里，永远能捞出水灵的蒜薹或青菜，拌上红红的辣椒油；她常把新摘的茄子，用蒸笼蒸熟，拍上姜蒜撒上黄黄的菜籽油；她还有一手绝活，就是把盐菜切得细细的，将隔年的老腊肉切成丁，再加几粒豆豉，炒得满院生香。

除此之外，奶奶还有一个重武器，就是叔叔伯伯婶婶和堂兄弟姐妹们。虽然已各自分家单过，但奶奶的饭桌上，却流水席一般川流不息地更换着食客。每到吃饭时，大人喝酒小孩喧闹，杯碰碗，筷碰盘，勺子敲锅，好一番热闹景象。这种有些夸张甚至刻意的其乐融融场景的杀伤力，是难以想象的，特别是与同在一个院里另一桌的媳妇家人丁单薄的小饭桌相比。这不仅是战场，也是舞台。婆媳之间的矛盾，以及一家人之间的亲疏，都非常直观地摆放在桌面上，强弱明显，胜负立现。

虹儿永远记得妈妈吃饭时，偶尔望向不远处奶奶饭桌的眼神，虽然看似不经意，甚至不屑一顾，但深含在眼眶和瞳仁深处那份不甘与痛苦，却如火药堆里深埋着的一丝火星，令人惊悸。此后，她自己乃至丈夫和女儿一家三口的人生悲剧，都与此有关。

事后多年，在无数个难以入眠的夜里，虹儿都在想这个场景。她想，如果当年奶奶偏心的举动不那么明显、母亲的好胜心不那么强烈，或者彼此之间不必刻意地放大某种对立情绪，换一种宽厚一点的眼光来看，一大一小两个饭桌上的饭菜，以及桌上坐着吃饭的人们，都是那么美好温暖。如果奶奶和妈妈心中，都少那么一分不服输的执念，彼此看到对方饭桌上的亲情与善意，也不至于对对方的和乐与美满，伤得那么地失了心智，以至于日积月累，终成一个无法挽回的悲剧。妈妈仅仅是为了一个没来由的小冲突，就彻底崩溃，将自己投入湍急的河水中，而让她那个一直夹在母亲与妻子之间绝望到崩溃的男人，义无反顾地丢弃了对世间最后的眷恋。而奶奶，在身受失子之痛的同时，背上了逼死儿子和媳妇的名声。一念天堂，一念地狱，在意气的驱使下，她们把两桌本可以看作世间最美好的饭菜，搞成了地狱。

事隔很多年，重新以上帝视角回到那个伤心的上午，父母及亲戚家人都一切照常，母亲像往日一样忙中偷闲去镇上的批发市场进回了蔬菜摆起了菜摊。奶奶也备下了比平常丰盛得多的饭食，款待前来帮忙干农活的亲戚们，并且像往常一样，给叔伯婶婶及表兄弟姐妹们提示，中午过来吃饭，煮了腊肉。

一切如常，包括平常的烦恼和龌龊，但悲剧却异常地发生了。那一天，妈妈和爸爸先后冲入湍急的渠水中，虹儿开始她比寻常孩子更苦的孤儿生涯。

父母的丧事过后，虹儿被送给一家理发师傅做养女，到理发店学洗头和理发。就在她给人洗发洗得手脱皮的第三天，奶奶来了，拉了她的手就走，说："就是讨口，也要让她继续把书读下去，把她养大！"

这场景，是完全超乎虹儿和众人的想象的。包括几个舅舅在内，大家都觉得奶奶是虹儿的杀母仇人，她们之间有不共戴天的仇恨。

虹儿最初也这么想。但她实在不愿意被理发的收养，实在渴望读书，哪怕至少把初中读毕业。而只有奶奶愿意对她伸出援手，虽然奶奶的能力，养活自己也比较勉强。

奶奶此后余生，想必为自己在婆媳关系的处理上，有诸多后悔的。她从没想到，平时的闲言碎语鸡毛蒜皮的争斗，会引出如此巨大的祸事，让她的儿子和儿媳妇瞬间消失。她没有想到，亲人之间的争战，是没有胜者的，赢了口角，失了亲情。当懂得这一切时，全晚了。而唯一能弥补亏欠的，就是把小虹儿养大。为此，她吃了非常多的苦头，用佝偻的腰和一身病痛，写了一个大大的"悔"字，但从来没有从嘴中吐出来过。

和奶奶一起生活的那些日子，虹儿的内心是挣扎和纠结的。奶奶尽一个乡村老人所能，去照看她，帮助她。仿佛要把之前因婆媳关系不好而对这个孙女儿的亏欠，全补偿给她。她卖掉还没出栏的半大猪，为她缴学费。她悄悄塞钱在她书包里，让她买件新衣服，见她实在不买，又自己跑到城里，亲自给她买。虽然买来的像太婆衫，但虹儿仍然十分感动，并且万分纠结。

特别是在吃饭的时候，奶奶依旧还是做许多拿手菜，虹儿坐在奶奶的大饭桌上，远望妈妈那个落满灰尘的小饭桌，总是泪眼蒙眬，仿佛妈妈正用幽怨与不甘的眼神，往这边望来。而这时，奶奶总是转身，消失在厨房中，半天都不出来。

虹儿住校，每周前三天是靠从家带菜维持，奶奶常给她做的，就是盐菜炒腊肉，那曾经挠心撩肺的香味，如今却让她有撕心裂肺的痛，以至于她常对着装菜的瓶子，默默流泪，甚至放声大哭，令周围的同学好奇她究竟带来了什么神奇的菜。

初中毕业，实在没办法往下读了，虹儿决定去成都打工。奶奶把一卷皱巴巴的钞票，塞到她的行李中。那是她一生的积蓄，一共1008元。目送她离开的那天早晨，奶奶嘴唇翕动了几次，最终没说出虹儿盼望了很久的那句话来。

多年之后，虹儿历尽挣扎，总算走出一条自己的路。一直尽其所能地买各种好东西回家看奶奶，但彼此之间的微妙感觉，却难以说出来。舅舅们将此视为她对母亲的背叛，并且不再接受她的任何礼物，这让她万般无奈，只好静等时间的安排。特别是当她看到曾经强悍泼辣的奶奶，在岁月的磨蚀中，已变得风烛残年。当她看到自己的女儿，一双无邪的眼睛盯着自己，问妈妈为什么看自己吃饭，看着看着就会哭？她无言以对，不想把这些东西，讲给女儿听，她希望自己所遭遇的一切，女儿连一个标点符号也不会遇到。

无数次，在只装了一件衣服的母亲的坟前，虹儿把写给妈妈的信，念给她听，她说："我选择放下仇恨，不是因为不爱妈妈，相反，正是因为爱，我才选择原谅。因为我知道，无论是多么锋利而毒辣的刀，在杀伤别人的时候，也会把自己伤得更痛……"

妈妈，如果您在天有灵的话，一定理解并接受我的选择吧？

2021年年初，我的《川味人间》出版不久，著名餐饮品牌大蓉和酒楼的董事长刘长明先生辗转通过朋友找到我，说看了那本书里的故事，很感动，想来请我喝杯茶。而我不久前恰好看了他作序的川菜大师张中尤的回忆录《回望炊烟》，为他在序言中对张大师和川菜文化的款款深情所感动，只是缘悭不得一见。

我们几乎是在相同的时间，希望能见对方一面。

天公作美，一个阳光灿烂的下午，我们在锦江边的一个小小树林茶馆，借着一杯茉莉香茶，一见如故聊起了多年老友才聊的话题。

长明先生虽是做生意的，却并没有商务气，说起话来，完全是成都散打，话语生动且亲切，从始至终透着一股真纯的情义。笑语之间，他讲了很多创业路上受到的挫折和遇到的趣事，从少年时代觉得同学当干部的爸爸比自己的厨师爸爸轻松且吃香而暗自立下“当干部”的人生理想，到开饭店时到别家饭店学手艺偷菜谱。从第一家店开业头天消防水管爆裂，淋成落汤鸡，到最初生意清淡厨师们为了徕客从这个空坛往另一个空坛挪汤的假忙。他还讲了自己曾经最大的梦想，是拥有一台柴油发电机，以防备房东为催租突然停电，讲他的饭店门口的石狮子被莫名其妙地告上法庭当了被告……

我一向认为，所谓的成功，就是能含笑把人生中遭遇到的种种挫折和磨难，当成佐酒的笑谈。一道坎，翻过了，是荣耀，翻不过，是伤疤。能含笑讲出当年的挫折和磨难的，往往就是事业顺利过得还好的。而悻悻然只把“当年勇”挂在嘴上的，往往都难称得上是好汉了。

那个愉快而光亮的下午，我很荣幸地分享到了一个成功者众多的趣事，而其中给我印象最深的，便是他们的当家菜“开门红”的故事。

大蓉和的特色，就是川湘融合，集聚了很多川菜和湘菜中的特色菜品，并且将二者的特点和长处发扬光大。在大蓉和顾客常点的菜谱排行榜上，开门红、小炒肉、青菜钵、干锅鸡、韭菜豆腐、蒸腊味等榜上明星，都极具湖南特色。而其中尤以“开门红”当仁不让，成为冠军。所谓“开门红”，就是剁椒鱼头——大鱼头剖开摆盘，上面放置漂亮的红椒，蒸熟之后，再放鲜椒，泼热油于上面，鲜香异常，宛若盛开的红花，让人看了既愉悦又感到喜庆，既讨口彩又好吃，故而是湖南人待客的一道大菜。引进大蓉和之后，又加了许多川菜的选料和烹制方法，并起了个喜庆的名字。

大蓉和与湖南缘分的根，就种在1976年刘长明那一次难忘的双峰之行。

那一年，在部队服役的他到湖南双峰县接兵，整个双峰招一个连，他和三个同志，分别去几个公社看人。

那个时代，年轻人尤其是乡村青年的出路不多，当兵无疑是眼见得着的一条明路。参军、提干，家属随军，转业进厂当工人甚至到机关当干部，虽然概率也不高，但却不是不可能，而且，就像彩票中奖，获头奖的虽然稀少，但挡不住风光外泄，成为众人仰望的榜样。因此，能将孩子送去当兵，是很多人家做梦也想实现的事情。

那是长明先生第一次去湖南，也是第一次吃湘菜。湘人的朴实热情与湘菜的美味与豪放，他都体验到了一些。那时的风气和纪律比较严明，没多少人敢送钱送物请托帮忙把不符合标准的人招进部队。但平时安排饭时，难免有人家希望能给“上面来的”同志们多留点好的印象，沽酒买肉做几份令人印象深刻的酒菜招待客人，是完全可以有的。而作为客人，他们唯一能做的，便是让乡村负责安排饭的同志尽量不往有年轻人的家里安，或至少不要往根本没希望验过的伢子家安排，以免让人家怀了不必要的希望，付出多余的殷勤。虽然每顿饭也是要交粮票和钱的，但他们知道，他们所受到的款待，与付出的报酬，是完全不匹配的。这两者之间隔着的，就是一个家庭对一个年轻人的前程的希望。那可能也是他们唯一的希望。

但下面村里的干部，多少也顾念乡情，总会让一些希望表心意的人家，能排进安饭的行列中，这样的人家，无须多费口舌，都能自觉做出让人放心的伙食，既照顾了乡亲又完成了工作，两全其美的事，何乐不为？

这样，长明和他的同伴们，便有缘吃到无数来自乡野的正宗湘菜，看到各种殷切而热情的笑脸。他对湖南一生都有的好印象，便是从那时种下的。

第一次吃剁椒鱼头，也是那段时间。这其中还有一段辛酸纠结的故事。

那是在一个山区，走了几个小时的山路才到达的一个村子。那天安饭，是在一个寡妇家里。寡妇中年丧夫，拖拉着一儿一女，生活甚是艰难，但却有一手做菜的好手艺，最重要的是，她儿子刚刚高中毕业，是学校田径队的队员，身体健康一表人才，还写得一手好文章和粉笔字，是当时部队最想要的那类年轻人。支书安排他们，一副胸有成竹的样子。

那天，主家做的，便是剁椒鱼头。

山村距最近的大河，至少半日的路程，足见这家人为了这顿饭，是“下了深水”，做了充足准备的。

因为孩子的条件硬扎，长明先生和他的同事们，那顿饭吃得很轻松也很开心。饭桌摆在半山坡的小平台上，背倚大山，远眺深谷，半空之上，一轮明月朗照。眼前是泛着油香的剁椒鱼头，杯里是倒映着月光的桂花酒，整个世界都被一层好看的蓝光包裹着，炊烟和夜霭，不分彼此地从林间和村屋中溢出，缠绕、纠结、融合成一幅精美的山居风情画。

这是剁椒鱼头给他的最初记忆。

但这道菜的口感，却不似它的外表那般庄重和安详。一如生活，总不是外表所看到的那般平静美好——在审查档案的时候，做鱼头的那家孩子的家庭成分，出了问题。这家朴实美好甚至有些贫穷和清苦的人头上，原本挂的是“中农”，但寡妇的娘家，却是富家。孩子的成分，就有了纠结。

眼见着一个好苗子，和那道美好的剁椒鱼头一样，白瞎了。

支书出来讲情，说这女人娘家成分确实高了一点，但她已嫁进贫下中农家，孩子理当算是贫下中农，而且户籍也是这么写的。好好一个后生伢，好好一个家，不能就这么毁了。政策不是说，要给那些可以教育好的子女一条出路吗？我可以出证明，证明那个娃娃是个好孩子，如果他今后表现不好，你们可以拉我去枪毙！

支书硬气的话，再加上盖了圆圆公章的证明信，最重要的是小伙子自身的条件，起了作用，居然奇迹般地通过了。

好消息传来，小伙的家人万分高兴。小伙的妹妹痛感这么多年一家人的憋屈和压抑，高高兴兴地在家门口放了一挂长长的鞭炮，还请镇上的工宣队的朋友，来小院吹弹了半晚革命歌曲……

此举，深深刺激了村里那些没有被招的后生和他们的家人。别人莫名的成功，对自己可能就是一种冒犯和伤害，何况这与自己还有直接利害冲突——总共就那几个名额，你上了，我就下了。而把你拉下来，我也许就有几分之一的希望。纵然自己上不了，至少不让原本比自家倒霉的富农婆子扬眉吐气把自家给比了下去！

在这样的心态支配下，一场风暴，骤然降临，人们围聚在大队部，要讨一个说法——富农的子女当了兵，而贫下中农的子女没当成，这是什么性质的问题？回答不清楚，我们就要到公社乃至县上去问。

可怜的一家人早已吓得哭成一团。那家妹子恨不得跑到树林里去自挂东南枝。

这个时候，支书站了出来，一如既往地硬气，指着领头几个人，喊着他们的名字说："上面的指示精神，对于可以教育好的子女，最重要的是看他本人的品行和表现。你们把自家的后生拿出来同他比一下，哪一个比他给队上做的事多？哪一个干活比他踏实勤快？哪一个帮乡亲们做好事做得多？哪一个品行和五官有他端正？我们不送这样的伢仔为村子长脸，送谁去？你们要是再在这里闹，今后无论什么事，都不要来找我！"

这段话极度强硬。村人向来是不适应面对面指名道姓当面搏击的，况且又有支书如此硬地支撑，重要的是最后一句，在那个出去讨饭没有支书盖章也去不成的年代，支书说不要来找他意味着什么，大家各自掂量。

一场风波，以乡村特有的方式化解了。这当然也因为是到了运动的后期，很多坚固的东西，已经开始化解，这也使得那个原本已无可能当兵的年轻人，走上了另一条人生道路。小伙子到部队，果然表现优异，不仅提了干，而且上了军校，多年后，以副团职退伍，被分配到城里一家单位负责，后又下海经商，一路顺风。他至今和长明先生还保持着联系，每次碰面，都会请吃湘菜，头菜必是剁椒鱼头。

他的妻子，就是支书的女儿。问过他无数次，他两人是当兵前还是当兵后好上的，他始终笑而不语……

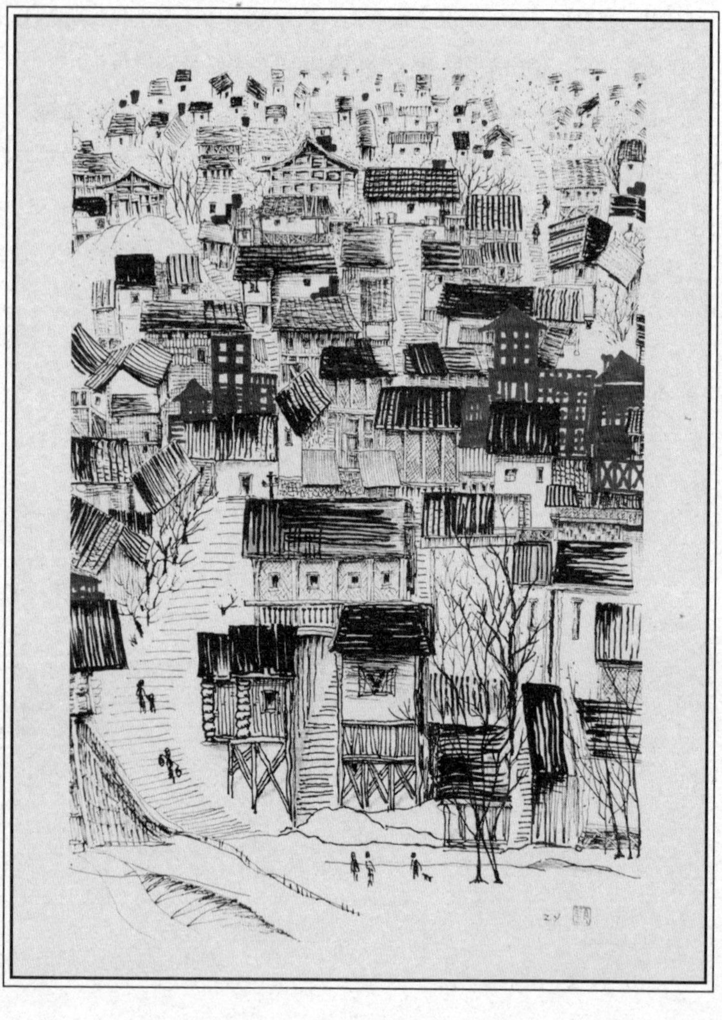